SYLVIA FRANK

RÜGEN
TOD

aufbau taschenbuch

SYLVIA FRANK ist das Pseudonym eines erfolgreichen deutschen Schriftstellerehepaares, das auf der Insel Rügen lebt. Sylvia Vandermeer, geboren 1968, studierte Biologie, Psychologie und Bildende Kunst. Heute ist sie freiberuflich als Schriftstellerin und Malerin tätig. Frank Meierewert, geboren 1967, ist promovierter Ethnologe und seit 2016 als freier Autor tätig.
Im Aufbau Taschenbuch ist von ihnen lieferbar: »Das Haus der Winde«, »Gala und Dalí – Die Unzertrennlichen« sowie »So long, Marianne – Leonard Cohen und seine große Liebe«.
Mehr Informationen unter https://sylviafrank.myportfolio.com/home

Dorothee von Stresow lebt als erfolgreiche Kriminalschriftstellerin in Berlin. Nur widerwillig kommt sie einer Einladung nach Rügen nach. Hier soll sie in ihrer ehemaligen Schule eine Rede halten. Seit ihre Eltern bei einem Brand ums Leben kamen und sie selbst der Feuerhölle nur knapp entrinnen konnte, ist sie nicht mehr auf der Insel gewesen. Gleich am ersten Tag kommt eine alte Freundin auf sie zu: Margarethe macht Andeutungen, dass sie etwas über die Brandnacht weiß. Genaueres kann sie aber nicht in aller Öffentlichkeit mitteilen. Die beiden Frauen verabreden sich für den nächsten Tag in Margarethes Jagdhütte. Als Dorothee ankommt, findet sie ihre Freundin ermordet vor – und sie selbst wird von hinten niedergeschlagen. Doch Dorothee wäre nicht eine erfolgreiche Kriminalautorin, wenn sie nicht selbst auf die Suche nach dem Täter gehen würde.

SYLVIA FRANK

RÜGEN TOD

Kriminalroman

*Für Devely und Micha
zu Weihnacht 2023
Sylvia Vandemer
Frank Meinecort*

 aufbau taschenbuch

MIX
Papier | Fördert
gute Waldnutzung
FSC® C083411

ISBN 978-3-7466-4076-1

Aufbau Taschenbuch ist eine Marke
der Aufbau Verlage GmbH & Co. KG

1. Auflage 2024
© Aufbau Verlage GmbH & Co. KG, Berlin 2024
www.aufbau-verlage.de
10969 Berlin, Prinzenstraße 85
Der Verlag behält sich das Text- und Data-Mining
nach § 44b UrhG vor, was hiermit Dritten ohne Zustimmung
des Verlages untersagt ist.
Umschlaggestaltung www.buerosued.de, München
unter Verwendung eines Motivs von © Westend61/Getty Images
Satz Greiner & Reichel, Köln
Druck und Binden CPI books GmbH, Leck, Germany

Printed in Germany

*Für unseren Freund
Nikolaus »Nike« Kleiner*

PROLOG

Rügen, 1905

Das Kindermädchen klopfte in Dorothees Rücken die Kissen auf.

»Gerda? Möchten Sie wissen, wofür ich vorhin gebetet habe, ich meine zusätzlich, außer der Reihe?«

Das von einer weißen Haube gesäumte gutmütige Gesicht der Frau erschien in ihrem Blickfeld.

»Um gute Schulnoten?«

»Ach, wie langweilig! Doch nicht so was.« Dorothee schüttelte die langen braunen Locken und ließ ihren Kopf ins Kissen sinken.

Die Frau legte die Stirn in Falten, als müsste sie angestrengt nachdenken, während sie die Zudecke bis an das Kinn des Mädchens zog. »Vielleicht um viele Geschenke? Schließlich ist morgen Ihr Geburtstag.«

Dorothee spürte, wie ihr bei dem Gedanken das Herz freudig schneller schlug. Sie wurde zwölf, und einen Moment lang dachte sie an den Besuch in der Schneiderei, die sie am Nachmittag in Begleitung ihrer Mutter aufgesucht hatte, um ihr neues Kleid abzuholen. Taubenblaue Seide mit gestickten Silberfäden. Es war das Schönste, das sie je besessen hatte.

»Nein. Sie erraten es nicht.« Dorothees Blick streifte kurz den Sekretär, wo sie in einer geheimen Schublade ihr Tagebuch wusste. »Wenn sich der Wunsch erfüllt hat, werde ich es Ihnen sagen.«

»Gut.«

Das Mädchen musterte die Kinderfrau. Ihr dunkles Kleid war frisch gebügelt und hatte einen neuen weißen Kragen.

»Sie haben sich aber fein gemacht«, stellte sie fest.

»Heute Abend ist Tanz in der Pommernkate.«

»Da ist Ihr Franz bestimmt auch da«, neckte Dorothee.

»Na, dir will ich helfen ...«, drohte Gerda, aber Dorothee wusste, dass sie es nicht ernst meinte.

»Und Sie haben wirklich keine Idee, was es sein könnte, worum ich gebetet habe?«

Gerda lächelte. »Nein, wirklich nicht. Da müssen Sie mir schon einen Hinweis geben.« Das Kindermädchen erhob sich vom Rand des Bettes und drehte den Docht der Petroleumlampe herunter.

Dorothee spürte, wie sie verlegen wurde. »Das kann ich nicht.«

Als Gerda gegangen war, wanderten ihre Gedanken hinaus zum Bodden. Wieder versteckte sie sich hinter dem Stamm einer Buche, von wo aus sie Albert, den Sohn des Verwalters, beobachtete, wie er am Ufer stand und mit einer weit ausholenden Bewegung die Angel auswarf. Sonnenflecken standen auf dem Wasser und spiegelten sich auf seinem braun gebrannten Gesicht. Doch dann wurde aus dem schimmernden Wasser die

Silberborte ihres neuen Kleides, alles verschwamm ineinander, und sie schlief ein.

Mitten in der Nacht erwachte sie aus einem Traum. Zuletzt hatte er etwas Bedrohliches bekommen. Als Dorothee die Augen aufschlug, konnte sie sich nur noch vage an die Bilder erinnern. Die Mutter stand in einem wunderschönen Abendkleid auf einer Bühne, um den Hals das Collier aus Gold und Elfenbein mit dem Shintō-Schrein als Anhänger, und sang, während sie neben ihrem Vater saß und sie beide ihr von einer Loge aus zusahen. Das Theater war bis auf den letzten Platz gefüllt. Als die Leute anfingen, zu klatschen, mischte sich ein Knacken und Knistern in den Applaus, das sich nicht zuordnen ließ, jedoch immer lauter wurde und sie am Ende weckte.

Dorothee spürte eine Unruhe und horchte in die Dunkelheit hinein.

Irgendetwas war anders. Aber sie konnte nicht sagen, was es war.

Vorsichtig tastete sie mit der Hand nach dem Docht der Petroleumlampe, drehte ihn höher und stützte sich auf ihre Ellenbogen.

Alles im Zimmer schien vertraut. Schemenhaft zeichneten sich die Konturen der Möbelstücke ab, nur unter dem schweren Brokatvorhang vor dem Fenster sickerte ein schwacher Streifen gelbroten Lichts.

Wo kam dieses Licht her? Es war doch mitten in der Nacht.

Sie legte den Kopf in den Nacken und starrte zur Zimmerdecke hinauf, wo vergoldete Stuckleisten geometrische Muster bildeten.

Da war es wieder, dieses Knacken.

Dorothee wollte den Blick abwenden, als sie einen dünnen Rauchwirbel bemerkte, der hinter einer der breiten Zierleisten am Rand der Decke hervorquoll. Zuerst glaubte sie, dass sie sich den Qualm nur einbildete, dass ihr die Müdigkeit einen Streich spielte. Sie schloss die Lider, holte tief Luft und öffnete sie wieder.

Sie erstarrte.

Der Rauchwirbel war immer noch da ... und er hatte sogar an Intensität gewonnen. Wie ein grauer Vorhang breitete er sich im Zimmer aus. Die Luft schmeckte plötzlich eigenartig bitter, biss und kratzte im Hals.

Hastig schlug Dorothee die Zudecke zurück, getrieben von Furcht und dem Wunsch, zu den Eltern zu eilen und ihnen davon zu berichten. Sie schlüpfte in ihre Hausschuhe und wollte nach dem Morgenmantel greifen, als sich über ihr ein Stück Putz von der Decke löste. Einen Meter entfernt krachte es auf die Dielen. Es gab einen ohrenbetäubenden Knall.

Entsetzt prallte sie zurück, und als ihr verängstigter Blick endlich nach oben wanderte, sah sie lodernde Flammen, die um die gezackte Öffnung tanzten.

Dorothee entfuhr ein schriller Schrei. Sie stürzte zur Tür und riss sie auf.

Der hohe geräumige Flur, der sonst die beiden Seitenflügel des Gutshauses mit den Wohnräumen in der ersten Etage verband und der die Ahnengalerie, eine Sammlung wertvoller Wandteppiche, sowie Mutters italienische Möbel beherbergte, war kaum wiederzuerkennen.

Das Feuer musste diesen Raum schon früher erreicht haben, denn von der Decke hingen brennende Balken, und unerbittlich fraßen sich Flammen durch die Stofftapeten, züngelten gierig an den Vorhängen empor.

Die Schlafzimmer ihrer Eltern lagen im Westflügel. Dafür musste sie dem Korridor folgen, dann die hintere Flügeltür passieren.

Dorothee prallte zurück, so glühend heiß war die Luft.

Kurz überlegte sie, zurück in ihr Zimmer zu laufen, verwarf den Gedanken aber sofort wieder, als sie über ihrem Kopf erneut ein bedrohliches Knacken vernahm, dem ein furchtbarer Donnerschlag folgte. Unter ihren Füßen erzitterte der Dielenboden.

Dorothee rannte los.

Die Hitze war grauenhaft. Aber noch schlimmer als die Hitze war der Qualm, der sie jeden Augenblick zu ersticken drohte.

Sie zog ihr Nachthemd bis über die Nase, zum Glück war es aus weißem, dicht gewebtem Stoff und bot ein wenig Schutz.

Trotzdem fiel ihr das Atmen schwer, und es gestaltete sich zunehmend schwieriger, den schweren Möbelstücken, die ohne Vorwarnung aus dem Dunst auftauchten, rechtzeitig auszuweichen.

Als sie sich heftig das Knie anstieß, schlug sie der Länge nach hin und biss sich die Lippen blutig. Verzweifelt rappelte sie sich auf und humpelte weiter, ihr blieb keine andere Wahl.

Die lodernden Flammen, die sie umgaben und die sie zu verfolgen schienen, als wären sie lebendige, gewaltbereite Wesen, darauf aus, sie zu töten, waren so hoch und gleichförmig, dass Dorothee für eine Sekunde überrascht innehielt. Lag es daran, dass dieses ungezügelte Feuer so viel Nahrung fand?

Endlich erreichte sie die Flügeltür.

Die Türblätter waren aus den Angeln gerissen, die Scheiben zersplittert. Plötzlich trat sie mit dem Fuß auf etwas Schlaffes, Weiches. Es dauerte einen Augenblick, bis sie begriff, dass es ein ausgestreckter Arm war. Entsetzt wich sie zurück.

An der Uniform erkannte sie, dass es Hans war, der alte Diener ihres Vaters. Aus seinem Ohr sickerte Blut.

Sie wollte die Hand ausstrecken, zuckte jedoch sofort zurück, als eine heiße Flüssigkeit ihr die Finger verbrühte.

Geschmolzenes Kristall tropfte von einem Lüster an der Decke.

Dorothee versuchte, es mit einer schnellen Bewegung abzuwischen, dabei starrte sie auf die gewaltige Mauer aus Feuer, die sich vor den Zimmern der Eltern aufgebaut hatte.

Der Anblick lähmte sie, dann fasste sie einen Entschluss. Sie musste umkehren. Möglicherweise konnte sie im Erdgeschoss das Feuer umgehen, um so in den Westflügel zu gelangen. Noch hegte sie die Hoffnung, dass das Feuer nicht im ganzen Haus ausgebrochen war. Dass die Feuerwand irgendwo zu Ende war ...

Sie hetzte zurück in den Korridor. Das verletzte Knie spürte sie kaum noch.

Dafür traf sie jetzt hier auf dasselbe Inferno, dem sie eben noch entkommen war. Einen halben Meter über ihr explodierte die Holzvertäfelung in einem Feuerball, fauchten die Flammen wie glühende Schlangen unter der Decke entlang, alles verschlingend, was sich ihnen in den Weg stellte.

In der Hitze und dem Rauch war der Korridor kaum noch zu erkennen. Dorothees Sinne waren aufs Äußerste geschärft. Jetzt ging es nur noch ums nackte Überleben. Keine Zeit darüber nachzudenken, ob der eingeschlagene Weg richtig oder falsch war. So sich eine Lücke in der Feuerwand bot, hieß es handeln oder sterben.

Dorothee tauchte unter einem herabfallenden Balken weg, sprang in letzter Sekunde über eine chinesische Bodenvase und eilte weiter. Sie hatte mittlerweile das Gefühl, als würde sie glühende Kohlen einatmen. Jeder Atemzug jagte einen sengenden Schmerz durch ihre Brust.

Sie erreichte die Ahnengalerie, wo hässliche Brandblasen das stolz dreinblickende Gesicht des Großvaters entstellten, bevor sich feurige Reißzähne von hinten durch die Leinwand bohrten und das Gemälde zu Asche zerfiel. Den anderen Bildern erging es nicht besser. Die Flammen sprangen von Rahmen zu Rahmen weiter, wie feurige Monster, deren einziges Ziel es war, zu zerstören. Selbst der wertvolle Canaletto fand in ihren Augen keine Gnade. Das schönste Gemälde der Sammlung, wie Dorothee immer fand. Wie oft hatte sie davorgestanden und sich nach Venedig geträumt, war in Gedanken auf dem Markusplatz spazieren gegangen und hatte den Campanile bestiegen …

Kurz war sie abgelenkt und reagierte nicht schnell genug, als eine der brennenden Tapisserien neben ihr herabstürzte. Sie versuchte, mit einem Sprung auszuweichen, aber nicht weit genug, denn der schwere Teppich streifte ihre linke Schulter, und das Nachthemd fing sofort Feuer.

Beim Anblick des brennenden Stoffes breitete sich Panik in ihr aus. Dorothee drehte sich um die eigene Achse, versuchte aus einem ersten Impuls heraus, sich die Sachen vom Körper zu reißen, doch als sie wieder halbwegs bei Verstand war, griff sie nach einem Kissen und schlug auf die Flammen ein, bis sie erloschen waren. Dann riss sie mit bloßen Händen die Reste des verkohlten Ärmels ab. Auf der Haut spürte sie einen brüllenden Schmerz, die Finger ihrer rechten Hand waren gefährlich rot, bald würden sich die ersten Blasen zeigen.

Dorothee begann zu zittern und taumelte zum großen Kamin in der Mitte des Flures. Auf Händen und

Füßen kauerte sie sich in die Öffnung und erbrach sich, bis nichts mehr da war, was sie hervorwürgen konnte.

Sie starrte hinaus in die Flammenhölle, wo sich weitere Teile der Decke lösten und in Funkenwolken zu Boden stürzten.

Sollte sie aufgeben?

Nein, ihr war klar, dass sie weitermusste. Sie zitterte so sehr, dass sie sich anfangs nicht bewegen konnte. Die Anstrengung beim Würgen hatte ihr Tränen in die Augen getrieben. Ihr war schwindelig, und sie schnappte nach Luft.

Du hast zehn Atemzüge lang Zeit, sagte sie sich.

Zehn Atemzüge zum Ausruhen.

Die Schmerzen in der Schulter waren kaum auszuhalten, und als sie begann, vorsichtig nach dem Rand der Wunde zu tasten, bemerkte sie, dass die Flammen ihr langes Haar versenkt hatten.

Kurz registrierte sie die Veränderung.

Dann lenkte sie ihre Aufmerksamkeit wieder auf einen möglichen Fluchtweg, der sie an den brennenden Balken vorbei in Richtung Treppenhaus entkommen lassen würde.

Ihr kam der Gedanke, sie könnte den Kamin hochklettern. Sie hatte mal ein Buch gelesen, da hatte sich der Held so in Sicherheit gebracht. Ihr Blick glitt nach oben über die Mauer aus dunklen Feldsteinen, und sofort verwarf sie den Gedanken.

Neun, zehn – sie hatte sich zehn Atemzüge gegönnt.

Dorothee sprang auf und rannte.

Wenn es ihr gelang, bis zum Treppenhaus vorzudringen, würde sie vielleicht außerhalb der Reichweite des Feuers sein.

Sie stürzte voran, getrieben von dem beängstigenden Gefühl, das Feuer würde sie verfolgen. Als hinter ihr die gesamte Decke zerbarst, vergeudete sie keine Zeit, sich umzudrehen. Feuersäulen zischten empor, Glutstücke prasselten auf sie herab und mannshohe Spiegel splitterten, die Scherben flogen wie Geschosse durch die Luft.

Wenn sie stehen blieb, würde sie sterben.

KAPITEL I

Rügen, 1920

Dorothee von Stresow stand im Rahmen des bodentiefen Balkonfensters und starrte auf die Binzer Strandpromenade hinaus. Das gestutzte Laub der Bäume, die hier den Weg säumten, warf bläuliche Schatten auf den Kies, und draußen auf dem Meer hielt ein Dampfer auf den Kopf der Seebrücke zu, wo er von einer Menschenmenge freudig erwartet wurde.

Doch Dorothee sah weder die Bäume noch den Dampfer.

Sie dachte an den geöffneten Brief, der hinter ihr auf der grünen Schreibtischunterlage lag.

Die Einladung zum Festakt. Siebzig Jahre Höhere Töchterschule in Bergen auf Rügen. Vom Schuldirektor persönlich an Sie gerichtet. Er hatte ihr damals vor ihrem Umzug nach Berlin aufmunternde Worte mitgegeben, die ihr mehr halfen als das Mitleid und Bedauern der anderen. Die Erinnerung an sein fürsorgliches Auftreten war der Grund, dass sie die Einladung überhaupt angenommen hatte.

Ein Bild schob sich vor ihr inneres Auge. Sie sah einen schmucklosen grau verputzten Kasten mit zwei Reihen

Fenstern und Schindeldach. Das Büro des Direktors sowie das Auditorium, ein Raum für besondere Schulanlässe, waren im oberen Stockwerk untergebracht. Im Dachgeschoss darüber wohnte der Schulwächter. Die übrigen Räume wurden für den Unterricht genutzt. Über eine Steintreppe erreichte man auf der Rückseite des Gebäudes den Garten, wo auf einem Stück Rasen unter hohen Bäumen, der von einem breiten geharkten Kiesweg umrundet wurde, die Mädchen ihre Pausen verbrachten.

In ihren Gedanken hatte der Ort etwas Zauberhaftes. Zu viert saßen sie damals im Gras unter einer weit ausladenden Rotbuche, tuschelten und lachten miteinander oder lernten noch schnell ein paar Vokabeln für den Lateinunterricht.

Dorothee legte die Hände ineinander.

All das war so lange her. Inzwischen waren viele Jahre vergangen, in denen sie anfänglich häufiger und später immer weniger an ihre Kindheit auf Rügen gedacht hatte. Manche Bilder verblassten bereits, anderes wie der Schmerz über den Verlust ihrer Eltern und das geliebte Zuhause verging nie. Obwohl sie versucht hatte, ihn in den Tiefen ihrer Seele zu vergraben.

Und jetzt? War sie bereit, sich dem allen zu stellen?

Was würden die anderen Frauen über sie sagen?

Sie war damals zwölf, als sie zu ihrer Tante nach Berlin geschickt wurde. Keine der Frauen hier auf Rügen konnte ihre Entwicklung verfolgen, ihre Entscheidungen nachvollziehen, die dazu führten, dass sie heute Kriminalromane schrieb und davon lebte. Keiner wusste, dass sie heimlich eine Verlobung mit einem Mann aus den besten Kreisen eingegangen war, der sie in ihren Ambitionen zu schreiben tatkräftig unterstützt hatte und der seit mehr als zwei Jahren – bei dem Gedanken schnürte sich ihre Kehle zu – als im Krieg vermisst gemeldet worden war.

Dorothee schloss das Fenster.

Warum hatte sie eigentlich nie hierher zurückkehren wollen?

Nach dem Tod ihrer Eltern war sie nicht nur eine Waise, sondern zudem noch völlig mittellos. Ihr Vormund hatte erklärt, dass die Erlöse aus dem Verkauf von Grund und Boden und aus den Viehauktionen zur Tilgung der immensen Schulden herangezogen wurden, die der Vater angeblich angehäuft hatte und mit denen das Gut belastet war.

Etwas, das sie bis heute bezweifelte.

Es klopfte an der Tür.

Ein Page überbrachte die Nachricht, dass die Limousine, die sie zum Festakt bringen würde, soeben eingetroffen war.

Dorothee gab ihm eine Münze, und er verbeugte sich brav.

Mit einem letzten Blick in den Spiegel vergewisserte sie sich noch einmal, dass sie mit dem eng geschnittenen grünen Kostüm die richtige Wahl getroffen hatte. Es passte wie angegossen und brachte ihre schlanke Figur und ihre gerade Haltung hervorragend zur Geltung.

Außerdem harmonierte der Farbton wunderbar mit ihren Augen.

Mit der Hand fuhr sie sich durch das dichte Haar, welches, nach der neuesten Mode geschnitten, in weichen Wellen ihr Gesicht umrahmte.

Nur ihr Teint erschien ihr ziemlich blass.

Was soll's?, dachte Dorothee. Sie riss sich von ihrem Spiegelbild los und zog ein wenig ungehalten die Zimmertür hinter sich zu.

Sie klemmte sich die schwarze Ledermappe mit ihrer Rede unter den Arm, während sie die gewundene Treppe zur Empfangshalle erreichte. Sie mahnte sich zur Eile, doch der lange schmale Rock des Kostüms erlaubte ihr nur kleine Schritte, daher ließ sie den Blick beim Hinuntergehen über den hohen hellen Raum schweifen. Sie bemerkte die Hoteldiener, die in weinroten Uniformen mit goldenen Gepäckwägen Inseln aus Palmen und Orchideen umrundeten; Damen in hellen Sommerkleidern hakten sich bei Herren in weißen Anzügen ein, und Kinder im Matrosenanzug hüpften ungeduldig auf und ab.

An der Rezeption fiel Dorothee ein junger Mann auf, der sich lebhaft mit dem Concierge unterhielt und der nicht so recht in dieses Bild der Sommerfrischler passen wollte. Er trug derbe Cordhosen und ein Tweedjackett. Neben ihm auf dem Boden stand eine abgewetzte braune Arzttasche. Sie wollte bereits den Blick abwenden, als er sich unvermittelt zur Seite drehte und sie sein Profil sah.

Ihr Herz setzte einen Schlag aus.

Es war Albert Badrow.

Noch bevor sie die halbe Höhe der Treppe passiert hatte und sich bemerkbar machen konnte, eilte er, zwei Stufen auf einmal nehmend, zu ihr hinauf. Dorothee befürchtete schon, dass er an ihr vorbeihasten würde, ohne sie zu bemerken, deshalb trat sie ihm mit einem schnellen Schritt in den Weg.

»Hallo, Albert!«

Ihre Worte kamen etwas zu laut heraus, weil sie erregt war, und die ältere Dame mit dem Spitzenhäubchen, die gesetzten Schrittes vor ihr ging, drehte sich um und streifte sie mit einem missbilligenden Blick.

Albert blieb erstaunt stehen, aber rasch wandelte sich das Erstaunen in Zurückhaltung. Er verbeugte sich steif und sah ihr ins Gesicht. Die blauen Augen, die so einen harten Gegensatz zu seinem schwarzen Haar bildeten, musterten sie abwartend. Hatte er sie nicht erkannt?

»Dorothee, Dorothee von Stresow …«, erklärte sie rasch und rang sich ein Lächeln ab.

»Warum bist du zurückgekommen?«, fragte er und blickte sie unfreundlich an.

Sie schluckte. Das war nicht die Reaktion, die sie sich erhofft hatte. »Ich … ich bin eingeladen worden. Heute halte ich eine Rede in meiner alten Schule in Bergen, du erinnerst dich vielleicht …«

Sie verstummte. Seine ablehnende Haltung brachte sie beinahe aus der Fassung. »Aber sag, was tust du hier?«

»Ich bin Tierarzt und wurde zu einem Fall gerufen.

Ein kranker Hund eines Gastes. Wenn du bitte entschuldigst.« Aus einem Impuls heraus streckte sie ihre Hand vor, damit er sie ergreifen musste.

Sein Händedruck war fest, und er hielt ihre Hand einen Moment länger als üblich. Dann eilte er, ohne sich noch einmal umzudrehen, die restlichen Stufen hinauf und entschwand aus ihrem Blickfeld.

Albert war Tierarzt?

Dann musste er studiert haben.

Aber woher hatte er als Sohn des Verwalters die Mittel dazu gehabt?

Diese Frage beschäftigte sie noch, als sie den Fuß der Treppe erreichte. Erst jetzt bemerkte sie den Chauffeur, der bereits ungeduldig vor dem Eingang hin und her lief, ein Schild mit ihrem Namen in der Hand.

Es war Zeit, aufzubrechen.

Der Schulwärter hatte sich ihr angeboten, sie zum Büro des Direktors zu begleiten, was Dorothee höflich abgelehnt hatte.

Zum einen wusste sie, wo das Zimmer lag, zum anderen war sie sich nicht sicher, wie sehr sie der Moment des Wiedersehens nach so vielen Jahren aufwühlen würde. Außerdem wollte sie die Eindrücke, die sie beim Betreten der Schule empfand, ungestört auf sich wirken lassen.

Sie kam an einem Klassenzimmer vorbei, gefolgt von der Teeküche mit einem Hinweisschild an der Tür: *Nach dem Verlassen bitte das Licht löschen.*

Dorothee ging weiter, als plötzlich eine laute, arrogante Frauenstimme in ihr Ohr drang, die ihr sofort bekannt vorkam.

Mit dieser Stimme verknüpfte sich in ihrer Erinnerung eine Person, die sie stets ausgesprochen unsympathisch fand.

»Hören Sie, Sie wissen ganz genau, dass ich eine Ihrer besten Kundinnen bin«, erklärte die Frau eindringlich. »Ich bestelle großzügig Champagner und Wein bei Ihnen … Selbstverständlich bekommen Sie Ihr Geld, ich habe doch wohl noch immer gezahlt … Da ist es doch das Mindeste, dass Sie sich ebenso korrekt verhalten. Aber nein, Sie lassen mich hängen.«

Auf Zehenspitzen schlich Dorothee weiter und lugte neugierig durch den Türspalt ins Büro des Direktors. Sie hatte sich nicht geirrt. Das wallende rote Haar, das weit über die Schultern herabfiel, ließ keinen Irrtum zu. Vor ihr stand Margarethe von Klippholm, im Nadelstreifenanzug und Lackschuhen.

»Das interessiert mich nicht. Wenn die Ware bis morgen nicht da ist, storniere ich den Auftrag und suche mir einen anderen Lieferanten, und Sie verklage ich, Guten Tag.«

Dann knallte sie den Hörer auf die Gabel.

»So ein großer Haushalt bringt jeden Tag andere Sorgen«, hörte Dorothee den Direktor sagen.

»Sorgen, dass ich nicht lache.« Margarethe warf den Kopf zurück. »Es ist die reinste Qual. Wenn die Lieferanten dich hängen lassen, kannst du dich erschießen. Ich habe nächste Woche eine Jagdgesellschaft. Und wehe, es ist nicht alles bereit, dann ziehen sie zum Nachbargut weiter und quartieren sich dort ein. Und dann noch der Ärger mit den Bediensteten. Man muss ja schon froh sein, wenn die einen heutzutage noch grüßen.«

»Ich verstehe«, sagte der Direktor. »Ich hoffe, ich konnte Ihnen mit dem Telefonat trotzdem behilflich sein.«

Dorothee sah, wie Margarethe von Klippholm ihr Handtäschchen zu sich heranzog. Was sie antwortete, hörte sie nicht mehr, denn sie huschte rasch davon. Größer als ihr Wunsch, den Direktor zu begrüßen, war die Abneigung, die sie bei dem Gedanken empfand, Margarethe von Klippholm gegenübertreten zu müssen. Während sie die Treppenstufen hinunterstieg, tröstete sie sich damit, dass es gewiss noch ausreichend Gelegenheit geben würde, dem Direktor für die Einladung zu danken.

Ein wenig später begegnete sie ihren alten Schulfreundinnen von damals – Lotte, Wilma und Christine; es gab eine große Begrüßungsrunde mit Umarmungen und Küssen. Dann schlenderten die vier Frauen zusammen durch den Garten, der sich an das Schulgebäude anschloss. Dorothee streifte mit einem Seitenblick ihre Begleiterinnen.

Lotte Vollmer und Wilma Teßmar gingen einige Schritte vor ihr. Lotte war groß und knochig, hatte ein langes Gesicht und struppige Haare. Sie arbeitete als Redakteurin bei der Ostsee-Zeitung. Wilma, klein und rundlich, bewegte sich mit wiegenden Schritten in ihrem schwarzen Reformkleid. Auf dem Kopf trug sie einen glockenförmigen Strohhut mit Schleife. Sie war als Hebamme tätig. Offenbar waren beide Frauen über die Jahre in Verbindung geblieben, denn sie sprachen über alltägliche Dinge auf der Insel, wie es nur Leute tun konnten, die gemeinsame Belange teilten.

»Du bist sehr schweigsam«, sagte Christine Looks, die neben Dorothee ging.

»Oh, entschuldige bitte. Ich war in Gedanken. Das war unhöflich von mir.«

Ihr Blick glitt irritiert über die weiße gestärkte Haube, die mit einer Klemme im Haar ihrer Schulfreundin befestigt war, darunter ein müdes Gesicht, das einmal sehr hübsch gewesen war. In ihrer Erinnerung glich die Freundin aus Kindertagen einer Elfe mit langem blondem Haar. Sie war intelligent und lebhaft gewesen. Wenn sie Christine nun betrachtete, konnte sie sich kaum vorstellen, dass sie mit der Tochter des Apothekers in einer Klasse gewesen war, so alt schien sie ihr.

Dorothee riss sich aus ihren Gedanken und deutete auf das mit Perlen besetzte Bustier der Tracht. »Das ist hübsch. Sag, wie ist es dir ergangen?«

»Nun, ich habe einen Fischer geheiratet«, erwiderte Christine.

Sie lachte auf und winkte ab. »Ich kann mir vorstellen, was du jetzt denkst. Mein Gott, wie kann man nur so ein Leben für sich wählen? Mit den Männern in aller Herrgottsfrühe raus, anschließend die Tiere füttern, das Feld bestellen, Kinder und Haus sauber halten. Und immer in Sorge, ob mein Heiner wieder heil nach Hause kommt ... und das uns die Aufkäufer einen ordentlichen Preis für den Fang zahlen.«

Dorothee sah die zierliche Frau an. Kurz fragte sie sich, wie wohl die Reaktion des Apothekers ausgefallen war, als ihm seine Tochter mitteilte, dass sie einen Fischer heiraten würde. Doch sie hatte auch den liebevollen Ton bemerkt, mit dem Christine den Namen ihres Mannes aussprach.

»Es klingt nach einem harten Leben«, sagte Dorothee.

Christine fixierte einen Punkt in der Ferne, als würde sie dort die Antwort finden. »Ich liebe meinen Mann ... aber manchmal, in letzter Zeit ... Er bleibt lange draußen ... Schau mich an, die Schönheit ist dahin ...« Sie brach ab. »... doch ich würde mit niemandem tauschen wollen.«

Ihre Blicke trafen sich, und die beiden Freundinnen von damals schwiegen einen Moment.

»Mein Gott«, sagte Christine dann, »ich weiß gar nicht, warum ich dir das alles mitteile. Es tut mir leid, ich habe noch nie ...«

Dorothee legte ihr die Hand auf den Unterarm und bedachte sie mit einem Lächeln. »Alles gut, Christine. Ich habe gefragt, und du hast geantwortet. Sagen die Fischer nicht, was auf dem Boot gesprochen wird, bleibt auf dem Boot. Wir halten das genauso.«

Aus den Augenwinkeln bemerkte Dorothee, wie die anderen beiden stehen blieben. »Die Hexe kommt«, zischte Wilma, und dann erkannte Dorothee auch Margarethe von Klippholm, die zielsicher auf sie zuhielt.

»Allerliebst, das Kleeblatt, immer noch ein Herz und eine Seele?«, fragte Margarethe und zog eine Augenbraue hoch.

»Christine, was trägst du da für ein albernes Kostüm, willst du zum Fasching?«

Jeder der vier fühlte sich wie vor den Kopf gestoßen.

»Du findest dich wahrscheinlich großartig darin. Eine nette kleine Fischersfrau in einer Mönchguter Tracht. Aber wen willst du täuschen? Jeder hier weiß, dass du dich unter Wert verkauft hast.«

»Warum bist du überhaupt gekommen, wenn du sowieso nur jeden beleidigst?«, warf Lotte Vollmer erbost ein.

»Recherchiere lieber ein wenig genauer, bevor du deine Schmierereien in die Zeitung setzt. Es war nicht mein Liebhaber, der mich verlassen hat, ich habe diesen Dreckskerl hinausgeworfen.«

Lotte stemmte die Hände in die Seiten. »Glaubst du, jemand hier interessiert sich für deine Affären?«

Margarethe verzog höhnisch den Mund. »Tu doch nicht so scheinheilig. Kaum bin ich um die Ecke, zerreißt ihr euch das Maul über mich.«

Dorothee fühlte, wie sie wütend wurde. »Ich denke, du irrst dich. Zumindest kann ich das für mich sagen. Ich bin hierhergekommen, um die Insel und meine

Freundinnen wiederzusehen und bin an schmutziger Wäsche nicht interessiert.«

Margarethe taxierte sie, sagte aber nichts.

Durch den Garten kam ihnen eine resolute Gestalt entgegengeeilt. »Frau von Klippholm, die Mitglieder des Stiftungsrates erwarten Sie zu einer kurzen Zusammenkunft in meinem Büro. Wenn ich Sie bitten darf?« Der Direktor machte eine einladende Geste in Richtung Schulgebäude.

Margarethe drehte sich auf dem Absatz um und ging.

Der Direktor blickte ihr einen Moment lang nach, als wollte er sich vergewissern, ob sie seiner Anweisung auch Folge leistete, und wandte sich dann wieder der Gruppe zu. »Guten Tag, die Damen. Wie schön, Sie nach so langer Zeit gesund und munter wiederzusehen.«

Er trat einen Schritt vor. »Frau von Stresow, auf ein Wort, bitte.«

Dorothee ließ sich dankbar vom Direktor entführen.

»Wie schön, dass Sie es einrichten konnten!«, redete der Direktor weiter.

»Ehrlich gesagt, habe ich lange gezögert ...«, erwiderte Dorothee.

Der Direktor hob leicht den Kopf und musterte sie durch seine runden Brillengläser. »Sie dürfen an das alles nicht mehr denken. Ich weiß, das ist viel leichter gesagt als getan. Aber es liegt Jahre zurück, und heute erinnert sich kaum noch einer daran. Das Leben geht weiter, selbst auf einer Insel wie Rügen.« Er schmunzelte, wurde aber gleich wieder ernst. »Was wirklich zählt, ist die Arbeit, die Sie heute leisten, nicht wahr? Übrigens, ich kann es kaum erwarten, Ihren neuen Kriminalroman zu lesen.« Er senkte die Stimme und raunte verschwörerisch. »Ihr Roman ›Mörderisches Lächeln‹ hat mich absolut begeistert.«

»Ich danke Ihnen, Herr Direktor.«

Der korpulente Mann warf einen abschätzenden Blick auf die große Uhr über ihren Köpfen. »In zehn Minuten geht es los. Sind Sie bereit?«

Dorothee nickte zustimmend.

»Gut, dann sehen wir uns gleich im Auditorium.«

Der Direktor redete mit kräftiger Stimme. Er sprach von der Geschichte der Höheren Töchterschule; erwähnte wortreich Errungenschaften, die noch weit in die neue Zeit hineinwirken würden; er umriss des Weiteren die Sonderstellung der Mädchenschule auf der Insel, schloss seinen Vortrag mit einem klassischen Zitat und verwies auf die Großzügigkeit der Spendergemeinschaft und die Mitwirkung des Stifterrates bei der Planung und Durchführung des Festaktes.

Anschließend bat er Dorothee auf die Bühne und überließ ihr mit einem Lächeln den Platz hinter dem Rednerpult.

Sie spürte einen Anflug von Lampenfieber, als sie in die erwartungsvollen Gesichter blickte. Die Rede hatte sie fein säuberlich auf zwei Blätter Briefpapier aus ihrer Hotelsuite notiert.

Dorothee räusperte sich, bevor sie dem Direktor und den Persönlichkeiten herzlich für die Einladung dankte und ihnen erklärte, wie sehr sie sich freue, heute hier zu sein. Dann verlas sie ihre Rede.

Nach dem verdienten Applaus versammelte sich schnell eine Menschentraube um sie, und geduldig signierte sie die mitgebrachten Bücher und beantwortete Fragen. Erst als der Direktor zur Eröffnung des Büfetts in den Speisesaal bat, lichteten sich die Reihen.

Dorothee schraubte die Kappe auf den Füllfederhalter.

Deutlich verspürte sie den Wunsch nach einer Zigarette und betrat an diesem Tag zum zweiten Mal den Garten. Sie wusste, dass auf dem Schulgelände Rauchen untersagt war, aber sie war keine Schülerin mehr, daher öffnete sie ihre Handtasche, zog eine Zigarette aus der Schachtel und schob sie zwischen die Lippen. Dann begann sie, nach den Streichhölzern zu suchen, bis sie sich erinnerte, dass sie die Schachtel gestern herausgenommen hatte, um die Kerze in ihrem Hotelzimmer anzuzünden. Sie wollte die Zigarette soeben wieder aus dem Mund nehmen, als neben ihr ein Feuerzeug klickte. Dorothee schob die Zigarette über die Flamme und inhalierte den Rauch. Als sie den Kopf drehte, erblickte sie Margarethe. »Danke«, sagte sie zögerlich.

Margarethe ließ das Feuerzeug zuschnappen.

»Gute Rede. Ist interessant, zu erfahren, wie jemand mit Schreiben sein Geld verdient. Kann man davon leben?«

»Ich wüsste nicht, was dich das angeht«, entgegnete Dorothee reserviert.

Zu ihrer Überraschung lenkte Margarethe ein. »Stimmt, das geht mich nichts an.«

Eine Pause entstand, in der die beiden Frauen sich auf die Bank unter den Bohnenranken setzten und rauchten, dann ließ Dorothee den Rest ihrer Zigarette fallen und trat sie aus. Sie war gerade im Begriff aufzustehen, als Margarethe sie am Unterarm festhielt.

»Ich denke, ich habe Informationen, die dich interessieren könnten. Von damals … über den Brand. So viel lässt sich sagen, es war kein Unfall. Dafür waren deine Eltern zu wichtige Figuren in der Partie.«

»Bitte? Was redest du da? Was für eine Partie?«

»Komm morgen Vormittag zu mir in die Jagdhütte. Dann reden wir.« Margarethe reichte ihr ein Kärtchen. »Die Adresse. Ist leicht zu finden. Aber du musst mir versprechen, allein zu kommen.«

Plötzlich betrat eine Gruppe Mädchen laut lachend den Garten.

Margarethe nickte ihr wortlos zu, bevor sie ging.

KAPITEL 2

Dorothee fuhr gleich nach dem Frühstück los und tuckerte eine der vielen Alleenstraßen entlang.

Die kryptische Andeutung Margarethe von Klippholms hatte sie kaum schlafen lassen, und sie hatte sich dabei ertappt, wie sie morgens um halb sechs ruhelos den Strand entlanglief und grübelte.

Nun zeigte ihre Uhr am Handgelenk halb zehn, ihr blieb also noch eine halbe Stunde bis zur Verabredung in der Jagdhütte. Der Concierge im Hotel hatte ihr eine Straßenkarte von Rügen verkauft, die aufgefaltet neben ihr auf dem Beifahrersitz lag. Durch das geöffnete Fenster strömte der würzige Geruch von Erde und Meer herein. Die Landschaft öffnete sich, und Sonnenlicht überflutete die gesamte Szenerie.

Dorothee bremste und lenkte das Automobil mit dem letzten Schwung an den Straßenrand. Sie stieg aus und umrundete den Kühler.

Was für eine phantastische Aussicht!

Sie beschattete mit der Hand die Augen und blickte über die in gleißendes Licht getauchten Felder hinab bis zum Greifswalder Bodden, dessen Wasserfläche in der Ferne wie getriebenes Gold schimmerte. Rauchschwalben flogen über ihrem Kopf wagemutige Manöver, Klatschmohn, Kornblumen und Kamille blühten auf dem Randstreifen, und der blaue Himmel, der sich wie eine gewaltige Kuppel wölbte, erschien ihr unfassbar hoch.

Gedankenverloren strich sie sich eine Haarsträhne aus dem Gesicht. Ich habe vergessen, wie schön es hier ist, dachte sie. Kurz befürchtete sie, dass mit dem Gedanken gleichzeitig Bitterkeit in ihr aufsteigen könnte. Doch zu ihrer Überraschung war da nur Freude über das nach so vielen Jahren Wiedergefundene. Erleichtert atmete sie aus.

Gleichzeitig beglückwünschte sie sich zu der Idee, mit dem Auto von Berlin nach Rügen gefahren zu sein. Gewiss wäre die Anreise mit der Bahn leichter und bequemer gewesen. Sie hätte im Waggon sitzen bleiben können, wenn der Zug von Stralsund im Hafen von der Lok abgekoppelt und über Schienen auf die Eisenbahnfähre geschoben worden wäre. Ein Automobil jedoch bot ihr die Möglichkeit, sich auf Rügen frei und unabhängig zu bewegen.

Ein flüchtiger Blick auf die Uhr mahnte sie zum Aufbruch. Es konnte nicht mehr weit sein, trotzdem wollte sie sich nicht verspäten. Sie startete den Motor und folgte dem Verlauf der Straße, bis sie zu einer Kreuzung gelangte, wo sie rechts abbog.

Wie aus dem Nichts kam Dorothee eine Bemerkung ihres Vaters in den Sinn: *Für ein gutes Geschäft würde Frie-*

der von Klippholm seine Großmutter verkaufen. Von jeher begegneten die Gutsbesitzer auf Rügen den Klippholms mit Argwohn. Soweit Dorothee sich erinnern konnte, war Margarethes Vater einer der ersten Unternehmer auf der Insel gewesen. Er besaß nicht nur Gerbereien in Bergen, sondern unterhielt auch Fabriken auf dem Festland, in denen das Leder weiterverarbeitet wurde, vor allem für die Armee. Kein Wunder, dass sogar Reichskanzler Otto von Bismarck regelmäßig zu Gast bei den Klippholms gewesen war.

Bald erreichte sie das Dorf Lancken mit den niedrigen Katen, über dem eine alte Backsteinkirche thronte.

Aus der Zeitung hatte sie erfahren, dass Frieder von Klippholm kurz vor dem Krieg an einem Herzinfarkt verstorben war. Da war Margarethes Mutter bereits einige Jahre tot. Wenn sie sich recht entsann, hatte Margarethe noch zwei ältere Geschwister, einen Bruder und eine Schwester.

Hinter der Kurve tauchte ein Fuhrwerk vor ihr auf. Dorothee verringerte das Tempo. Auf einem Berg Frühkartoffeln hockten zwei Kinder, ein Mädchen und ein Junge, die sie interessiert musterten. Das Mädchen winkte ihr zu, und Dorothee betätigte die Hupe, als sie den Lastkarren, der von zwei Kühen gezogen wurde, überholte.

Unmittelbar hinter dem Dorf wurde der Zustand der Straße schlechter, der trockene, harte Lehmboden war hier mit Löchern und tiefen Spurrinnen übersät, die von schweren, mit Metall beschlagenen Holzrädern stammten.

Der Wagen kippelte bedrohlich, und Dorothee umfasste das Lenkrad fester, als sie links in eine Kastanienallee einbog.

Wenig später mündete der Weg in eine verlassene, unbefestigte Freifläche vor einem schmiedeeisernen Tor, das von dichtem Gebüsch und Wald begrenzt wurde.

Dorothee hielt an, öffnete die Tür und stieg aus.

Es war still und friedlich trotz des Windes, der wispernd durchs Laub strich.

Dorothee hatte noch Zeit und beschloss, zu Fuß weiterzugehen. Sie zog ihre braune Handtasche unter der Landkarte hervor. Als sie die Fahrertür zuschlug, hallte das Echo aus dem Wald zurück.

Das Eisentor war nicht verschlossen. Von einer vor langer Zeit angebrachten Verzierung mit einem Wappen baumelte eine rostige Kette herab, der offene Bügel eines Vorhängeschlosses steckte in einem der Glieder.

Als sie den schweren Flügel aufschob, quietschten die Scharniere leise.

Dorothee folgte einem Trampelpfad, von dem sie annahm, dass er direkt zur Jagdhütte führen würde.

Es war kühl geworden. Der Wind hatte aufgefrischt.

Sie spürte, dass sie fröstelte. Aber sie wollte nicht umkehren, um den Mantel aus dem Wagen zu holen.

Sie zog das dunkelblaue Strickcape enger um die Schultern und tröstete sich damit, dass es in der Hütte warm sein würde.

Vor ihr weitete sich das Grundstück. Durch die Äste der Sträucher und Bäume konnte sie schemenhaft die Konturen eines Gebäudes erkennen.

Das musste die Hütte sein.

Der Pfad beschrieb eine leichte Biegung, die Bepflanzung wich zurück und gab den Blick auf ein mit Brettern verschaltes Haus mit Reetdach frei. Es wirkte verlassen. Ihr fiel auf, dass die Gardinen hinter den beiden Fenstern geschlossen waren.

Hatte Margarethe gestern nicht gesagt, dass sie die Jagdhütte für eine Gesellschaft herrichten lassen wollte?

War sie vielleicht am falschen Ort?

Dorothee legte die Stirn in Falten.

Kurz überlegte sie, umzukehren, verwarf aber den Gedanken sofort wieder. Sie musste unbedingt in Erfahrung bringen, was Margarethe ihr über den Brand auf Gut Stresow zu berichten und was es mit dieser Partie auf sich hatte.

Der Pfad führte über eine Wiese, auf der Wildblumen wuchsen und Bienen summten.

Das Haus war keine dreißig Meter mehr entfernt.

Dorothee würde sich dem Gebäude von der Seite nähern.

Noch immer konnte sie keine Menschenseele entdecken, doch womöglich erwartete Margarete sie auf der Veranda vor dem Haus.

Dann entdeckte Dorothee ein Pferd. Es war an einen Holzpfosten angeleint, der Sattel hing einige Schritte entfernt über einem Holm.

Irgendetwas schien das Tier erregt zu haben, es tänzelte unruhig auf der Stelle und warf den Kopf zurück. Nervös spielten seine Ohren, und Dorothee glaubte, Furcht in den schwarzen Augen zu erkennen.

»Ich tue dir nichts«, sagte sie mit sanfter Stimme, als sie an dem Tier vorbeiging.

Das Pferd schnaubte, und mit einem Mal beschlich sie ein ganz ungutes Gefühl.

Sie zögerte. Nur noch wenige Schritte bis zum Ende des Hauses.

Vorsichtig spähte sie um die Ecke.

Über die Terrasseneinfriedung hinweg sah sie, dass die Tür offen stand.

Sollte sie rufen?

Alle Fenster waren geschlossen.

Sie war im Begriff, sich bemerkbar zu machen und auf die Tür zuzugehen, als sie mitten in der Bewegung erstarrte. Zuerst glaubte sie, ihre Augen spielten ihr einen bösen Streich.

Hinter dem Mauersims vor der Eingangstür lag etwas im Schatten.

War das ein Stiefel?

Dorothee spürte plötzlich, wie ihr der Mund trocken wurde.

Beinahe gegen ihren Willen machte sie einen weiteren Schritt vorwärts, dann noch einen, bis sie hinter die Mauer sehen konnte.

Schnell presste sie die Faust der rechten Hand auf ihre Lippen, um einen Schrei zu unterdrücken.

Vor ihr auf dem Rücken lag Margarethe von Klippholm. Ihr rechter Arm war seltsam verrenkt.

Dorothee spürte, wie Übelkeit in ihr aufstieg. Trotzdem zwang sie sich, die Leiche näher zu betrachten. Die Frau trug Stiefel, eine olivgrüne Reithose und einen schwarzen Rollkragenpullover. Die langen roten Haare waren zu einem Zopf geflochten. Mitten in der Stirn war ein Faden Blut aus einem Einschussloch gesickert. Es sah so seltsam aus, dass Dorothee sich weiter herunterbeugte, um es sich genau anzusehen. Da bemerkte sie die Lache Blut unter dem Hinterkopf.

Ruckartig richtete sie sich auf und versuchte, einen klaren Gedanken zu fassen. Ich muss sofort zurück zum Wagen und die Polizei verständigen, ging es ihr durch den Kopf.

Sie wollte sich gerade abwenden, als sie spürte, dass sie nicht mehr allein war. Jemand hatte sich lautlos auf sie zubewegt, sie bemerkte den Schatten, der von hinten auf sie fiel.

Dann ging alles sehr schnell.

Etwas traf sie hart am Hinterkopf.

Grelle Punkte explodierten vor ihren Augen.

Dorothee hatte das Gefühl, dass die Welt auf einmal von ihr abzurücken begann. Sie verlor den Halt und stürzte in einen bodenlosen schwarzen Abgrund.

KAPITEL 3

Es kam Dorothee so vor, als würde sie aus einem tiefen, traumlosen Schlaf erwachen. Langsam öffnete sie die Lider und starrte auf eine dunkel gebeizte Holzbohlendecke. Einen Moment lang fiel es ihr schwer, sich zu orientieren, bis die Erinnerungen an das, was mit ihr geschehen war, langsam zurückkehrten.

Sie tastete nach dem Stofftuch, das zusammengefaltet auf ihrer Stirn lag und noch eine Spur feuchter Kühle enthielt.

Ihre Finger glitten weiter über die Schläfe zum Hinterkopf, wo ein dumpf pochender Schmerz tobte. Als sie vorsichtig den Kopf hob, begann sich das Zimmer zu drehen, und Übelkeit stieg in ihr auf. Mit einem Seufzer ließ sie sich zurück ins Kissen sinken. Es hat keinen Zweck, dachte sie, warte noch fünf Minuten.

Sie schloss erneut die Augen.

Plötzlich vernahm sie Schritte.

»Wie geht es ihr?«, hörte sie eine junge Frauenstimme besorgt fragen.

»Sie scheint noch ohnmächtig zu sein«, antwortete eine andere, weit tiefere Frauenstimme. »Kein Wunder, bei der Beule am Hinterkopf. Ludwig hat sie gefunden. Er war mit dem Fuhrwerk vorausgefahren. Er hat zuerst geglaubt, beide Frauen wären tot. Aber dann merkte er, dass diese hier noch lebte.« Sie räusperte sich vernehmlich. »Wenn sie aufwacht, sollen wir dem Kommissar Bescheid geben. Er will mit ihr sprechen.«

»Aber ist das nicht grauenvoll?«, meinte die junge Frau. »Da erschießt jemand die Gutsherrin am helllichten Tag?«

»Wenn du mich fragst«, erwiderte die andere in einem unfreundlich anmaßenden Tonfall, »wundert es mich, dass das nicht schon früher passiert ist. Wo Ludwig sie doch beinahe jede Woche zum Rechtsanwalt nach Bergen chauffieren musste.« Sie senkte die Stimme zu einem Flüstern. »Die Klippholm lag doch mit beinahe jedem auf der Insel im Streit.«

Eine Pause entstand, in der eine Schranktür geöffnet und wieder geschlossen wurde.

»Und was wird aus uns? Die Erben werden das Gut doch sicher verkaufen?«

»Ach, Mariechen, mach dir nicht so viele Sorgen. In Binz werden gerade eine Menge Hotels und Pensionen gebaut. Die suchen fleißige Hausmädchen. Und was macht es für einen Unterschied, ob wir den Herrschaften oder Fremden das Zeug hinterherräumen?«

Ihre Schritte verrieten, dass die Frauen sich entfernten.

Dorothee schlug die Augen auf. Die Worte klangen ihr im Ohr nach. Zwar wusste sie aus eigener Erfahrung, dass man auf den Klatsch, den das Personal verbreitete, nicht allzu viel geben dufte. Aber ein Quäntchen Wahrheit ließ sich immer finden, zumal Empathie und Taktgefühl gewiss nicht zu Margarethes Stärken gehört hatten.

Wieder schob sich das Bild der toten Mitschülerin vor ihr inneres Auge.

Sie fühlte, wie erneut Unruhe sie ergriff.

Ihr erster Impuls war es, zu vermuten, dass jemand sie und Margarethe von Klippholm hatte ermorden wollen, um zu verhindern, dass ihr neue Details über die Brandnacht offenbart wurden, in der ihre Eltern ums Leben gekommen waren. Der Gedanke, dass eine Person, mit der sie möglicherweise im Streit lag, Margarethe erschossen haben könnte und sie zufällig am Ort des Geschehens aufgetaucht war, kam ihr momentan abwegig vor. Dazu wusste sie zu wenig.

Dorothee beschloss, einen weiteren Versuch zu unternehmen, sich aufzurichten. Diesmal gelang es ihr besser. Mühsam stützte sie sich an der Rückenlehne des Sofas ab, setzte die Füße auf den Dielenboden und wischte sich das inzwischen fast trockene Stofftuch von der Stirn. Sie zupfte so gut es ging die Kleidung zurecht, wobei sie quälenden Durst verspürte.

Sie musste noch einige Sekunden verharren, um wieder zu Kräften zu kommen, und nutzte die Zeit, sich im Zimmer umzusehen. Obwohl sie früher mit Margarethe in dieselbe Klasse gegangen war und die Familien sich gelegentlich zu Geburtstagen und Sommerfesten besucht hatten, war Dorothee noch nie in dieser Hütte gewesen. Schwere Balken stützten die Decke, Schnitzereien verzierten die Fenstersimse. Alles hier war aus Holz, die Wandpaneelen ebenso wie die Einrichtung, mit der das Zimmer möbliert war. Auf einer Eckbank und den Sitzflächen der Stühle lagen olivgrün bezogene Kissen, der Tischläufer besaß dieselbe Farbe. Den Boden bedeckte ein derber Sisalteppich, und die Wände zierten Jagdtrophäen und ausgestopfte Tiere. Füchse, Dachse, ein Eichhörnchen. Auf einem Rollwagen drängten sich bauchige Flaschen und Kristallkaraffen, von denen sie annahm, dass sie Hochprozentiges enthielten. Die passenden Gläser funkelten dahinter in einer Eckvitrine.

Ihr Blick wanderte zurück zu dem flachen Couchtisch vor dem Sofa, auf dem in Leder gebundene Bücher lagen. »Auf *Tierfang in der Wildnis*« las sie. »*Moderne Wildtierhaltung*« und »*Die Hege – ein Lehr- und Handbuch für Jäger und Jagdpächter*«.

Dorothee erhob sich vorsichtig und steuerte auf der Suche nach einem Badezimmer die nächstbeste Tür an.

Sie hatte Glück.

Auf einer gefliesten Kommode entdeckte sie einen Keramikkrug, gefüllt mit Wasser, der in einer flachen Schüssel stand. Neben einem Spiegel hing ein Handtuch an einem Haken. Sie nahm ein Glas vom Bord, füllte es und trank gierig mehrere Schlucke. Dann stellte sie es zur Seite und wusch sich das Gesicht.

Mit geschlossenen Augen tastete sie nach dem Handtuch und trocknete sich ab. Als sie kurz darauf den Stoff sinken ließ und die Augen öffnete, zuckte sie erschrocken zusammen, weil sich im Spiegel die schemenhaften Umrisse eines Mannes abzeichneten, der stumm hinter ihr im Türrahmen stand.

Als sie sich zu ihm umdrehte, ließ sie sich den Schreck nicht anmerken. »Wer sind Sie?«, fragte sie. »Was tun Sie hier?«

Der Mann kam einen Schritt auf sie zu. Er war noch jung, vielleicht Anfang zwanzig, fast einen Kopf größer als sie und ziemlich hager. Die Hose seines braunen Anzugs schlackerte um die Beine, und auch das Jackett schien ihm eine Nummer zu groß zu sein. Sein blondes Haar war lockig, und zwei blaue eng stehende Augen, die sie aufmerksam anblickten, waren das Auffälligste in dem lang gezogenen Gesicht.

»Entschuldigen Sie, Fräulein, ich bin Kommissaranwärter Köhler.« Er sprach auf eine gewisse Art schleppend, als würde ihm das Reden schwerfallen. »Mein Chef, Kommissar Gustav Breesen, schickt mich. Er will wissen, ob Sie in der Lage sind, ihm einige Fragen zu beantworten.«

Dorothee hängte das Handtuch zurück an den Haken. »Selbstverständlich. Bringen Sie mich zu ihm.«

Als sie wenig später aus dem Haus trat, empfing Dorothee ein herrlicher Frühsommertag. Die Wolkendecke war aufgerissen, helles Sonnenlicht flutete durch die kristallklare Luft.

Der Kommissar war in ein Gespräch mit einem anderen Mann vertieft und bedeutete Köhler mit einer schnellen Handbewegung, dass sie sich einen Moment gedulden sollten. Ruhig wandte er sich sofort wieder seinem Gesprächspartner zu.

Gustav Breesen mochte Mitte vierzig sein. Er trug zu einem grauen Anzug einen Hut und wirkte recht stämmig. Da Breesen über einen kräftigen Bariton verfügte, war es Dorothee möglich, die Unterhaltung mitzuverfolgen.

»Ich habe eine weitere Frage, Ludwig. Wie ist das Anwesen nach außen hin gesichert, gibt es eine Hecke oder einen Zaun?«

Der Mann dachte kurz nach. »Soweit ich weiß, gab es früher einen schmiedeeisernen Zaun, ähnlich dem Tor am Westportal.«

Dorothee erinnerte sich, dass sie durch dieses Tor das Gut betreten hatte.

»Und jetzt existiert der Zaun nicht mehr?«, hakte Breesen nach.

»Nein. Vor ungefähr anderthalb Jahren ließ Frau von Klippholm große Teile des Zaunes entfernen. Sie hatte in Erfahrung gebracht, dass ein Waldweg, der gleichbedeutend mit der südlichen Grenze des klippholmschen Gutes ist«, er deutete über die Schulter des Kommissars hinweg, »früher ein stark frequentierter Wildwechsel war. Frau von Klippholm verfolgte die Idee, dass dieser Wildwechsel wieder geöffnet werden sollte.«

»Und es gibt auch keinen Nachtwächter oder anderes Sicherheitspersonal?«, fragte der Kommissar nach.

»Hier draußen? Nicht, dass ich wüsste.«

Der Kommissar drehte sich langsam auf dem Absatz um. »Wie weit ist dieser Wildwechsel von hier entfernt?«

Der Mann mit Namen Ludwig zuckte mit den Achseln. »Vielleicht neunhundert Meter.«

»Und bis dahin ist alles Wald?«

Der Mann nickte. »Jungbäume, Schonungen und Altbaumbestand.«

»Danke.« Breesen klappte sein Notizbuch zu.

»Entschuldigen Sie bitte, Herr Kommissar.« Dorothee trat einen schnellen Schritt vor.

»Breesen. Gustav Breesen. Sie sind …?«

»Dorothee von Stresow. Es tut mir leid, Sie zu unterbrechen, aber ich würde Herrn Ludwig gern eine Frage stellen.«

Breesen sah sie überrascht an. Dann willigte er zögernd ein.

»Herr Ludwig, was kommt hinter dem Wildwechsel?«

»Noch mehr Wald … und ein Holzlagerplatz. Dorthin ziehen die Waldarbeiter mit ihren Pferden die gefällten Bäume, bevor sie später mit Fuhrwerken zur Sägemühle abtransportiert werden.«

Breesens Kopf ruckte herum. »Moment! Sie sagten doch eben, es wäre ein Wildwechsel.«

»Ja und ein Waldweg«, warf Dorothee ein. »Das heißt, der Lagerplatz ist gut erreichbar?«

»Selbstverständlich. Erst letzten Herbst, als einer der

Sechsspänner fast umgekippt wäre, hat der Besitzer des Sägewerkes gefordert, die Löcher neu verfüllen zu lassen. Es gab deshalb Ärger mit Frau von Klippholm. Sie befürchtete, dass der Lärm das Wild vertreiben könnte, und sie wollte nicht für die Kosten aufkommen. Aber ist das für die Ermittlungen wichtig?«

»Zu diesem Zeitpunkt der Ermittlungen ist jede Information von Bedeutung«, brummte Breesen und blickte Ludwig an. »Danke. Sie können jetzt gehen. Ich weiß, wo ich Sie erreiche, wenn es noch Fragen gibt.«

Der Mann, der offenbar eine Art Verwalter war, ging langsam davon.

Breesen musterte die junge Frau mit den kurzen schwarzen Locken und dem eleganten blauen Strickcape über einem eng anliegenden Reisekostüm, das nicht recht in eine Jagdhütte passte.

»Herr Ludwig erzählte mir«, hob er unvermittelt zu sprechen an, »dass, als er an der Jagdhütte eintraf, er Margarethe von Klippholm tot und Sie ohnmächtig vorfand. Können Sie mir erklären, was hier vorgefallen ist?«

»Also, was mich betrifft, ich sah Margarethe auf der Erde liegen, als ich um die Hausecke bog.«

»Wann genau sind Sie heute Morgen hier angekommen?«

»Um zehn vor zehn. Ich parke am Westportal. Das Tor, von dem Ludwig vorhin sprach«, fügte sie ergänzend hinzu.

Breesen nickte langsam. »Das würde mit der Todeszeit hinkommen, die der Arzt festgelegt hat. Irgendwann zwischen neun und zehn Uhr.« Er hob den Kopf.

»Was haben Sie dann getan?«

»Ich lief zu ihr hin. Ich sah das Einschussloch in der Stirn. Dann wurde ich niedergeschlagen.«

»Konnten Sie erkennen, wer Sie niedergeschlagen hat?«

Dorothee schüttelte den Kopf. »Ich sah nur den Schatten.«

Der Kommissar musterte sie aufmerksam. »Was war der Grund, warum Sie heute hierherkamen? Weshalb wollten Sie Margarethe von Klippholm treffen? Soweit ich vermute, sind Sie nicht von hier.«

Dorothee überlegte. Längst hatte sie beschlossen, die Polizei über den wahren Grund ihres Besuches im Unklaren zu lassen. Sie antwortete, ohne zu zögern. »Ich komme aus Berlin. Ich bin Autorin von Kriminalromanen, und man hat mich für eine Festrede an der Höheren Töchterschule in Bergen eingeladen. Margarethe von Klippholm und ich sind uns dort gestern bei den Feierlichkeiten begegnet. Wir sind Schulkameradinnen, haben geredet, und heute wollten wir unser Gespräch fortsetzen.«

»Worüber haben Sie geredet?«

Dorothee zögerte einen Moment. Bis jetzt ließen sich alle ihre Aussagen lückenlos überprüfen. Doch nun musste sie zu einer Notlüge greifen. »Frau von Klippholm wollte ein paar Tipps von mir. Sie hatte vor, ein Buch über ihre Familie zu schreiben.«

»Ein Buch. Gab es irgendetwas, eine Bemerkung oder eine Geste, woraus Sie schließen könnten, dass Margarethe von Klippholm Angst hatte oder sich bedroht fühlte?«, fragte der Kommissar. Sie konnte ihm nicht ansehen, ob er ihr glaubte.

»Nein, davon weiß ich nichts.«

Breesen warf einen schnellen Blick auf seine Notizen. »Sie sagten, Sie betraten zehn vor zehn das Grundstück durch das Westportal, was geschah dann?«

»Ich traf auf das Pferd, von dem ich annehme, dass Margarethe mit ihm hierher geritten war. Das Tier zeigte sichtlich Anzeichen von Angst, etwas musste es erschreckt haben.«

»Der Knall des Schusses vermutlich«, warf Breesen ein.

»Ja, möglicherweise. Was jedoch interessant ist, ist der Umstand, dass der Schimmel abgesattelt und sein Fell trocken war. Keine Spuren von Schweiß. Also musste seit Margarethes Ankunft in der Hütte einige Zeit vergangen sein.«

Dorothee deutete auf eine weiße dickwandige Tasse, die auf der Terrasse lag und angeschlagen war. Sie musste vor Kurzem auf den Boden gefallen sein. Eine dunkle Lache zeichnete sich in ihrer Nähe ab. »Sehen Sie, ihr blieb sogar noch Zeit, sich einen Kaffee zuzubereiten und sich damit auf die Veranda zu begeben.«

»Frau von Klippholm kam wahrscheinlich weit vor neun hier an, und ich sehe auch die Tasse, aber woher wusste der Mörder, dass sie sich heute Morgen allein hier in der Jagdhütte aufhielt?«

»Ich weiß es nicht. Ich kann mir das nur so erklären, dass das Eintreffen einer mehrwöchigen Jagdgesellschaft auf der Insel niemandem verborgen bleibt. Ich selbst durfte miterleben, wie Margarethe in aller Öffentlichkeit in dieser Angelegenheit mit einem Getränkelieferanten verhandelte.«

»Der Täter hat aus der Distanz geschossen. So viel kann ich schon sagen, es gab keine Schmauchspuren.«

Dorothee nickte zustimmend. »Dem Mörder muss von Anfang an klar gewesen sein, dass sich ihm, wenn überhaupt, nur am heutigen Tag in der Früh eine Chance bot, Margarethe allein hier zu begegnen. Das spätere Eintreffen der Dienerschaft hätte einen erfolgreichen Anschlag vereitelt.«

»Oder das unerwartete Auftauchen einer ...«, der Kommissar suchte nach dem richtigen Wort. »... alten Schulfreundin, die ihn zwingt, von seinem Plan abzuweichen und zu improvisieren.« Breesen schaute sich suchend um. »Die Hütte ist von Wald und Buschwerk umgeben, der Schütze hätte sich überall verstecken können.«

»Sicher hätte er das. Aber je länger ich darüber nachdenke, umso mehr komme ich zu der Erkenntnis, dass der Mörder nichts dem Zufall überlassen hat.« Dorothee sah Breesen an, dass es ihm schwerfiel, ihren Gedankengängen zu folgen. Sie deutete hinter ihn. »Der Mörder hat von dort geschossen. In dieser Richtung müssen wir nach dem Versteck suchen.«

Breesen legte die Stirn in Falten. »Sind Sie Hellseherin? Wieso ausgerechnet dort?«

Dorothee beschattete die Augen. »Sehen Sie, Herr Kommissar, die Jagdhütte ist in südöstlicher Richtung ausgerichtet. Wenn wir der Annahme folgen, dass Margarethe von Klippholm kurz nach acht hier eintraf, sich einen Kaffee kochte und danach in die Sonne trat, blieb ihr nur das vordere Ende der Terrasse dafür. Der andere Teil lag im Schatten.«

»Aber wenn die Richtung, die Sie annehmen, stimmt, hätte der Schütze sie doch auch gleich erschießen können, als sie aus der Tür trat.«

»Da stimme ich ihnen zu, aber ich glaube, er wollte sichergehen. Das Halbdunkel auf der Terrasse, die Brüstung und die Blumenkästen, all das hinderte ihn.

Dagegen beschien sein Opfer hier die Sonne von vorn und bot für den Schützen das perfekte Ziel. Hätte er sich fünfzig Meter weiter rechts befunden, hätte er ihre Silhouette nur im Gegenlicht erkennen können, und ein präziser Schuss wäre niemals möglich gewesen. Also lassen Sie uns in dieser Richtung suchen.«

Zu zweit liefen sie los.

Dorothee schritt voraneweg, Breesen hatte Mühe, ihr zu folgen, wollte sich aber keine Blöße geben.

Schnell erreichten sie den Waldsaum.

Plötzlich blieb Dorothee abrupt stehen.

»Herr Kommissar«, stieß sie aufgeregt hervor. »Das sollten Sie sich ansehen. Hier sind Schuhabdrücke.«

Breesen hatte rasch zu ihr aufgeschlossen. Er nickte bestätigend. »Ja, eindeutig Stiefelspuren. Wir haben Glück, dass der Mörder durch diese Senke gelaufen ist. Auf Moos oder trockenem Waldboden wäre es weitaus schwieriger, Spuren zu finden.« Der Kommissar ging in die Hocke… »Die Spur ist frisch und der Sand sehr weich. An manchen Stellen ist die Spurenkante bereits eingebrochen.«

Er griff seitlich nach einem trockenen Zweig und zerbrach ihn. Anschließend steckte er die Stücke als Markierung entlang des Spurenumrisses in den Boden. Als ihn Dorothee fragend ansah, erklärte er: »So geht mir die ursprüngliche Größe des Abdrucks nicht verloren. Später werden wir einen Gipsabguss davon machen.«

Dorothee hatte bei den letzten Worten schon nicht mehr richtig hingehört. Sie folgte der Spur bis zu einer schmalen Schneise, die durch eine dichte Schonung mit niedrigen Tannen führte. Der Hochwald dahinter erschien ihr wie eine dunkle Wand.

»Was denken Sie?«, fragte Breesen, der sich zu ihr gesellte, während er seine Hände an einem Taschentuch abwischte.

»Ich bin mir sicher, dass sich diese Abdrücke bis zum Holzplatz zurückverfolgen lassen werden. Womöglich enden sie dort neben den Reifenspuren eines Automobils.« Dorothee stützte das Kinn in die Hand. »Ja, so könnte es gewesen sein. Heute ist Sonntag, der Mörder wusste, dass niemand im Wald arbeitete. Er stellte den Wagen ab, lief das Stück durch den Wald, ohne befürchten zu müssen, auf ein Hindernis zu treffen, beging den Mord an Margarethe und verschwand wieder. Am Holzplatz stieg er in sein Auto und erreichte wenig später die Landstraße.«

Breesen legte die Stirn in Falten. »Es gibt nicht viele Automobile auf der Insel. Ein Reifenprofil könnte uns weiterhelfen.«

Die Abdrücke führten sie über den Rand der Senke zu einer Lichtung, die mit Gras bewachsen war. Obwohl die Halme bereits begannen, sich wieder aufrichten, ließ sich die Spur noch gut erkennen.

Dorothee und der Kommissar überquerten die Lichtung. Auf der anderen Seite versperrten ihnen trockene Äste und dichtes Unterholz den Weg.

»Hier ist Schluss«, grummelte Breesen und stemmte mit verärgerter Miene die Fäuste in die Seiten.

Dorothee achtete nicht auf ihn, sondern pirschte am Rand des Dickichts entlang, den Blick immer fest auf den Boden gerichtet. Sie wusste nicht genau, wonach sie suchte, doch als sie den frischen Kratzer auf dem bemoosten Baumstumpf entdeckte, wusste sie, dass sie die Spur wiedergefunden hatte. Sie kniff die Augen zusammen und ermahnte sich, wachsam zu sein. Die Schulter voran drängte sie vorwärts.

Das Buschwerk vor ihr wurde immer dichter, Brennnesseln versperrten ihr den Zugang, und sie glaubte schon, umkehren zu müssen, als sie plötzlich auf eine Handvoll abgeschnittener Äste stieß, die achtsam zur Seite gelegt worden waren. Die Blätter begannen bereits zu welken und die Enden waren trocken. Aufmerksam blickte sie sich um.

Dann entdeckte sie die Öffnung.

»Kommissar Breesen! Hierher!«, rief sie.

Dorothee hörte, wie der Mann durchs Unterholz brach.

Sie wartete nicht auf ihn.

Ungeduldig ging sie auf die Knie und kroch los. Ungeachtet des Schmutzes, der an ihren Knien und dem Rock haften blieb. Es dauerte einige Sekunden, bis sie sich mit dem Kostüm durch den Durchschlupf gekämpft hatte. Unerwartet traten im Innern des Gebüschs die Äste zurück, und das Blätterwerk weitete sich über ihrem Kopf zu einer grünen Kuppel. Unter ihren Fingern fühlte sie trockenes Laub, das überall den Boden zu bedecken schien.

»Fräulein von Stresow?«, hörte sie Breesen plötzlich fragen.

»Ja, ich bin hier, in dem Gebüsch vor Ihnen. Sie müssen durch das Loch kriechen.«

Dann vernahm sie das Knacken von Ästen sowie ein Ächzen und Schnauben. Momente später tauchte der Kommissar hinter ihr auf. Ungläubig sah er sich um. »Und Sie sind überzeugt, dass der Mörder Margarethe von Klippholm hier auflauerte?« Die Skepsis in der Stimme war unüberhörbar.

»Allerdings. Er hat das Versteck sorgfältig ausgesucht und vorbereitet. Haben Sie draußen die abgeschnittenen Äste bemerkt?«

Der Kommissar nickte.

»Dem Mörder lag daran, keinerlei Geräusche zu verursachen, wenn er das Versteck aufsuchte und wieder verließ. Aber sehen Sie selbst!«

Dorothee wies mit dem Finger auf eine Stelle in der Laubkuppel, wo durch eine Art winziges Fenster zwischen den Blättern ein dünner Lichtstrahl hereinfiel.

Breesen bewegte sich geräuschvoll vorwärts. Einige Sekunden vergingen, in denen er aufmerksam den Ausblick musterte, der sich ihm bot. Ohne Zweifel ließen sich das Grundstück und die Vorderseite der Jagdhütte von hier aus uneingeschränkt einsehen. Der Kommissar kniff die Augen zusammen. Die Entfernung bis zum Haus schätzte er auf sechzig Meter. Für einen geübten Schützen mit einem ordentlichen Gewehr war die Distanz keine ernsthafte Herausforderung. Trotzdem sträubte sich etwas in ihm, den Überlegungen dieser Kriminalautorin aus Berlin, die hier auftauchte und ihn belehrte, weiterhin Beachtung zu schenken. Er wischte sich den Schweiß von der Stirn. Das hier war keine spannende Geschichte, die extra für ein Buch konstruiert wurde, mit überraschenden Wendungen und kniffligen Fragen, die am Ende den Polizeiermittler gut aussehen ließen und zum Helden machten. Das hier war ein richtiger Mordfall, bei dem er sich auf seinen Instinkt und seine jahrelange Erfahrung verlassen musste. Die Polizeidirektion in Stralsund erwartete rasche Ergebnisse. Er drehte Dorothee von Stresow das Gesicht zu. Seine Menschenkenntnis sagte ihm, dass die Frau, die hier im Halbdunkel vor ihm saß, nicht die Wahrheit darüber sagte, was sie wirklich mit Margarethe von Klippholm verband.

Er räusperte sich. »Vielleicht wurde das Opfer von

hier aus erschossen, vielleicht auch nicht. Wir wissen es nicht. Das muss die Ballistik entscheiden.«

»Und die Zweige? Die Abdrücke, die hierherführten?«

»Die Spur verlor sich bereits viel weiter vorn im Wald, noch vor den Brennnesseln … und die Zweige? Die kann jeder mit einem Taschenmesser abgeschnitten haben. Kinder, die ein Versteck suchten, ein Jäger auf der Pirsch …«

Er sah, dass sie mit seiner Argumentation unzufrieden war.

Aber ehrlich gesagt war ihm das egal. Seitdem er diese Frau getroffen hatte, wurde er von ihr belehrt wie ein Schuljunge, und sie hatte ihn dazu gebracht, in einen Busch zu kriechen, aus dem er jetzt mühsam rückwärts herausrobben musste.

Er stützte sich ab, wobei plötzlich ein stechender Schmerz durch seinen rechten Arm fuhr. Er stöhnte leise auf und rollte auf die Seite.

»Was haben Sie?«, fragte Dorothee erschrocken.

Seine von Schmerz verzerrte Miene glättete sich, als er seine Faust unter dem Arm hervorzog und sie ihr entgegenstreckte. »Ich habe mich auf irgendetwas Hartem abgestützt!«, sagte er.

Dorothee hielt die Luft an.

Kurz trafen sich ihre Blicke.

Es war kein spitzer Stein oder ein Tannenzapfen.

Im matten Licht schimmerte zwischen vertrockneten Blättern und Beeren der Stahlmantel einer Patronenhülse.

KAPITEL 4

Dorothee zupfte sich eine letzte Tannennadel von der Schulter und richtete ihr Haar.

»Das ist außergewöhnlich«, sagte Breesen, der aufmerksam die Patronenhülse auf seinem Handteller betrachtete.

Interessiert trat Dorothee näher. »Was ist an einer Patronenhülse außergewöhnlich, Herr Kommissar?«

Der Mann schaute sie von unten herauf an, aber sie ließ sich von seiner abweisenden Miene nicht beeindrucken. »Bitte erklären Sie es mir.«

Missmutig räusperte er sich. »Wie Sie sehen können, ist diese Patronenhülse aus Stahl. Kaliber 7,92 x 57 mm, das müssen Sie mir jetzt einfach glauben.«

Er nahm die Hülse mit der anderen Hand und drehte sie um. »Auf dem Boden der Patrone sind drei Buchstaben eingestanzt. Sie geben Auskunft darüber, in welcher Fabrik die Patrone gedreht wurde.«

»Und was ist jetzt so außergewöhnlich an diesem Ding?«, wollte Dorothee wissen.

Der Kommissar nahm die Patronenhülse zwischen Daumen und Zeigefinger. »Normalerweise besteht eine gute Patronenhülse aus Messing. Da aber unserer Industrie in den letzten beiden Kriegsjahren die Buntmetalle ausgingen, waren sie gezwungen, kostbares Messing einzusparen. Deshalb wurden die Patronen nur noch aus Stahl hergestellt. Aus recht schlechtem dazu, wenn ich das hier anmerken darf.«

»Und welche Waffe verschießt eine derartige Munition?«

»Hauptsächlich das Gewehr 98.«

»Was ist ein Gewehr 98?«

»Ein Mehrladegewehr. In einem integrierten Magazinkasten können bis zu fünf Patronen aufmunitioniert werden.«

»Gibt es viele von diesen Gewehren?«

Breesen lachte auf. »Zehntausende, Fräulein von Stresow. Es war das Standardgewehr des deutschen Heeres.«

»Ja, aber mussten die Soldaten nach Beendigung des Krieges die Waffen nicht abgeben?«

»Theoretisch schon. Doch als der Krieg zu Ende war, marschierten die Soldaten nicht in Kriegsgefangenschaft, sondern als freie Männer nach Hause. Sicher gab es Regimenter, die geschlossen von der Front in Eisenbahnwaggons zurückkehrten. Diese wurden gemäß des Versailler Vertrags entwaffnet und aufgelöst. Aber einen Großteil der Soldaten betraf das nicht. Sie setzten nach ihrer Rückkehr in die Heimat einfach das alte Leben fort.«

»Und was wurde aus den vielen Waffen?«

»Aus den meisten, soweit ich weiß, Jagdgewehre. Das Gewehr 98 eignet sich wegen seiner Präzision und Robustheit ausgezeichnet dafür.«

Dorothee blickte ihn skeptisch an. »Geht das so einfach? Ich meine, aus einem Armeegewehr eine Jagdwaffe zu machen?«

»Es ist relativ unkompliziert. Die Waffe bekommt durch die Behörde eine neue Registrierungsnummer, und das war's.« Breesen steckte die Patronenhülse in die Hosentasche. »Ich denke, wir können davon ausgehen, dass der Mörder ein Jäger war.«

»Oder ein ehemaliger Soldat«, gab Dorothee zu bedenken.

»Oder beides.«

Breesen nestelte ein Etui aus der Tasche, öffnete es, steckte sich eine Zigarette zwischen die Lippen und zündete sie mit einem Streichholz an. Das verkohlte Streichholz schob er zurück in die Schachtel und richtete seine Augen auf Dorothee. »Und was werden Sie jetzt tun?«

Sie streckte den Rücken durch. »Ich fahre zurück in mein Hotel, nach Binz.«

»Wann haben Sie vor, abzureisen?«

»Ich bin mir noch nicht darüber im Klaren. Ich habe noch einige Dinge zu erledigen.«

Breesen sah sie durch den Rauch hindurch forschend an, aber sie wich dem Blick nicht aus.

»Gut«, sagte er langsam. »Dann weiß ich ja, wo ich Sie finde, falls ich noch Fragen habe.«

Dorothee schenkte ihm ihr schönstes Lächeln. »Jederzeit, Herr Kommissar.«

• • • •

Als sie die Tür zu ihrem Auto öffnete und auf den Fahrersitz rutschte, spürte sie, wie erschöpft sie war. Ihre Handflächen waren nass vom Schweiß, und die Kopfschmerzen meldeten sich zurück, ein dumpfes Hämmern unter der Schädeldecke. Dazu hatte sie einen pelzigen Geschmack im Mund. Müde massierte sie ihren Nacken.

In ihrem Kopf kreisten noch immer die Gedanken.

Margarethe war erschossen worden, ausgerechnet an dem Morgen, wo sie ihr Informationen zur Brandnacht zukommen lassen wollte. Was hatte sie auf dem Schulhof gemeint? »So viel lässt sich sagen, es war kein Unfall.« Dazu die Andeutung, dass ihre Eltern Teil irgendeiner Partie waren.

Und jetzt war Margarethe tot.

Dorothee ließ die Hand sinken und starrte aufs Lenkrad.

Möglicherweise war ihr Gespräch in der Schule belauscht worden?

Oder man hatte sie beobachtet.

Aber wer?

Bei ihrer Festansprache in der Aula waren sämtliche Amts- und Würdenträger, Geldgeber, Beiräte und Honoratioren der Insel zugegen. Ihre Anwesenheit war also niemandem verborgen geblieben. Wenn also das Feuer damals tatsächlich absichtlich gelegt worden war, musste ihre plötzliche Rückkehr nach Rügen bestimmte Leute aufgeschreckt haben.

Leute, die keinerlei Interesse daran hatten, dass die Wahrheit ans Licht kam, und deshalb selbst vor Mord nicht zurückschreckten.

Dorothee stöhnte leise auf. Dann startete sie den Motor. Mit ein bisschen Glück war sie in einer halben Stunde im Hotelzimmer und konnte ein wenig ausruhen.

Doch sie hatte kaum einen Kilometer auf der Straße Richtung Binz zurückgelegt, als der Motor ihres kleinen Ford T Coupe 11 ohne ersichtlichen Grund ausging. Es war auf einmal, als würde sie auf dem Rücken eines bockigen Pferdes sitzen. Der Wagen vollführte zwei, drei Sätze, wobei dichter schwarzer Qualm aus dem Auspuff quoll, dann rollte er aus.

Ungehalten stieß Dorothee die Tür auf.

Stille umfing sie.

Nirgends war eine Menschenseele zu sehen. Nur endlose Felder, aufgetürmte Findlinge und zwei Reihen Alleebäume, die gewaltige Schatten auf den Sand warfen.

Dorothee blickte auf die Armbanduhr.

Gleich zwei Uhr.

Sie schloss die Augen.

Es kam selten vor, dass sie nicht wusste, was sie tun sollte, aber nun war es so. Um überhaupt etwas zu tun, öffnete sie die Motorhaube.

Plötzlich jedoch drang das Tuckern eines Motors an ihr Ohr. Erst leise, dann immer lauter, und schließlich tauchte unter den Bäumen ein Auto auf.

Dorothee stellte sich hinter ihren Wagen auf die Straße und begann zu winken.

Anfänglich behielt der Fahrer das Tempo bei, und sie sah mit an, wie das Auto ausscherte und vorbeifuhr. Doch ein Stück weiter bremste es plötzlich ab und kam schlitternd zum Stehen. Staub wallte unter den Reifen auf.

Einen Augenblick später flog die Fahrertür auf, und ein Mann stieg aus.

Dorothee traute ihren Augen nicht.

Es war Albert Badrow.

Wieder stand ihr die kühle Begrüßung auf der Hoteltreppe vor Augen. Warum bist du zurückgekommen?, hatte er sie gefragt.

Er war sichtlich überrascht, sie hier anzutreffen. Trotzdem wich das erstaunte Lächeln über das unvermutete Wiedersehen schnell der altbekannten Reserviertheit.

»Guten Tag, Dorothee.«

»Guten Tag, Albert.«

»Autopanne?«

»Ja, der Motor ist plötzlich ausgegangen.«

Er fragte sie nicht, woher sie kam, sondern schritt an ihr vorbei und warf einen Blick unter die Motorhaube. Er murmelte etwas, was sie nicht verstand.

Dann drehte er sich um, ging wortlos zu seinem Wagen und tauchte kurz darauf mit einem Abschleppseil wieder auf. Ohne ein Wort zu verlieren, begann er, es an beiden Autos zu befestigen.

Dorothee hatte das Gefühl, außerhalb der Szenerie zu stehen. So unwirklich kam ihr die Begegnung mit Albert vor. Doch der Gesang der Lerchen und die Kopfschmerzen erinnerten sie daran, dass alles real sein musste.

Endlich wischte Albert sich die Hände an einem Taschentuch ab. »Das Beste wird sein, wir schleppen das Auto in eine Werkstatt«, sagte er.

Dorothee wollte etwas antworten, sich bedanken, doch auf einmal wurde ihr schwindelig. Sie schwankte und spürte plötzlich die starken Arme, die sie im letzten Moment gerade noch auffingen.

Aus der Ferne drang Alberts Stimme in ihr Ohr, der ihren Namen rief. Gleichzeitig spürte sie eine erfrischende Kühle an ihrem Hinterkopf.

Als sie die Augen aufschlug, merkte sie, dass sie auf der Wiese lag. Über sie spannte sich ein blauer Himmel, und eine Wildbiene summte über sie hinweg. Sie drehte den Kopf und blickte in Alberts Gesicht, in dem sich keine Zurückhaltung mehr, sondern vielmehr echte Besorgnis abzeichnete.

»Wie geht es dir?«, fragte er mit rauer Stimme.

»Besser, denke ich.«

Er half ihr, sich aufzurichten und sich gegen einen großen Findling zu lehnen. »Du solltest etwas trinken«, sagte er und setzte ihr eine Flasche an die Lippen, wobei er darauf achtete, dass sie sich nicht verschluckte. Dann lächelte er. »Du machst aber auch Sachen.«

Dorothee setzte die Flasche ab und versuchte das Lächeln zu erwidern. »Das hast du früher auch immer gesagt, wenn ich mir wieder irgendwo das Knie aufgeschlagen hatte.«

Albert wandte sich rasch ab und begann in seinem Rucksack zu kramen, ohne jedoch etwas hervorzuholen. »Wir waren Kinder«, antwortete er über die Schulter hinweg.

Dorothee sah ihn abschätzend an. »Na und? Aufgepasst hast du trotzdem immer auf mich.«

Albert grinste verlegen. »Wie du meinst.« Dann beugte er sich vor. »Hast du das häufiger – diese Schwindelanfälle?«

»Siehst du, du tust es schon wieder: auf mich aufpassen!«

»Nein, hör auf. Das ist kein Spaß mehr.«

Dorothee wurde ebenfalls ernst. Zögernd erzählte sie ihm, was ihr am Morgen zugestoßen war.

Albert hörte schweigend zu. »Unglaublich, dass so ein Mord hier auf der Insel geschieht, und bei der Beule an deinem Kopf hattest du riesiges Glück, dass der Angreifer nicht noch kräftiger zugeschlagen hat. Nicht auszudenken, was dann passiert wäre. So bist du vermutlich mit einer Gehirnerschütterung davongekommen. Du solltest dich ein wenig ausruhen, bevor wir weiterfahren.«

»Jawohl, Herr Doktor.« Dorothee zwinkerte ihm zu, dann lehnte sie sich zurück und schloss für einen Moment die Augen. Die Wärme auf dem Gesicht tat ihr gut.

»Wie ist es dir auf Rügen ergangen, nachdem ich weg war?«, fragte sie dann aus einem Impuls heraus.

Albert riss einen Grashalm ab und drehte ihn zwischen den Fingern. »Nach dem Brand wurde euer Gut verkauft. Alle zogen weg. Wir auch, da mein Vater eine neue Anstellung als Stallmeister in Putbus annahm. Im Grunde war das ein Glück für mich, denn ich erhielt vom Fürsten ein Stipendium, um das Pädagogium besuchen zu können.«

Dorothee erinnerte sich, dass die Bildungsstätte unter den Einheimischen liebevoll »Pädschen« genannt wurde.

»Du wurdest also ein ›Pädschler‹?«

Albert lachte. »Ja, dank der Förderung. Dadurch musste mein Vater nur ein Viertel des Schulgeldes bezahlen. Zweihundert Reichsmark im Jahr hätten wir uns nie leisten können.«

Da hast du die Antwort auf deine Frage, was Albert in die Lage versetzte, zu studieren, dachte sie, und gleichzeitig schämte sie sich, die Loyalität von Alberts Familie einen Moment lang angezweifelt zu haben.

»Es tut mir leid.« Aus einem Reflex heraus legte sie ihm die Hand auf den Unterarm.

Verblüfft sah Albert sie an. »Was tut dir leid? Wir sind doch beide unsere Wege gegangen, obwohl es nicht leicht war. Und schau uns heute an. Du bist eine erfolgreiche Kriminalautorin, und ich bin Tierarzt.«

»Ja«, sagte Dorothee und zog sanft die Hand zurück. »Und nach dem Examen bist du wieder zurück auf die Insel?«

»Ich wollte wieder zurück. Unbedingt.« Er breitete die Arme aus. »Sieh dich um, wie herrlich es hier ist! Die welligen Rasenhügel, die knorrigen Bäume, vom Wind zerzaust, der Streifen Sand und dahinter das Meer. Wenn ich es nicht besser wüsste, würde ich sogar behaupten, dass auf Rügen die Uhren anders gehen. Langsamer.«

»Also bist du wegen der Landschaft zurückgekommen?«

»Nicht nur. Als ich 1912 mit dem Examen fertig war, fand ich eine Stelle als Assistent bei einem alten Tierarzt auf der Insel. Ich war ihm dankbar, wieder auf Rügen sein zu können, und dafür, was er mich alles lehrte. Er nahm mich mit auf die Höfe, stellte mich den Fischern und Bauern vor und ließ mich praktizieren, bis die Leute mir vertrauten. Ich muss dir ja nicht sagen, dass Theorie und Praxis zwei verschiedene Paar Schuhe sind.« Albert unterbrach sich. »Was macht dein Kopf, alles gut?«

Dorothee nickte und lächelte dabei. »Erzähl weiter.«

»Nach ungefähr einem Jahr kam er und erklärte mir, dass für ihn der Zeitpunkt gekommen sei, sich aus der Tierarztpraxis zurückzuziehen. Er sagte, er sei jetzt in einem Alter, da wollte man nicht mehr nachts raus, um bäuchlings auf dem kalten Boden eines Kuhstalls zu liegen. Er bot mir die Praxis an, und ich übernahm sie.«

Über Alberts Gesicht huschte ein Schatten.

»Ein Jahr später begann der Krieg, und ich wurde eingezogen. Wegen meiner Qualifikation steckten sie mich zur Kavallerie.«

Er schüttelte den Kopf. Dorothee ahnte, wie schwer es ihm fiel, über diese düstere Zeit zu sprechen. »Pferde gegen Maschinengewehre. Sie benötigten keinen Tierarzt, sie brauchten einen Metzger. Am Anfang starben die Tiere oder wurden im Kugelhagel verletzt. Später, zum Kriegsende hin, wanderten sie in die Essgeschirre. Es war abartig und unvorstellbar grausam. Als würde man in die Abgründe der Hölle schauen.«

Er verstummte und blickte dann auf die Uhr. Sein Gesichtsausdruck veränderte sich. »Wir müssen weiter. Die nächste Werkstatt ist in Binz. Möchtest du, dass ich dich im Hotel absetze?«

Dorothee stellte fest, dass ihr das Zusammensein mit Albert guttat, und plötzlich überfiel sie das Gefühl, nicht allein sein zu wollen. Nicht nach dem, was an diesem Morgen vorgefallen war. Die Vorstellung von einem leeren Hotelzimmer bedrückte sie.

»Was hast du jetzt vor?«, fragte sie zaghaft.

»Ein Schäfer hat mich angerufen. Ich weiß nicht, was los ist. Er war ganz aufgeregt und bat mich, sofort zu ihm zu kommen.«

»Kann ich dich nicht begleiten?«

Albert schien die Frage bereits erwartet zu haben.

»Warum nicht? Ich habe nichts dagegen.«

KAPITEL 5

Nachdem sie den Wagen in der Werkstatt einem fachkundigen Mechaniker überlassen hatten, drängte Albert darauf, mit Dorothee die Apotheke in der Wilhelmstraße aufzusuchen, wo sie noch ein Aspirin gegen die Kopfschmerzen einnahm.

Anschließend fuhren sie weiter.

»Was für Schafe hat dieser Schäfer denn?«, fragte Dorothee interessiert.

»Nils Berg züchtet rauwollige Pommersche Landschafe. Das ist eine sehr alte Schafsrasse. Unter uns nennen wir sie scherzhaft Allwetterschafe, weil sie an Haltung, Fütterung und Klima geringe Ansprüche stellen. Die Tiere werden selten krank, und oft weiß ein Schäfer selbst am besten, was seine Tiere benötigen. Es wundert mich, dass er mich angerufen hat. Wo es keinen Arzt gibt, gehen die Leute gewöhnlich zum Schäfer.«

Sie erreichten die Waldhalle, ein Ausflugslokal direkt an der Steilküste, und bogen am Schwarzen See in Richtung Sellin ab. Währenddessen unterhielten sie sich über alte Bekannte, und nach und nach fügte sich für Dorothee ein Bild zusammen.

Später hatten sie Sellin hinter sich gelassen, waren am Dörfchen Baabe vorbeigerollt, und dann tauchten die ersten weißen Holzgebäude von Göhren auf.

Albert drosselte das Tempo. Bald bogen sie von der Hauptverkehrsstraße rechts ab, fuhren eine schmale Gasse hinunter, vorbei am Räucherhaus und einem wunderschönen Obstgarten und erreichten schließlich ein Holzgatter, an dem zwei Männer sie bereits erwarteten.

»Was will der Dorfgendarm hier?«, fragte Dorothee überrascht.

»Ich weiß es nicht«, erwiderte Albert und zog die Handbremse an. Beide stiegen aus.

Die Männer begrüßten sich, anschließend stellte Albert Dorothee vor.

»Sie ist eine alte Bekannte von mir«, sagte er. »Sie haben doch sicher nichts dagegen, wenn sie uns begleitet.«

Der Gendarm legte als Zeichen seines Einverständnisses einen Zeigefinger an den Helm, Schäfer Berg hingegen, der eine grobe Wolljacke und derbe Hosen mit einem Ledergürtel trug, schienen nur die Schafe zu interessieren, er drängte zur Eile.

»Kommen Sie, Badrow.« Seine Stimme drohte vor Kummer zu kippen. »Ich will wissen, was Sie als Tierarzt zu diesem Massaker sagen.«

Er stürmte mit langen Schritten vorwärts, neben ihm eine eindrucksvolle weiße Hütehündin namens Frida, die nicht von seiner Seite wich.

Sie mussten nicht weit gehen, als Berg abrupt stehen blieb. Anklagend deutete er auf eine Senke im Gras.

Langsam trat Dorothee näher. Ein grausames Bild bot sich ihr. Wohin sie sah, überall Lachen von dunklem Blut. Auf der Erde, auf den Grashalmen, auf der Wolle der Schafe.

Sie schlug die Hand vor den Mund und schluckte mehrmals, um den aufsteigenden Brechreiz zu unterdrücken.

Die Kehlen der Tiere waren zerfetzt worden, die Bauchdecken aufgeschlitzt. Organe hingen heraus oder lagen als blutige Klumpen im Gras. Die Verwesung hatte bereits eingesetzt; Schwärme von Fliegen summten um die Kadaver.

»Was denken Sie, Badrow? Was hat meine besten Schafsböcke so zugerichtet?«

Doch bevor Albert antworten konnte, meldete sich der Gendarm zu Wort. »Man muss sich doch nur diese Schweinerei ansehen, da weiß man doch gleich, dass irgendein Raubtier hier sein Unwesen getrieben hat.«

Albert bückte sich, die Augen zu Schlitzen verengt.

»Was für ein Raubtier soll das gewesen sein?«, sagte er. »Füchse sind dafür zu klein. Die holen sich eher ein Lamm.«

»Richtig«, erwiderte Berg. »Meine Böcke haben zwar kein Gehörn, aber ich wage zu behaupten, dass ein Fuchs gegen drei Schafsböcke keine Chance hat.«

»Aber was war es dann?«, wollte der Gendarm wissen.

»Hunde«, erklärte Albert. »Streunende Hunde. Wahrscheinlich ein ganzes Rudel, anders kann ich mir dieses Blutbad nicht erklären.«

»Und wo sind die hergekommen?«, wollte der Gendarm wissen. »Die Tiere wären doch sicher aufgefallen.«

»Das ist doch scheißegal, woher die gekommen sind«, brauste der Schäfer auf. »Alle meine Zuchtböcke sind tot, zerfetzt von irgendwelchen Scheißhunden. Abknallen müsste man die Köter und die Leute, denen sie gehören, gleich dazu.«

Der Gendarm hob beschwichtigend die Hände. »Ich darf Sie bitten, sich in Ihren Äußerungen zu mäßigen ...«

Dorothee war ein paar Schritte zur Seite gegangen und ließ ihren Blick über die Weide schweifen. Woher mochten die Hunde gekommen sein?

Das Wiesenstück mit dem leichten Gefälle reichte beinahe über das gesamte Hochufer und war vollständig eingefriedet. Darüber hinaus säumten mächtige Sanddornbüsche die beiden Ränder des Nordperds, die zum Meer hin steil abfielen. Dorothee wusste, dass die Pflanze, wie der Name verriet, lange spitze Dornen besaß.

Sie lenkte ihre Aufmerksamkeit wieder auf das Gelände.

Hinter dem Koppelzaun, der die Weide zur Landseite begrenzte, bemerkte sie die Giebel zweier Schilfdächer, die über die Anhöhe lugten. Kurz blieb ihr Blick an den kleinen quadratischen Dachfenstern haften. Langsam drehte sie sich weiter um die eigene Achse. Zuletzt schaute sie wieder auf das Holzgatter, durch das hindurch sie mit Albert die Weide betreten hatte und auf dem jetzt rittlings zwei Jungen saßen, die sie neugierig beobachteten.

Plötzlich hatte sie eine Idee und ging mit einem freundlichen Lächeln auf die beiden zu.

»Guten Tag«, sagte sie.

Rasch kletterten die Jungen vom Tor und schienen kurz zu überlegen, ob sie davonlaufen sollten. »Ihr müsst keine Angst vor mir haben«, beeilte Dorothee sich zu versichern. »Ich möchte euch nur etwas fragen.«

»Wir haben keine Angst vor Ihnen«, antwortete der Ältere, während der Kleinere sie argwöhnisch ansah. »Bei uns wohnen im Sommer immer fremde Leute.«

»Verstehe«, sagte Dorothee. »Dann seid ihr von hier?«

Der Ältere deutete mit dem Daumen auf seinen Bruder. »Wir wohnen gleich dort oben«, erklärte er und wies dann mit dem Kinn in Richtung der beiden Hausgiebel.

Dorothee ging in die Hocke, so dass sie mit dem Jüngeren auf Augenhöhe war. »Ich bin Dorothee, und wer bist du?«

»Klaus«, antwortete der Junge leise.

»Das ist ein schöner Name.«

»Findet Mudder auch.«

»Und wie alt bist du?«

»Neun. Aber nächsten Monat werde ich zehn.«

»Dann bist du ja schon groß und kannst mir bestimmt meine Frage beantworten. Zuletzt standen da drüben ein paar Schafsböcke auf der Wiese.«

»Ja, die gehören Schäfer Berg. Ist seine Weide.«

»Richtig. Aber jetzt sind die Schafe nicht mehr am Leben, und der Schäfer fragt sich, wer sie getötet haben könnte.« Aufmerksam beobachtete sie das Gesicht des Jungen, konnte aber keine Spur von Entsetzen darin erkennen, nur Interesse.

»Ich dachte mir, wenn du dort oben in dem Haus wohnst«, fuhr sie fort, »hast du vielleicht irgendetwas gesehen?«

Plötzlich wich der Junge zurück. »Ich weiß nichts«, erwiderte er und blickte zu seinem Bruder.

»Wir wollen keinen Ärger«, sagte der ältere Junge und zeigte mit den Fingern in Richtung Weide. »Sie haben den Gendarmen mitgebracht.«

»Der Gendarm ist mitgekommen, um den Schaden zu begutachten.« Dorothee versuchte, ihrer Stimme einen beruhigenden Klang zu geben. »Ihr versteht doch, dass Herr Berg über den Verlust der Schafsböcke sehr unglücklich ist.«

»Klar verstehen wir das«, entgegnete der Ältere. »So ein Schafsbock ist wertvoll, der kostet viel Geld.«

»Ja, und deshalb versuchen wir herauszufinden, wer die Tiere getötet hat.«

Wieder wechselte Klaus mit dem Größeren einen ängstlichen Blick. »Erzähl es ihm«, sagte sein Bruder schließlich.

»Das ist aber schon drei Nächte her.« Klaus schluckte aufgeregt. »Es war Gewitter, und wir mussten uns alle anziehen und uns um den großen Tisch in die Küche setzen.«

»Falls der Blitz einschlägt, müssen wir sofort das Haus verlassen«, erklärte der Ältere. »Vadder hatte auch die

Tasche mit den Papieren dabei. Aber diesmal war es nicht so schlimm, und Mudder hat Klaus bald schlafen geschickt.«

»Mein Bett steht oben ... Und da habe ich aus einem der Fenster plötzlich zwei riesige graue Schatten auf der Weide gesehen. Wie Geister bewegten sie sich im Regen. Sie waren unglaublich schnell und kamen nebeneinander den Hang herunter, bis sie in der Senke verschwanden. Ich habe noch einen Moment gewartet, ob ich sie noch einmal sehe, aber dann wurden mir die Füße kalt, und ich bin ins Bett ...«

»Hast du vielleicht irgendetwas gehört?«

Noch bevor Klaus antworten konnte, kam ihm der Größere zuvor. »Wie denn? Es war doch Gewitter. Es hat immer noch gedonnert, da konnte er nichts hören.«

Dorothee richtete sich auf. »Jungs, ich danke euch für die Hilfe.« Sie öffnete ihre Geldbörse und gab jedem eine Münze. »Das Eis habt ihr euch verdient.«

»Danke sehr«, sagte der Größere und verbeugte sich. Klaus tat es ihm gleich. Dann stoben sie über den Sandweg davon.

Dorothee drehte sich um und ging zu den Männern zurück.

Als sie näher kam, hob Albert den Kopf und sah sie fragend an. »Worüber hast du mit den Jungs geredet?«

»Der Kleinere der beiden hat mir berichtet, dass er zwei graue Schatten auf der Weide beobachtet hat. Das soll drei Nächte her sein.«

»Graue Schatten?«, murmelte der Gendarm.

»Streunende Hunde, diese Mistviecher«, warf der Schäfer wütend ein. »Kaum hat die Saison begonnen, rennen wieder herrenlose Köter durch die Gegend und töten meine Schafe. Die Städter haben ihre Hunde nicht im Griff.«

Der Gendarm schob seine Pickelhaube aus der Stirn. »Das mag schon sein, Berg, dass so was in der Vergangenheit mal vorgekommen ist. Aber derzeit ist mir keine Vermisstenmeldung zu entlaufenen Hunden bekannt.«

Der Schäfer schnaubte. Man sah es ihm an, welche Überwindung es ihn kostete, die wütende Entgegnung herunterzuschlucken, die ihm auf der Zunge lag.

Indessen betrachtete Albert noch einmal die Kadaver im Gras.

»Vor drei Nächten, sagst du?« Er schaute den Schäfer an. »Warst du so lange nicht hier?«

»Ja. Es ist Lammzeit. Bin seit zwei Monaten jede Nacht draußen bei den Mutterschafen. Die Böcke werden so lange separiert.«

»Der Grad der Verwesung, den die Leichname zeigen, würde mit der Aussage des Jungen übereinstimmen ...« Albert verstummte abrupt.

»Aber?«, fragte Dorothee vorsichtig.

»Ich denke, wir können uns darauf einigen, dass es Hunde waren. Doch für diesen Vorfall kommen nur große Rassen wie Dobermann, Schäferhund oder Rottweiler infrage.«

Der Gendarm nickte. »Ich werde das in meinem Bericht so vermerken.«

»Das ist ja alles schön und gut«, murrte Berg. »Und wer zum Teufel ersetzt mir den Schaden?«

»Wenn wir die Hunde ausfindig gemacht haben, kennen wir auch den Halter«, erwiderte der Gendarm. »Der wird den Schaden ersetzen müssen.«

Der Schäfer spuckte aus. »Der Halter? Der ist mit seinen Kötern doch schon längst über alle Berge.«

Keiner in der Runde widersprach Berg.

»Nils, wenn ich schon einmal hier bin, würde ich auch gern einen Blick auf die Lämmer werfen«, beendete Albert das drückende Schweigen.

»Tu dir keinen Zwang an«, grummelte Berg. »Du weißt ja, wo die Herde steht, mich findest du in der Hütte.«

••••

»Mein Gott sind die putzig«, rief Dorothee aus und betrachtete die kleinen wolligen Wesen, die ausgelassen über die Wiese tobten, manchmal völlig grundlos in die Luft hopsten und nach wenigen Minuten immer wieder den Kontakt zu ihren Müttern suchten, um zu trinken.

»Lämmer versuchen bereits wenige Minuten nach der Geburt aufzustehen. Das klappt meist schon nach zwanzig Minuten«, erklärte Albert. »Dann suchen sie sofort an der Unterseite der Mutter nach dem Euter. Die Mutter hilft ihrem Lamm bei der Suche nach der Milchquelle. Siehst du?«

»Ja, sie stellt sich extra für das Lamm bequem hin und

spreizt das Hinterbein etwas ab, um das Euter freizugeben. Oh, jetzt schiebt sie das Kleine sogar in die richtige Richtung.«

Dorothee betrachtete fasziniert den Vorgang, während sie mit Albert über die Wiese schritt. Ihr fiel auf, dass die Schafe eine feste, raue Wolle besaßen, die grau bis blaugrau, manchmal auch bräunlich war. Der Kopf und die Beine hingegen waren schwarz, so wurden auch die Lämmer geboren: schwarz von Kopf bis Fuß. Sie blieb stehen. »Wie viele Tiere sind das denn?«

»Ungefähr einhundert Mutterschafe und doppelt so viele Lämmer.«

Aufgeregt strich Dorothee eine Haarsträhne hinter ihr Ohr.

»Bei so einem Gedränge ... findet da ein Lamm überhaupt seine Mutter?«

Albert rieb sich nachdenklich mit der Hand übers Kinn. »Das habe ich mich anfänglich auch gefragt. Bis ich bei meiner ersten Impfung dabei war. Wir hatten die Lämmer von den Muttertieren in einem Gatter separiert. Zweihundert Tiere. Die Mütter standen draußen um das Gatter herum und blökten, während die Lämmer antworteten. Den Krach kannst du dir ja vorstellen. Als wir schließlich so weit waren, dass alle Kleinen geimpft waren, schlossen wir eine Wette darauf ab, wie lange es wohl dauern würde, bis das letzte Lamm seine Mutter gefunden hatte.«

»Und?«

»Was schätzt du?«

Dorothee zuckte mit den Achseln. »Keine Ahnung, zwei, drei Minuten?«

»Genau fünfundzwanzig Sekunden. Als wir das Gatter öffneten, brach sofort ein lärmendes Durcheinander los, aber keine halbe Minute später standen alle Schafe mit ihren Lämmern einträglich beieinander und grasten friedlich.«

Albert beschattete die Augen mit der flachen Hand. »Hier scheint alles, soweit ich sehen kann, gut zu laufen.« Er lächelte Dorothee an. »Sagen wir Nils noch auf Wiedersehen.«

Das Sonnenlicht spielte mit ihren Haaren. Er fand, Dorothee war in diesem Moment wunderschön. Mit ihr war es trotz der toten Schafe ein wunderbarer Tag. Er wusste bereits, dass er später, wenn er am Abend Tee trinkend in seinem Sessel saß, jede Minute ihres Zusammenseins Revue passieren lassen und sich fragen würde, wie es weitergehen könnte.

Sie überquerten einen Feldweg und erreichten das Haus des Schäfers, eine einfache Lehmkate, die mit Schilf gedeckt war. Der Stall mit der Tenne schloss sich an. Nebeneinander gingen sie über den gepflasterten Hof, vorbei an der Wasserpumpe und dem Platz, wo die Tiere geschoren wurden.

Albert klopfte, öffnete die Haustür und war im Begriff, Dorothee ins Haus zu führen, da erstarrten sie; das Blut gefror ihnen in den Adern.

Vor ihnen im Halbdunkel stand stumm der Schäfer und hielt ein Gewehr auf sie gerichtet.

KAPITEL 6

Ach, ihr seid das!« Berg schürzte die Lippen und legte das Gewehr zur Seite.

»Was hast du denn gedacht?«, wollte Albert wissen, dem der Schreck noch in den Gliedern steckte.

Der Schäfer winkte wortlos ab und stemmte die Hände in die Seiten. »Und, hast du dir die Lämmer angeschaut?«, fragte er. »Sind viele dieses Jahr.«

Er zeigte auf einen grob behauenen Tisch mit vier Stühlen. »Nehmt Platz, wollt ihr einen Kaffee?«

»Gern«, sagte Albert.

»Ja, ich auch.« Dorothee sah sich überrascht um. Der Raum kam ihr vollkommen anders vor, als sie es von außen erwartet hatte. Sie wusste, dass der Schäfer allein wohnte, und sie hatte eine improvisierte Küche vermutet, so eine Art Kochnische mit einem Herd.

Aber das hier war eine richtige Wohnküche.

Unter den zwei Sprossenfenstern, von wo aus man auf die Torfwiesen blicken konnte, stand eine gemütliche Holzbank, bedeckt mit schwarzen und grauen Schaffellen, davor ein wuchtiger Tisch, auf dem noch halb heruntergebrannte Kerzen in Leuchtern steckten, flankiert von mehreren Stühlen, auf denen ebenfalls Schaffelle lagen.

Gleich rechts neben der Eingangstür thronte ein eiserner Ofen, dahinter waren Holzscheite aufgestapelt. Daneben stand ein elfenbeinfarbenes Büfett mit geschliffenen Scheiben und Horngriffen. Vor einer Wand aus gebrannten Ziegeln befand sich ein weiterer Tisch, der dem Schäfer als Arbeitsplatte diente. Darüber hingen an einer langen Metallschiene Pfannen in unterschiedlicher Größe und diverse Kasserollen.

Der große gusseiserne Herd war links davon aufgestellt, und auf dem Regalbrett darüber reihten sich Metalldosen und Gläser mit Gewürzen, getrockneten Kräutern und Speisepilzen.

Berg nahm drei Steinguttassen von einem Regalbrett.

»Das Lammen begann zeitig dieses Jahr«, nahm der Schäfer das Gespräch wieder auf.

»Ja«, antwortete Albert. »Habe ich mir schon gedacht. Einige der Jungschafe waren bereits sehr kräftig. Die Herde wirkte gesund auf mich, keine Erkrankungen in letzter Zeit? Würmer, Moderhinke?«

Berg fuhr sich mit der Hand durch seinen Vollbart. »Nichts, was ein Schäfer nicht heilen könnte.« Er ging zum Tisch, wo noch immer das Gewehr lag. Routiniert nahm er es zur Hand. »Hatte schon so ein Gefühl, dass es auch in diesem Jahr wieder Probleme mit streunenden Hunden geben würde. Die Füchse hält meine Frida von den Lämmern fern. Aber für das Raubzeug und die Streuner brauchst du ein Gewehr.«

»Nils, du kannst doch da draußen nicht einfach jeden entlaufenen Hund erschießen?«

»Badrow, ich habe nicht gesagt, dass ich jeden Köter erschieße. Ich knall nur die ab, die sich an meinen Schafen vergreifen. Ich schütze mein Eigentum, so einfach ist das.«

Es war Albert deutlich anzusehen, was er von Bergs Argumentation hielt, aber seine Ablehnung schien den Schäfer nicht im Geringsten zu stören. »Jedenfalls habe ich mir diese Büchse besorgt, Suhler Jagdwaffenschmiede.

Bin davon ausgegangen, dass ich mit so einem Gewehr nichts verkehrt machen kann. Gutes Fabrikat, halbwegs neu, kaum gebraucht. Habe der Klippholm dafür fünfzehn frisch geschlachtete Schafe geliefert. Und jetzt muss ich feststellen, dass mich diese feine Dame übers Ohr gehauen hat.«

Dorothee wurde hellhörig. »Sie haben Margarethe von Klippholm Schafe geliefert? Wann genau?«

Der Schäfer hob die Augenbrauen. Dann legte er langsam das Gewehr ab. »Vor ungefähr einer Woche. Sie konnte die Lieferung nicht bezahlen, bot mir stattdessen die Büchse zum Tausch an. Und ich bin darauf eingegangen, nur um feststellen zu müssen, dass der Schlagbolzen gebrochen ist.«

»Und was heißt das genau?«, wollte Dorothee wissen.

»Zunächst einmal ist die Waffe unbrauchbar«, antwortete Albert anstelle des Schäfers. »Aber es ist gut möglich, dass Frau von Klippholm davon nichts wusste, weil der Schlagbolzen theoretisch auch erst nach dem letzten abgefeuerten Schuss gebrochen sein könnte. Wie dem auch sei, so ein Schlagbolzen lässt sich relativ leicht ersetzen.«

»Theoretisch«, wiederholte der Schäfer gereizt. »Aber ich habe die Lauferei, muss mit dem Ding zum Büchsenmacher, wenn ich Pech habe bis nach Stralsund. Das kostet mich Zeit und Geld. Bin ich Krösus? Ich werde spätestens morgen dieser Klippholm einen Besuch abstatten und ihr das Gewehr zurückbringen. Dann soll sie mir Geld für meine Schafe geben.«

»Das wird nicht möglich sein«, erwiderte Dorothee.

Der Schäfer fixierte sie aus dunklen Augen.

»Wieso nicht?«

»Margarethe von Klippholm ist tot. Sie wurde heute früh erschossen.«

Berg presste die Lippen zusammen.

»Tatsächlich?«, fragte er knapp und hielt kurz inne. Als er weitersprach, war sein Ton betont gleichmütig.

»Hätte gleich auf mein Bauchgefühl hören sollen. Hab ich doch gewusst, dass man den Klippholms nicht trauen kann. Ziehen einen über den Tisch. Erschossen, sagen Sie?«

Nils Berg wandte sich ab und stampfte zum Herd, wo er eine Metalldose öffnete und den losen Kaffee mithilfe eines Löffels in die Tassen füllte.

Dorothee beobachtete, wie er zu ihrem Erstaunen vier, fünf gehäufte Löffel in jede Tasse gab, bevor er kochendes Wasser aufgoss. Und sie erkannte, dass die Hand des Mannes zitterte, als er den Kaffee umrührte.

Irgendetwas hatte den Schäfer nervös gemacht.

KAPITEL 7

Dorothee träumte.

Sie lag auf dem Rasen vor dem brennenden Gutshaus, das Gesicht rußverschmiert, ihr Atem rasselte.

Es dauerte einige Sekunden, bis sich der Krampf in den Lungen löste und sie sich wieder mit klarer Luft füllten.

Der Wind legte sich kühlend auf ihre glühende Haut, und der Geruch von feuchtem Gras und Erde stieg ihr in die Nase. Das tosende Pfeifen in ihren Ohren wich langsam den Geräuschen, die um sie herum die Nacht erfüllten. Sie vernahm das Bersten der Mauern und die erregten Schreie von Menschen. Mit dem Lärm kam auch die Sorge um die Eltern wieder, das Bild des toten Dieners auf dem Boden, und sie drückte sich mit letzter Kraft empor, winkelte die Knie an und kam schwankend auf die Beine.

Sie wollte sich nach Hilfe umsehen, als sie plötzlich ein sich rasch näherndes Stampfen vernahm, das sie erschaudern und die Erde erzittern ließ.

Mühsam versuchten ihre gereizten Augen den Grund dafür zu erkennen. Doch das Einzige, was sie wahrnahm, waren riesige schnaubende Schatten, die sich schnell näherten und genau auf sie zu hielten.

Sie ahnte, dass ihr kaum mehr Zeit blieb, sich der drohenden Gefahr zu entziehen. Doch sie blieb wie angewurzelt stehen, starrte mit angsterfülltem Blick in die Finsternis.

Plötzlich packten sie zwei Hände und rissen sie zu Boden. Sie spürte, wie sie aufschlug, wie der Aufprall ihr die Luft aus den Lungen presste, wie ein sengender Schmerz durch ihren verletzten Körper raste. Sie krümmte sich zusammen und zog den Kopf zwischen die Schultern, als jemand sich schützend über sie warf.

Schwarze Leiber flogen über sie hinweg. Angsterfülltes Wiehern erfüllte die Luft, donnernde Hufe rissen die Grasnarbe auf und schleuderten ihr Sand ins Gesicht.

Unendlich langsam schienen die Sekunden zu verstreichen.

Dorothee wusste nicht, wie lange es dauerte, bis das letzte Pferd vorüber war. Das Getrampel verlor sich irgendwo weiter hinten in den Wiesen.

In die Stille hinein vernahm sie leise Atemzüge und den warmen Geruch nach frischem Stroh. Sie folgte mit den Augen der Linie seines Halses.

Ihre Blicke trafen sich.

Sein Gesicht war nah bei ihrem. Sie sah die dunklen Augenbrauen, die blauen Augen, die sie jetzt eindringlich musterten, den sinnlichen Mund.

»Was hast du dir nur dabei gedacht?«, flüsterte Albert.

»Stellst dich ihnen einfach in den Weg …« Er brach ab und versuchte ein Lächeln. »Alles gut bei dir?«

Dorothee spürte seine Nähe, seine Gegenwart und vergaß die Schmerzen in ihrer Schulter. Sie wollte nur noch dem Impuls nachgeben, sich an ihn zu schmiegen, die Wärme seines Körpers spüren. Forschend schaute sie in sein Gesicht und bemerkte einen Funken von Erstaunen in den Augen.

»Dorothee! Dorothee!« In einiger Entfernung schälte sich die Gestalt ihrer Kinderfrau aus dem Dunkel.

Albert erhob sich und streckte die Hand aus, um ihr beim Aufstehen behilflich zu sein.

»Dorothee, Kind.« Gerdas Stimme überschlug sich, während sie mit rudernden Armen zu dem Mädchen hinstürzte.

Albert räusperte sich. »Ich muss den Pferden hinterher«, sagte er schnell und streifte sanft ihren Unterarm.

Dorothee wollte nach seiner Hand greifen, aber da war Gerda auch schon bei ihr. »Kind, Gott sei Dank! Was habe ich für Ängste ausgestanden!« Ihr sorgenvoller Blick glitt über ihr verschmutztes Gesicht und blieb an der zerrissenen Kleidung haften. »Oh, mein Liebes«, stöhnte sie auf, während sie vor ihr auf die Knie ging und das Mädchen an sich zog.

Aber Dorothee hatte nur Augen für Albert, dessen Gestalt von Rauch und Finsternis verschluckt wurde. Sie öffnete den Mund, doch kein Ton kam heraus. Sie wollte sich aus Gerdas Umarmung befreien, ihre Hände jedoch hielten sie fest …

Dorothee riss die Augen auf, ihre Brust hob und senkte sich, und es dauerte einige Herzschläge, bis sie begriff, dass sie in ihrem Hotelbett lag, die Zudecke hatte sich fest um ihren Körper gewickelt.

Sie drehte den Kopf und schaute hinüber zum Fenster.

Sie hörte in der Ferne das Meer rauschen und erspähte weiße Möwenschatten, die in diesem Augenblick an ihrem Fenster vorbeisegelten.

Ihr Atem beruhigte sich langsam.

Ein Blick auf die Uhr verriet ihr, dass, wenn sie sich mit der Morgentoilette beeilte, vor dem Frühstück noch ein wenig Zeit für einen Spaziergang blieb.

Wenig später verließ sie das Kurhaus und lief die Stufen zur Strandpromenade hinunter. Dabei kam ihr eine ältere Dame mit einem weißen Pudel entgegen, und kurz überlegte sie, ob es dieser Hund war, zu dem Albert neulich gerufen worden war.

Dorothee blieb abrupt stehen und schüttelte den Kopf, als könnte sie dadurch die hartnäckigen Gedanken vertreiben.

Sie sollte nicht immer an Albert denken, schalt sie sich. Jahre hatten sie sich nicht gesehen, keinen Kontakt gehabt und jetzt …

Es wurde Zeit, sich wieder auf die wesentlichen Dinge zu konzentrieren. Sie suchte immer noch nach Antworten, die Margarethe von Klippholm ihr nicht mehr geben konnte.

Sie umrundete die Wendeschleife und lief an den großen Villen vorbei, die selbstbewusst in der Morgensonne erstrahlten. Dorothee mochte die Bäderarchitektur, die durch filigrane schmiedeeiserne und hölzerne Ornamente, Verglasungen und Giebel beeindruckte. Besonders die Villa »Klünder« hatte es ihr angetan. Das Haus besaß einen Turm als Anbau, mit Fenstern auf jeder Etage, und sie fragte sich, wie es wohl wäre, oben unterm Dach an einem Tisch zu sitzen und zu schreiben. Weit weg von der Welt, mit Blick aufs Meer.

Überhaupt musste Wilhelm Klünder ein sehr charismatischer Mann gewesen sein. Als die Menschen vor den Sturmfluten der Ostsee noch Angst hatten und lieber im Inneren der Insel siedelten, baute er 1880 das erste Hotel an den Strand. Sie konnte sich lebhaft vorstellen, wie viel Argwohn, Missgunst und Unverständnis dem Visionär entgegengeschlagen waren.

Wahrscheinlich hatte er auch einen guten Rechtsanwalt gebraucht, dachte Dorothee leichthin und stutzte.

Die Überlegung stieß etwas in ihr an, aber noch konnte sie den Zusammenhang nicht erkennen. Langsam ging sie weiter.

Im Vorgarten der nächsten Villa saßen zwei Jungen und bastelten mit dem Kindermädchen an einem Drachen.

»Du musst die Schleife größer machen, wegen der Stabilität«, behauptete einer der Jungen, »sonst fliegt er nachher nicht richtig.«

»Ich weiß, was ich tu! Kümmere du dich gefälligst um deine Angelegenheiten«, erwiderte der andere gekränkt.

»Hört auf zu streiten«, sagte das Kindermädchen.

Dorothee blieb stehen. Richtig! Das war es.

Streiten.

Was hatten die beiden Frauen in der Jagdhütte geflüstert?

Margarethe liege mit beinahe jedem auf der Insel im Streit, und der Kutscher müsse sie ständig zum Rechtsanwalt nach Bergen fahren.

Dorothee beschleunigte ihren Schritt.

Margarethe hatte ihr signalisiert, dass der Brand auf Gut Stresow kein Unfall war. Möglicherweise war sie im Besitz von Dokumenten, welche die Behauptung stützten, vielleicht sogar Hinweise zu den Brandstiftern lieferten.

Dorothee spürte einen Schauer, der ihr über den Rücken kroch.

Wenn Margarethe tatsächlich im Besitz derartig brisanter Papiere war, dachte sie weiter, musste sie sich im Klaren darüber gewesen sein, dass sie gefährlich lebte. Also war es das Naheliegendste, sich rückzuversichern.

Dorothee erreichte das Hotel und stürmte die Freitreppe hinauf.

Was würde ich in einem solchen Fall tun?, fragte sie sich.

Die Antwort, die sie sich im Stillen gab, kam schnell und präzise. Ich würde eine Abschrift der Dokumente beim Anwalt meines Vertrauens hinterlegen.

Ihre Neugier war endgültig geweckt.

»Guten Morgen.«

Der Hotelmitarbeiter an der Rezeption blickte freundlich von seiner Arbeit auf. »Guten Morgen, was kann ich für Sie tun?«

Dorothee nannte ihren Namen und die Zimmernummer. »Ich benötige Ihre Hilfe. Ich möchte, dass Sie mir alle Rechtsanwälte in Bergen heraussuchen.«

Sie sah, wie der Concierge erblasste. »Sind Sie mit Ihrem Aufenthalt in unserem Haus nicht zufrieden?«, stotterte er.

Dorothee hob abwehrend die Hände. »Oh, nein. Was das Hotel angeht, ist alles bestens. Ich möchte, dass Sie für mich herausfinden, welcher Anwalt die Angelegenheiten Margarethe von Klippholms vertreten hat.«

Die Röte kehrte in das Gesicht des Hotelangestellten zurück.

»Ich würde jetzt gern mein Frühstück einnehmen und es würde mich freuen, anschließend die erwünschten Informationen in meinem Fach vorzufinden«, redete Dorothee weiter.

»Sehr gern. Ich werde mich sofort um Ihr Anliegen kümmern. Ich wünsche Ihnen einen gesegneten Appetit.«

••••

Das Frühstück wurde im Restaurant eingenommen. Obwohl es noch zeitig am Morgen war, herrschte bereits geschäftiges Treiben. Kellner in schwarzen Fracks eilten durch die Gänge und nahmen an den Tischen die Bestellungen auf.

Der Restaurantleiter hakte Dorothees Namen fein säuberlich auf einer langen Liste ab und geleitete sie anschließend zu einem Tisch, von wo aus sie einen wunderbaren Blick auf die Strandpromenade hatte. Sie ließ sich in den Stuhl sinken und bestellte Kaffee.

Unauffällig musterte sie die anderen Hotelgäste. Beinahe alle Anwesenden hielten sich an die Empfehlungen zur Kleiderordnung. Die Frauen trugen helle legere Strandkleider, mit einem Gürtel um die Hüfte und dem obligatorischen Hut mit breiter Krempe zum Schutz gegen die Sonne. Die Männer hingegen kleideten sich vorzugsweise in helle Anzüge, nur einige wenige von ihnen, die Wert auf Mode legten, zeigten sich in Knickerbockern, weißen Hemden und Westover.

Lediglich ein Paar am Nebentisch stellte eine Ausnahme dar. Der Mann war wesentlich älter als die Frau. Dorothee schätzte ihn Mitte fünfzig. Das füllige Haar, das mit grauen Strähnen durchzogen war, hatte er streng frisiert. Dadurch traten die harten Konturen in seinem Gesicht noch schärfer hervor – die Kinnpartie, die energisch gewölbte Stirn, die kräftige Nase. Sein dunkler Anzug saß tadellos, und der Kragen seines Hemdes war frisch gestärkt. Er erweckte den Eindruck, ungehalten und angespannt zu sein.

Von der Frau, die neben ihm saß, nahm Dorothee an, dass sie Anfang zwanzig war. Sie trug ein hellblaues Kleid, welches das Blond ihrer Haare, die ihr bis auf die Schultern fielen, noch unterstrich. Sie hatte ein hübsches Gesicht. Dorothee gefiel der liebevolle Ausdruck, mit dem sie den Mann vor sich betrachtete.

Der Kellner brachte Dorothee den Kaffee und stellte vor ihr eine Etagere ab, mit allen Köstlichkeiten, die ein gutes Frühstück beinhalten sollte.

Während Dorothee ein Brötchen aufschnitt, bemerkte sie, dass die junge Frau gerade dasselbe getan hatte und nun dem Mann eine der Hälften auf den Teller legte. Er schien die Geste zu ignorieren, denn er begann sofort mit einem Messer, das er in der linken Hand hielt, in einem Behälter herumzustochern, der augenscheinlich Butter enthielt.

Die Frau wollte ihm helfen, doch er herrschte sie an: »Hilde, lass das!«

Mit flehendem Blick sah sie zu, wie es ihm nach einigen Mühen endlich gelang, ein wenig Butter auf die Klinge zu bekommen. Sogleich begann er damit, sie auf der Brötchenhälfte zu verteilen.

Dorothee erkannte, dass die Hälfte auf dem glatten Teller unter dem Druck des Messers hin und her rutschte, und sie fragte sich bereits, warum der Mann die rechte Hand nicht zu Hilfe nahm, als ihr auf einmal auffiel, dass diese Rechte unbeweglich auf dem Tischtuch lag.

Kurz traf sich ihr Blick mit dem der jungen Frau, die ihr Interesse bemerkt hatte.

»Fräulein von Stresow?« Dorothee richtete ihre Aufmerksamkeit auf den Concierge, der neben dem Tisch aufgetaucht war und ihr vertraulich einen zusammengefalteten Zettel reichte.

»Oh, das ging aber schnell. Herzlichen Dank.«

Er lächelte. »Gern geschehen.« Dann beugte er sich dezent vor. »Für Sie ist Besuch da.«

»Besuch?«

»Ja, eine Dame, Fräulein Teßmar. Ich wollte mich aber zuerst bei Ihnen erkundigen, ob es ihnen recht ist …?«

Bevor Dorothee antworten konnte, erblickte sie Wilma, die hinter dem Rücken des Mannes plötzlich im Restaurant auftauchte und sich suchend umsah. Als die Freundin sie entdeckte, winkte sie freudig und kam rasch auf sie zu.

»Moin, Dorothee. Entschuldige, du bist noch beim Frühstück.« Rasch glitt ihr Blick über den Tisch. »Aber ich wollte unbedingt die Erste sein, die dir die wunderbaren Neuigkeiten überbringt.«

Dorothee bemerkte den verdutzten Blick des Concierge.

»Alles in Ordnung«, sagte sie zu ihm und wandte sich an Wilma. »Hast du schon gefrühstückt?«

»Ich komme geradewegs von einer Entbindung.«

»Also nicht«, stellte Dorothee fest und hob den Blick. »Könnten Sie bitte veranlassen, dass ein zweites Gedeck für meine Freundin gebracht wird? Und frischer Kaffee.«

Sie sah geduldig mit an, wie Wilma zuerst das Hütchen abnahm und sich dann von ihrem Schal befreite, den sie mehrfach um den Hals geschlungen hatte. Der

Concierge half ihr aus dem Mantel und nahm die Sachen mit zur Garderobe.

»Schön hast du es hier«, stellte Wilma nach einem schnellen Rundblick fest und setzte sich auf einen Stuhl.

»Ja«, sagte Dorothee. »Ich mag es auch.«

Die Freundin blinzelte sie verschwörerisch an. »Du wirst nie erraten, was ich dir zu berichten habe.«

»Ich nehme an, du sagst es mir gleich.«

»Gestern Abend tagte der Förderkreis des Putbusser Theaters. Du musst wissen, ein Großteil unserer Mitglieder wohnte bereits deiner Ansprache in der Schulaula bei, und sie waren von dir sehr beeindruckt.« Wilma unterbrach sich, denn der Kellner brachte das fehlende Gedeck und den Kaffee. Als er sich umwandte, fuhr sie mit ihrer Erklärung fort. »Also nicht lange um den heißen Brei herumgeredet, der Förderkreis hat beschlossen, dass sie einen deiner Kriminalromane als Bühnenstück für unser Theater adaptieren möchten.«

»An welchen der drei Romane habt ihr gedacht?«

Wilma stellte ihre Tasse ab. »Das will der Intendant dir überlassen.«

»Mir?«

»Im Förderkreis besteht die Annahme, du könntest das Theaterstück verfassen. Schließlich hast du ja auch die Bücher geschrieben.«

Dorothee lehnte sich zurück und betrachtete schweigend ihre Freundin. Das Angebot kam überraschend, und sie fragte sich, ob sie in Betracht ziehen sollte, es anzunehmen.

Vor ihrer Abreise hatte sie ihr neuestes Manuskript fertiggestellt und an den Verlag geschickt und erwartete jetzt die Veröffentlichung. Eigentlich hätte sie Zeit ...

Doch sie spürte, wie sich irgendetwas in ihr bei dem Gedanken sträubte, durch eine Verpflichtung, wie verlockend die Idee auch war, sich auf längere Sicht an diese Insel zu binden. Sie fand die Vorstellung beunruhigend, besonders nach dem Mord an Margarethe und den Rätseln, die allesamt ungelöst im Raum standen.

Dorothee fasste einen Entschluss. »Richte dem Förderkreis des Putbusser Theaters meinen Dank aus. Der Vorschlag ist eine große Ehre für mich. Aber ich benötige ein paar Tage Bedenkzeit für die Entscheidung.«

Wilma nickte. »Verständlich. Du bist eine viel beschäftigte Frau. Sag mir einfach Bescheid.«

••••

Nachdem Dorothee sich von ihrer Freundin verabschiedet hatte, holte sie ihren Wagen aus der Werkstatt und fuhr nach Bergen.

Dort stellte sie ihr Auto auf dem Marktplatz ab.

Die Kanzlei von Rechtsanwalt Ferdinand Wertheimer, so verriet ihr ein blinkendes Messingschild, befand sich in der Beletage in einem mehrstöckigen Gründerzeithaus.

Im Erdgeschoss erwartete sie ein Lift, der gerade einmal zwei Personen Platz bot, dafür aber eine mit rotem Samt gepolsterte Sitzbank enthielt. Als sie die Gittertür schloss und den Knopf betätigte, setzte sich der Fahrstuhl langsam in Bewegung.

Dorothee sann darüber nach, wie sie das bevorstehende Gespräch am besten angehen sollte. Wertheimer kannte sie nicht, und auch sonst besaß sie keinerlei Befugnisse, den juristischen Nachlass von Margarethe von Klippholm einsehen zu dürfen.

Zweifelnd nagte sie an der Unterlippe.

Abrupt kam der Lift zum Stillstand. Dorothee schob das Gitter auf und fand sich vor einer weißen Portaltür wieder.

Eine Sekretärin, streng in ein schmuckloses graues Kostüm gekleidet, öffnete ihr die Tür, und sie betrat das Foyer.

»Guten Tag.« Dorothee stellte sich vor. »Wir haben vorhin telefoniert.«

Die Dame musterte sie aus wachsamen grauen Augen und bat sie, Platz zu nehmen. »Einen Moment bitte noch. Rechtanwalt Wertheimer wird Sie gleich empfangen.«

Dorothee setzte sich.

Der Moment dauerte fünfzehn Minuten.

Dorothee presste die Lippen zusammen und zupfte den Faltenwurf ihres weißen Kleides zurecht. Was hatte sie erwartet? Dass Margarethes Anwalt vor Neugier die Tür aufriss und sie sofort hereinbat? Oder war er einer von den vorsichtigen Menschen, die noch schnell versuchten, etwas über den unerwarteten Klienten und sein Anliegen herauszufinden, und deshalb die Begegnung herauszögerten?

Es dauerte noch weitere drei Minuten, bis die Sekretärin erneut erschien und sie in ein geräumiges Nebenzimmer führte, das mit polierten Mahagonimöbeln vollgestopft war. Hinter einem gewaltigen Schreibtisch saß ein schmächtiger Mann mit runden Brillengläsern, der sich langsam erhob und dessen Alter sie nur schwer schätzen konnte. »Fräulein von Stresow«, sagte er mit einer Fistelstimme, die seltsam leise war, und deutete eine Verbeugung an. »Ferdinand Wertheimer. Guten Tag.«

Die Sekretärin rückte ihr einen Stuhl zurecht.

Dorothee überspielte ihren Unmut. »Danke, dass Sie mich ohne Termin empfangen konnten.«

»Was verschafft mir die Ehre Ihres Besuches?«

Sie hatte immer noch keine Ahnung, wie sie das Gespräch beginnen sollte. Aber eins wusste sie, sie würde mit keinem Wort die Brandnacht erwähnen.

»Ich bin eine ehemalige Schulfreundin von Margarethe von Klippholm. Die letzten Jahre habe ich in Berlin gelebt, und darum war meine Freude sehr groß, als wir uns vorgestern bei der Veranstaltung in der Höheren Töchterschule wiedergesehen haben. Wir wollten unsere Begegnung vertiefen, dabei sprach meine Schulfreundin von Informationen, die sie mir übergeben wollte, aber als ich Margarethe gestern aufsuchte, da war sie ...« Dorothee spürte, wie plötzlich ihre Gefühle drohten, sie zu überwältigen, und verstummte.

»Ja, das unerwartete Ableben einer Klientin ist immer unfassbar. Ludwig, der Verwalter, hat mich darüber informiert.«

»Natürlich«, erwiderte Dorothee und versuchte ein Lächeln.

»Jedenfalls bin ich hier, weil ich mich bei Ihnen erkundigen wollte, ob Margarethe für mich vielleicht eine vertrauliche Nachricht oder ein Kuvert oder Ähnliches hinterlassen hat.«

Wertheimer beugte sich vor und stützte dabei die Ellenbogen auf den Tisch. Der Anzug spannte sich. »Wie kommen Sie auf die Idee, dass Frau von Klippholm eine Nachricht oder Ähnliches für Sie bei mir deponiert haben könnte?«

Dorothee schluckte. »Frau von Klippholm sprach davon, dass sie in meiner Abwesenheit von der Insel Dokumente für mich aufgehoben hat, die für mich von Interesse sein könnten. Das war der eigentliche Anlass unseres Treffens.«

»Was für Dokumente?«

Dorothee setzte ihr unschuldigstes Gesicht auf. »Keine Ahnung. Dokumente eben, von denen sie annahm, dass sie für mich eine Bedeutung haben könnten.«

»In welchem Zusammenhang sollten diese Dokumente stehen?«

Dorothee lächelte. »Ich bin Romanschriftstellerin, Krimiautorin. Mich interessieren ungelöste Kriminalfälle. Vielleicht fand Margarethe irgendwo einen spannenden Hinweis zu einem Ereignis oder Verbrechen, das noch nicht aufgeklärt war.«

Deutlicher konnte sie nicht werden.

Stille breitete sich im Zimmer aus.

Durch die Tür hörte man das Klappern einer Schreibmaschine.

»Ungelöste Kriminalfälle?« Der Anwalt lehnte sich zurück, das Leder seines Sessels knarrte. Dann schüttelte er langsam den Kopf. »Nein, tut mir leid, Fräulein von Stresow. Ein Aufbewahrungsauftrag von Margarethe von Klippholm mit Ihnen als Adressatin liegt in unserer Kanzlei nicht vor. Da kann ich Ihnen nicht weiterhelfen.« Er schob den Sessel ein wenig zurück und stand auf.

Dorothee unternahm noch einen letzten Versuch. »Möglicherweise findet sich im Nachlass ein solches Kuvert. Würden Sie mich bitte darüber in Kenntnis setzen, wenn es so wäre?« Sie erhob sich ebenfalls. »Sie erreichen mich bis auf Weiteres im Kurhaus im Ostseebad Binz.«

Der Anwalt begleitete sie zur Tür.

»Auf Wiedersehen«, sagte Dorothee und reichte ihm die Hand.

»Leben Sie wohl«, entgegnete Wertheimer kühl.

Nachdem der unerwartete Besuch gegangen war, hatte Wertheimer seitlich im Schutz der Gardine gewartet und ungeduldig zum Marktplatz hinausgespäht.

Soeben verließ die Besucherin das Gebäude.

Der Anwalt blickte ruhelos auf die Uhr.

Länger konnte er nicht warten. Mit ein bisschen Glück kam die Verbindung gerade noch zustande.

Rasch eilte er durchs Zimmer, blieb vor dem Regal stehen und zog ein bestimmtes Buch heraus. Danach lief er zum Schreibtisch zurück und schlug es auf. Innen am Buchdeckel klebte ein Streifen Papier, auf dem eine Zahlenreihe notiert war.

Hastig griff er zum Telefon und begann die Wählscheibe zu drehen.

Mit angehaltenem Atem lauschte der Anwalt in den Hörer. In der Leitung rauschte es. Weit von ihm entfernt ertönte irgendwo leise ein Rufzeichen.

Es läutete mehrere Male, dann knackte es endlich in der Leitung. Die Verbindung kam zustande.

Erleichtert atmete er aus und presste dabei die Hörmuschel fester ans Ohr. Er schloss die Augen, während er anfing, zu sprechen.

KAPITEL 8

Kommissar Breesen bog von der Bahnhofsstraße ab und lenkte den Wagen hinter die Landwehrstation, wo er ihn auf dem Rasen abstellte. Durch knorrige Bäume schimmerte der Schmachter See.

Er betrat das Ziegelgebäude durch den hinteren Eingang und ging sofort in sein Büro, wo er die Jacke an den Haken hängte und das Fenster öffnete. Aus irgendeinem Grund hatte einer der Landwehrleute am Morgen den Ofen geheizt, und jetzt war die Luft im Zimmer stickig, und es fiel ihm schwer, zu atmen.

Während frische Luft in seine Lungen strömte, stellte er wieder einmal mit Bedauern fest, dass die Station zu weit vom Meer entfernt lag, so dass er anstelle der Wellen nur das Klappern der Droschken und den Hufschlag der Pferde auf der Straße hörte.

Trotzdem gefiel es ihm im Ostseebad Binz.

Es war eine Abwechslung zu seiner Tätigkeit in Stralsund, auch wenn es galt, ein Verbrechen aufzuklären, und er in einer spartanisch kleinen Dachkammer über dem Büro schlafen musste.

Beides nahm er billigend in Kauf. Hier konnte er wenigstens ungeachtet der Ermahnungen seiner Frau in einem der Restaurants einkehren oder an der Promenade ein Bier trinken. Er mochte das Flair, mit dem sich der mondäne Badeort umgab, die schicken Hotels, die Filmstars, die Anonymität, die sich zwischen all den Gästen bot. Und gleichzeitig verströmte der Ort die Geborgenheit eines Dorfes mit knapp über eintausend Seelen, wo er nach zwei Jahrzehnten Dienstzeit beinahe jeden kannte. Ja, er hatte die Wandlung von einem einstigen Fischerdorf zum eleganten Bad an der Ostsee selbst miterlebt. Und wenn er ehrlich war, gefiel es ihm hier jedes Mal noch besser.

Vielleicht sollte ich mit meinen Vorgesetzten über eine mögliche Versetzung reden, dachte er. Sicher wurde in der Polizeidirektion schon darüber nachgedacht, dass es bei den ständig steigenden Urlauberzahlen auf der Insel auch vermehrt zu Delikten kommen könnte, für die der Einsatz eines Kommissars notwendig sein würde. Dann könnte er sich selbst ins Spiel bringen.

Er lächelte verhalten. Ja, der Gedanke gefiel ihm.

Aber um dich für diese Position zu qualifizieren, musst du diesen Fall erst einmal aufklären, dachte er grimmig und ging zurück zum Schreibtisch, wo er seine Notizen durchzublättern begann.

Ludwig hatte ausgesagt, dass Margarethe von Klippholm am Abend zuvor einen Gast empfangen hatte.

So gegen neun Uhr.

Er hatte ihm auch einen Namen nennen können.

Major Otto Grömitz. Derzeit Gast im Kurhaus in Binz.

Breesen hob den Kopf.

Mehr war von dem Verwalter jedoch nicht zu erfahren. Er hatte den Gast gemeldet und war dann ausgegangen. Es war Ludwigs freier Abend gewesen. Deshalb hatte Breesen seinen Assistenten Köhler vorhin noch einmal zum Gut der Klippholm geschickt, damit er das restliche Hauspersonal befragte.

Der Kommissar nahm einen Bleistift und unterstrich den Namen Grömitz.

Womöglich war dieser Major die letzte Person, die Margarethe von Klippholm lebend gesehen hatte. Er fragte sich, was der Anlass für seinen Besuch gewesen sein mochte.

Breesens Blick fiel auf die Patronenhülse, die vor ihm auf dem Tisch lag. Wieder dachte er an die junge Frau, die am Tatort niedergeschlagen worden war und mit deren Hilfe er im Wald diese Hülse gefunden hatte. Er schürzte die Lippen.

Breesen kannte eine Reihe von ambitionierten Hobbykriminalisten, selbst unter den ortsansässigen Gendarmen, die der Meinung waren, einem Kriminalkommissar wertvolle Tipps für die Ermittlungen geben zu können. Aber eine Frau wie Dorothee von Stresow war ihm noch nie untergekommen. Seine Gefühle ihr gegenüber waren zugegebenermaßen zwiespältig. Einerseits hatte sie ihn mit ihren Fähigkeiten erstaunt, keine Frage. Andererseits meldeten sich Zweifel in ihm. Er war in seinem Leben zu lange Ermittler gewesen, er kannte die Menschen, so dass er merkte, wenn man ihm etwas verschwieg. Warum war Dorothee von Stresow wirklich an jenem Morgen zur Jagdhütte gekommen?

Breesen rieb sich das Kinn. Da sie bei dem Mordanschlag auf Frau von Klippholm ebenfalls Opfer war, kam sie als Täterin eher nicht in Betracht. Auch fehlte ihr ein Motiv. Doch wenn es eine Verbindung zwischen ihr und Margarethe von Klippholm gab, war sie dann nicht ebenfalls in Gefahr?

Es klopfte.

»Herein!«

Köhler erschien im Türrahmen. »Moin, Chef.« Der Assistent ließ sich auf einen der Stühle fallen.

»Sie sind spät dran. Also was gibt's Neues?«

»Zuerst war ich auf dem klippholmschen Anwesen. Die Köchin bestätigte mir Ludwigs Aussage. Major Grömitz erschien gegen neun. Um halb zehn wurde ein spätes Abendessen serviert.«

»Wie war der Major angereist?«

»Mit dem eigenen Wagen.«

Breesen nickte ungeduldig. »Und weiter?«

»Das Mädchen, das die Speisen auftrug, erzählte mir, dass es bereits während des Essens zu einem handfesten Streit zwischen der Klippholm und Grömitz gekommen ist.«

»Konnte sie sagen, worum es in dem Streit ging?«

Sein Assistent zögerte. Anscheinend tat er sich schwer, das ihm diskret anvertraute Wissen weiterzugeben.

»Kommen Sie, Köhler, wir wissen beide, dass das Personal an den Türen lauscht. Also, was hat das Mädchen ausgesagt?«

»In dem Streit ging es um viel Geld.«

»Um viel Geld? Hat sie gesagt, wie viel?«

»Nein. Nur dass es um viel Geld ging.«

»Sonst noch was?«

»Major Grömitz war sehr wütend, als er gegen halb elf Uhr das Haus verließ.« Köhler räusperte sich. »Ich habe mir erlaubt, im Anschluss noch nach Binz zu fahren, um die Angaben des Mädchens zu überprüfen. Es stellte sich heraus, dass Major Otto Grömitz und seine Tochter Hilde als Gäste im Kurhaus gemeldet sind ...« Er unterbrach sich.

Breesen blickte Köhler an und spürte die Erregung, die den jungen Mann erfasst hatte. »Ich konnte mit dem Nachtportier sprechen.« Er zog seinen Notizblock heraus. »Ein Herr Braun. Er versicherte mir, dass Major Grömitz in der vorletzten Nacht während seiner Schicht das Hotel nicht betreten hat.«

Breesen hob eine Augenbraue. »Wann war die Nachtschicht vorbei?«

»Laut Herrn Braun übernehmen die Rezeptionskräfte ab sechs Uhr am Morgen den Dienst. Seine Schicht begann Punkt zehn Uhr am Abend.«

»Und bis dahin wurde Grömitz von niemandem gesehen?«

»Wahrscheinlich nicht.«

»Was heißt wahrscheinlich?«

»Er war auch nicht beim Frühstück.«

»Woher wissen Sie das?«

»Hinter seinem Namen fehlte der Haken, der die Anwesenheit des Gastes dokumentiert. Nur die Tochter war da.«

Der Kommissar stieß einen leisen Pfiff aus. »Gute Arbeit, Köhler.«

Major Grömitz fuhr zu einem Treffen mit Frau von Klippholm, überlegte Breesen. Dabei kam es zum Streit, und er verließ gegen halb elf wütend das Gebäude.

Was geschah danach? Zurück ins Hotel war der Major offenbar nicht gefahren.

Breesen stand auf und begann, im Zimmer langsam auf und ab zu gehen.

Grömitz war mit dem eigenen Wagen unterwegs, grübelte er weiter. Möglicherweise führte er auch sein eigenes Jagdgewehr mit sich. Der Mann war Offizier, es konnte also als sicher gelten, dass er mit der Waffe umzugehen vermochte.

Der Mord an Margarethe von Klippholm geschah zwischen acht und neun Uhr am Morgen. Grömitz blieb also genug Zeit, den Mord zu planen, sich im Wald einen passenden Platz zu suchen und Margarethe von Klippholm an der Jagdhütte aufzulauern. Dass sie sich am nächsten Tag dort aufhalten würde, hatte er wahrscheinlich bei dem Treffen erfahren.

Nach dem tödlichen Schuss und dem ungeplanten Aufeinandertreffen mit Dorothee von Stresow eilte der Major zum Holzplatz und fuhr von dort mit dem Auto zurück zum Hotel.

Im hektischen Treiben einer Hotelhalle hätte man seine späte Rückkehr leicht übersehen können.
Breesens Blick streifte Köhler.
Mit diesen Überlegungen ergab alles einen Sinn.

KAPITEL 9

Auf dem Weg von Bergen zurück nach Binz saß Dorothee am Steuer und fragte sich, was sie als Nächstes unternehmen sollte. Ihr Besuch beim Rechtsanwalt hatte sich als Schlag ins Wasser erwiesen.

Sie stellte das Auto ab und nahm sich vor, noch ein paar Schritte an der Wasserkante entlangzugehen. Sie erinnerte sich an die Worte ihrer Mutter, die immer gemeint hatte, wenn der Kopf schwer sei, solle man einen Spaziergang am Meer unternehmen.

Eine Gruppe Schaulustiger, die sich gegenüber dem Kurhaus auf der Strandpromenade versammelt hatte, erregte ihre Aufmerksamkeit. Als sie näher kam, entdeckte sie rasch die Ursache für den Menschenauflauf.

Unterhalb der Hotelterrassen parkte ein Polizeiwagen.

Dorothee ging an den Leuten vorbei und fragte sich, was es mit dem Polizeieinsatz auf sich hatte, als sie den Kommissaranwärter Köhler im Wagen bemerkte, der nervös mit den Fingern auf das Lenkrad trommelte.

Sie trat ans Fahrzeug und klopfte gegen die Scheibe.

Köhler schien erleichtert zu sein, sie zu sehen. Rasch kurbelte er das Fenster herunter.

»Fräulein von Stresow.«

»Was machen Sie hier?«, fragte Dorothee.

»Es gibt einen Verdächtigen im Fall Margarethe von Klippholm«, erklärte Köhler. »Kommissar Breesen ist hier, um den Mann zu verhören.«

Dorothee schüttelte den Kopf. »Und das Vorhaben von Herrn Breesen ließ sich nicht ein wenig diskreter umsetzen?«

»Das müssen Sie den Kommissar schon selbst fragen.«

Wenig später betrat Dorothee das Hotelfoyer und lenkte ihre Schritte an die Rezeption.

»Können Sie mir sagen, wo ich den Kommissar finde?«

»Er ist im Besprechungsraum. Gleich hier links, den Gang hinunter«, erwiderte der Portier beflissen.

Die Tür war verschlossen, aber Breesen sprach so laut, dass sie ohne große Anstrengung Zeugin des Gesprächs zwischen ihm und Major Grömitz werden konnte. Jedoch war es kein Wortwechsel, sondern eher der einseitige Versuch einer Vernehmung, in der Breesen Fragen stellte, die sein Gegenüber nicht beantwortete.

»Major Grömitz, was war der Grund für Ihren Besuch bei Frau von Klippholm?«, dröhnte Breesens Stimme durch die Tür.

Schweigen.

»Worum ging es in dem Streit zwischen Ihnen und Frau von Klippholm? Ging es um Geld?«

Schweigen.

»Wo waren Sie am Sonntagmorgen zwischen acht und neun Uhr?«

Immer noch Schweigen.

»Dann lassen Sie mir keine andere Wahl. Major Otto Grömitz, ich verhafte Sie wegen des dringenden Tatverdachts der Ermordung von Margarethe von Klippholm.«

Kurz darauf flog die Tür auf, und ein Landwehrmann führte den Gefangenen in Handschellen ab.

Dorothee erkannte den Verdächtigen sofort.

Es war der Mann im dunklen Anzug, den sie bei dem Versuch, eine Brötchenhälfte mit Butter zu beschmieren, beobachtet hatte. Seine Miene war nun noch verschlossener, die Lippen zu einem Strich zusammengepresst.

Kommissar Breesen verließ zuletzt das Zimmer und löschte das Licht.

»Sie?«, fragte er überrascht, als er Dorothee gegenübertrat.

»Ja, Herr Kommissar, nur ich allein. Dafür werden Sie draußen von Köhler und dem halben Badeort erwartet. Bei der Aufmerksamkeit, die Sie erregt haben, bleibt mir nur zu hoffen, dass Sie sich bei Ihren Schlussfolgerungen, was den Mord betrifft, nicht geirrt haben.«

Breesen blickte sie an, während er langsam den Hut aufsetzte. »Die Indizien sprechen eine eindeutige Sprache. Motiv, Möglichkeit und Tatort«, sagte er schließlich.

»Mag sein«, erwiderte Dorothee mit einem süffisanten Lächeln. »Aber Sie übersehen etwas Wesentliches.«

••••

Dorothee musste nicht lange nach Hilde Grömitz suchen.

Sie fand die junge Frau zusammengekauert in einem Sessel im Kaminzimmer.

»Guten Tag, mein Name ist Dorothee von Stresow. Darf ich mich zu Ihnen setzen?«

Die junge Frau antwortete nicht, sondern starrte teilnahmslos auf ihre Finger, die unentwegt ein Taschentuch kneteten.

Dorothee zog sich einen Sessel heran und ließ sich unaufgefordert der Frau gegenüber nieder.

»Hören Sie, Hilde ... Ich darf doch Hilde zu Ihnen sagen?«

Zum ersten Mal zeigte die Frau eine Reaktion. Sie hob den Kopf und musterte sie aus rot geweinten Augen. Eine blasse Abwehr lag auf ihrem ebenmäßigen Gesicht.

»Bitte, Fräulein Hilde, ich möchte Ihnen helfen«, sagte Dorothee behutsam. »Ich habe mitbekommen, wie die Polizei Ihren Vater verhaftet hat. Aber ich bin der Meinung, dass Ihr Vater nicht das getan haben kann, was der Kommissar ihm zur Last legen will.«

Die junge Frau blieb stumm, nur ihre Unterlippe zitterte leicht.

»Deshalb möchte ich Ihnen eine Frage stellen, und wenn Sie bereit sind, meine Hilfe anzunehmen, bitte ich Sie, mir diese ehrlich zu beantworten.«

Hilde nickte stumm.

»Gut. Gehe ich richtig in der Annahme, dass sich Ihr Vater im Krieg eine schwerwiegende Verletzung an der Schulter zugezogen hat?«

Ein Schatten huschte über Hildes Gesicht. Für einen winzigen Moment offenbarte sie einen tiefen Schmerz, hervorgerufen durch einen Schicksalsschlag, den sie immer noch nicht verwunden hatte.

»Ich habe während des Krieges eine Zeit im Lazarett gearbeitet. Liege ich mit meiner Einschätzung richtig?«, hakte Dorothee nach.

»Mein Vater redet nie darüber«, fing Hilde leise an zu sprechen. »Aber ich weiß, dass es im Winter siebzehn einen Granattreffer auf seinen Kommandostand gab. Ein Metallsplitter zerfetzte seine rechte Schulter. Er lehnte ab, dass ich ihn besuchen kam. Vielleicht wollte er nicht, dass ich ihn so sah. So hilflos, so schwach. Als er endlich nach Hause kam, war der Krieg vorbei, und das Leben ging irgendwie weiter ...«

Sie brach ab, als hätte ihr eine persönliche Bewertung der Situation nicht zugestanden, und blickte Dorothee erschrocken an.

»Erzählen Sie«, bat Dorothee.

»Obwohl es offensichtlich war, dass sich seine Kriegsversehrtheit nicht mehr ändern würde, gab er sich in der Öffentlichkeit den Anschein, völlig intakt zu sein. Er ließ sogar den Wagen umbauen, um selbst fahren zu können. Die Ärzte hatten ihr Möglichstes getan, aber seinen rechten Arm würde er nie wieder so wie früher benutzen können.«

»Hat er starke Schmerzen?«

»Ich weiß es nicht. Er redet nicht darüber. Er ist so stolz!«

»Ich kann es mir vorstellen.«

»Gibt es eine Frau Major Grömitz?«

Die junge Frau verzog das Gesicht. »Meine Mutter ist an Typhus gestorben … da war ich zwölf. Seitdem sind Papa und ich …« Sie verstummte. Die Finger begannen wieder, das Taschentuch zu kneten.

Dorothee war aufgefallen, dass Hilde von der Bezeichnung »Vater« zu »Papa« gewechselt war, und sie spürte einen Stich im Herzen. »Papa« war ein Kinderausdruck, und ganz unbewusst war die junge Frau, als die Sprache auf ihre Mutter kam, zurück in die Zeit gefallen, als sie und ihr Vater nach dem Tod der Mutter ihre Leben neu ordnen mussten. Sie konnte sich sehr gut vorstellen, wie eng nach dem Verlust die Bindung zwischen den beiden Menschen geworden war.

Ein Kellner betrat das Zimmer und fragte höflich, ob sie etwas wünschten. Dorothee bestellte zwei Sodawasser und wandte sich wieder an Hilde. Sie zweifelte keine Sekunde an dem, was die junge Frau ihr erzählte. Sie dachte an die Beherrschung, die ihr bei Major Grömitz während des Frühstücks aufgefallen war. Wie muss es einem Menschen ergehen, dachte sie, den der Alltag unter beinahe unüberwindliche Herausforderungen stellt und der dazu noch permanent unter Schmerzen litt?

»Ich muss Ihnen noch eine andere Frage stellen. In welchem Verhältnis stand Ihr Vater zu Margarethe von Klippholm?«

Hilde stieß hörbar die Luft aus. »Ich weiß es nicht. Mein Vater hat mit mir nie über geschäftliche Belange gesprochen. Ich kann Ihnen nur sagen, dass er sie in den letzten Monaten insgesamt dreimal aufgesucht hat. Zuletzt am Samstagabend. Um neun Uhr abends.«

»Verstehe. Ich habe gehört, dass der Kommissar Ihrem Vater vorgeworfen hat, dass er Streit mit Frau von Klippholm hatte.« Hilde versteifte sich in ihrem Sessel. »Ich habe keine Ahnung.«

»Und wann kam Ihr Vater ins Hotel zurück?«

»Ich weiß es nicht. Wir haben getrennte Zimmer. Aber sie liegen nebeneinander, deshalb ...« Sie brach ab.

»Deshalb?«

»Ich bin wach geworden, weil nebenan die Tür ins Schloss fiel.«

»Wie spät war es da?«

»Ich weiß es nicht. Mein Vater kam nicht zum Frühstück, reagierte auch nicht auf mein Klopfen. Später sagte er mir, er hätte ein Schlafpulver genommen.«

»Wann sind Sie ihm am Sonntag zum ersten Mal begegnet?«

»Gegen Mittag. Er kam vom Kiosk an der Seebrücke. Er hatte eine Berliner Zeitung gekauft. Er liest sie jeden Tag. Mein Vater will informiert sein.«

»Ich verstehe. Wie wirkte er auf Sie, als Sie ihm begegneten?«

»Übernächtigt, dunkle Augenringe, und er hatte sich beim Rasieren geschnitten.«

»Noch etwas?«

»Ja, jetzt wo Sie mich so dezidiert fragen. Er hat diese schrecklichen Pfefferminzdrops gelutscht.«

Dorothee kräuselte die Nase. »Was ist an Pfefferminzdrops so schrecklich?«

»An sich nichts. Aber wenn man diese Dinger nur lutscht, um eine Alkoholfahne zu übertünchen, dann ist die Melange aus beiden Gerüchen abscheulich.«

»Da stimme ich Ihnen zu. Also nehmen Sie an, dass Ihr Vater nach dem Besuch bei Frau von Klippholm noch irgendwo eingekehrt ist?«

Hilde holte tief Luft. »Vielleicht. Er muss sich bei dem Treffen sehr aufgeregt haben. Normalerweise ist mein Vater die Disziplin in Person.«

Dorothee nickte. Auch auf sie hatte Major Grömitz nicht den Eindruck eines Mannes gemacht, der dem Alkohol über alle Maßen zusprach.

»Sie sagten, Ihr Vater traf Margarethe von Klippholm bereits zum dritten Mal.«

»So ist es.«

»Wissen Sie, ob es Aufzeichnungen über diese Treffen gibt, eventuell Papiere, die wir einsehen könnten?«

»Da bin ich überfragt. Ich kann Ihnen nur sagen, dass mein Vater, wenn er einen Geschäftstermin hat, immer eine Aktentasche mit sich trägt.«

»Hatte er sie auch am Samstag dabei?«

»Ich denke schon.« Hilde schaute auf die aufgeschichteten Buchenscheite im Kamin, als würde sie dort die Antwort finden. »Doch, ich bin mir sicher, dass er sie bei sich hatte, als er sich von mir verabschiedete.«

Der Kellner brachte das Sodawasser, notierte die Zimmernummern und verschwand.

Also ein Geschäftsessen, dachte Dorothee, bei dem es am Ende zum Streit kam. Und es ging um finanzielle Dinge, wenn sie Breesens Nachfrage vorhin beim Verhör richtig deutete.

Das ist sonderbar, grübelte sie weiter. Egal, wie oft es seit ihrer Rückkehr auf die Insel um Margarethe ging, immer wieder begegneten ihr in irgendeiner Form Geldnöte. Sei es der Getränkehändler, der Schäfer, die Jagdgesellschaft, jetzt Grömitz.

Unmerklich schüttelte Dorothee den Kopf.

Dabei galten die von Klippholms als eine der reichsten Familien auf Rügen. Nach dem Tod der Eltern mussten die drei Kinder ein riesiges Vermögen geerbt haben. Aber bei Margarethe, so erschien es ihr zumindest, war davon nicht mehr viel oder überhaupt nichts mehr übrig ...

»Fräulein von Stresow?«, drang Hildes Stimme in ihr Ohr.

»Ich würde gern wissen, wie es jetzt mit meinem Vater weitergeht?«

»Wir müssen etwas finden, das Ihren Vater entlastet und das seine Unschuld belegt. Wir müssen wissen, worum genau es in dem Streit gegangen ist. Können Sie mir sagen, ob er den Hoteltresor zur Aufbewahrung von Unterlagen nutzte?«

»Sicher nicht. Mein Vater empfindet Leute, die Trinkgeld für ihre Loyalität erwarten, als nicht besonders vertrauenswürdig.«

Aus dieser Richtung habe ich das noch gar nicht betrachtet, dachte Dorothee. »Dann müssen wir das Zimmer Ihres Vaters durchsuchen. Vielleicht finden wir dort Hinweise, die uns weiterhelfen. Haben Sie einen Schlüssel?«

»Ja, aber die Polizei hat das Zimmer versiegelt.«

»Gibt es einen Balkon?«

»Leider nein, aber es gibt eine Verbindungstür. Die ist jedoch abgeschlossen ...«

»Das wird uns nicht aufhalten.« Dorothee sah sich kurz um. Sie waren immer noch allein. »Gut. Wir treffen uns in zehn Minuten in Ihrem Zimmer. Sollte Ihnen bis dahin zu dem, was wir soeben besprochen haben, noch irgendetwas einfallen, sei es in ihren Augen auch noch so unbedeutend, merken Sie es sich bitte.«

••••

Dorothee lauschte. Auf dem Korridor war es ruhig. Um diese Zeit waren die meisten Gäste noch am Strand oder saßen beim Kaffeetrinken. Die Zimmermädchen würden erst gegen sieben ihre Runde machen, um die Zimmer für die Nachtruhe vorzubereiten.

Es blieb ihnen also ausreichend Zeit.

Dorothee begutachtete das Schloss der Verbindungstür und kam zu der Erkenntnis, dass es sich mit einem Dietrich leicht öffnen ließ. Sie zog einen, den sie immer dabei hatte, rasch aus ihrer kleinen braunen Handtasche. Nach weniger als zehn Sekunden schnappte der Riegel lautlos zurück.

Nacheinander traten sie ein.

Dorothee ließ das Zimmer auf sich wirken.

Die Vorhänge waren zugezogen und tauchten die Einrichtung, die mit der in Hildes Zimmer identisch war, in ein diffuses Licht. Auch hier beanspruchte ein geräumiges Bett den meisten Platz, mit einem Bänkchen am Fußende, auf dem die Tagesdecke lag.

Auf dem Nachtkästchen stand ein leeres Glas, an dem sich ein blassweißer Niederschlag abgesetzt hatte. Dorothee führte es an die Nase und roch daran. Offenbar nahm der Major jeden Abend einen Cocktail aus Schmerz- und Schlafmitteln ein. Sie stellte das Glas zurück.

Seitlich neben der Tür standen der Kleiderschrank und ein gewaltiger Schrankkoffer, der verschlossen war.

Gegenüber in der gefliesten Nische befand sich ein Waschbecken, und auf der Porzellanablage darüber reihten sich Rasierutensilien, Seifendose und ein Becher, in dem die Zahnbürste steckte. Vor einem stummen Diener warteten ein Paar auf Hochglanz polierte Lederschuhe auf ihren Einsatz.

Dorothee beugte sich hinab und drehte das Paar mit einer schnellen Bewegung um. Ausgiebig betrachtete sie die Sohlen, bevor die Schuhe wieder auf ihrem Platz vor dem stummen Diener landeten. Es war weder Erde noch Sand darauf zu erkennen.

Indessen entdeckte Hilde die Aktentasche auf dem Tischchen in der Ecke. So wie es aussah, war sie geöffnet worden.

»Und?«, fragte Dorothee die junge Frau, die hinübergeeilt war, um den Inhalt in Augenschein zu nehmen.

Enttäuscht präsentierte Hilde Dorothee die leeren Fächer.

»Hier ist nichts«, sagte sie enttäuscht.

»Dann durchsuchen wir jetzt die Schränke und Schubladen.«

Zehn Minuten später mussten sich die beiden Frauen eingestehen, dass ihre Suche vergebens war.

»Was ist mit dem Schrankkoffer dort drüben?«, fragte Dorothee. »Den haben wir noch nicht durchsucht.«

Gemeinsam zerrten sie das Ungetüm in die Mitte des Zimmers.

Laut schnappten die schweren Verschlüsse auf.

Die eine Hälfte des Koffers war mit Leinen ausgeschlagen. Eine Vorrichtung bot die Möglichkeit, Anzüge, Krawatten und Hemden aufzuhängen, darunter gab es Fächer für Socken, Unterwäsche und Schuhe. Die gegenüberliegende Seite hingegen glich einem transportablen Büro. Sie fanden ein Schränkchen mit Schubfächern, die Briefpapier, Federn und ein fest verschraubtes Tintenfässchen enthielten.

Darunter erwartete sie ein tragbarer Humidor mit Zigarren und ein schmales Regal, auf dem einige Bändchen standen, die mithilfe einer Leiste fixiert waren.

Im Gegensatz zu der mit Stoff ausgekleideten Seite fand sich hier eine Art stabile Holzvertäfelung, deren Muster an ein Schachbrett erinnerte.

Aber von den Papieren noch immer keine Spur.

»Das gibt es doch nicht!«, klagte Hilde. »Irgendwo muss er die Dokumente doch aufbewahren. Oder hat die Polizei sie vielleicht mitgenommen?«

»Ich habe bei der Verhaftung nichts bemerkt«, entgegnete Dorothee.

Von Unruhe getrieben, schweifte Hildes Blick durchs Zimmer. »Vielleicht hat er die Papiere unter der Matratze versteckt?«

Noch bevor Dorothee etwas erwidern konnte, begann sie Kopfkissen und Zudecke vom Bett zu räumen und das Laken abzuziehen. Doch das Sprungfedergestell unter der dreigeteilten Matratze war leer.

»Es ist hoffnungslos«, sagte Hilde niedergeschlagen.

Dorothee richtete sich auf und drückte den Rücken durch. Dabei fiel ihr Blick erneut auf den Schrankkoffer. Langsam ging sie darauf zu, hockte sich hin und betrachtete schweigend die Seite mit dem Schachbrettmuster.

»Haben Sie was gefunden?«, fragte Hilde.

»Bleiben Sie geduldig«, erwiderte Dorothee, die anfing, auf einzelne Felder zu drücken.

Aber nichts geschah.

Sie spitzte konzentriert die Lippen, während ihre Fingerkuppen von den Feldern weg an den Rand der Vertäfelung wanderten, wo diese bündig mit der Außenschale des Koffers abschloss.

Auch hier glitten Dorothees Finger mit leichtem Druck über die Holzeinfassung. Ihre Fingerspitzen hatten beinahe die obere linke Ecke der Vertäfelung erreicht, als sie spürte, wie plötzlich ein kleiner Teil der Holzleiste nachgab.

Ein leises Klicken ertönte, und ein Bereich innerhalb der Vertäfelung schwang lautlos auf.

»Ein Geheimfach!«, raunte Hilde aufgeregt. »Woher wussten Sie das?«

»Ein Freund von mir besitzt ein maurisches Schachbrett. Auch dort lässt sich mithilfe einer versteckten Feder eine geheime Lade öffnen.«

»Können Sie etwas in dem Fach erkennen?«, fragte Hilde.

Vorsichtig angelte Dorothee nach den Papieren im Versteck und zog sie ans Tageslicht.

»Es sind Briefumschläge. Gehen wir zum Tisch und sehen wir uns an, was wir gefunden haben.«

Dorothee schaltete das Licht ein.

Im ersten Kuvert fanden sie zwei Schuldverschreibungen, in denen Hildes Vater Margarethe von Klippholm beträchtliche Geldsummen überlassen hatten.

Blieb noch der zweite Umschlag.

Dorothee bemerkte, dass Hilde ihn bereits geöffnet hatte. Schlagartig verfinsterte sich ihre Miene. Sie griff sich an den Hals. Wenige Augenblicke später ließ sie das Papier fassungslos sinken.

KAPITEL 10

Dorothee fuhr die Bahnhofstraße hinauf. Kurz vor der Kurve tauchte das Gebäude der Landwehr vor ihr auf.

Dorothee bremste und lenkte den Wagen durch eine schmale Einfahrt hindurch auf die Rückseite des Gebäudes, wo sich die Parkfläche als eine halbmondförmige, frisch gemähte Rasenfläche entpuppte. Breesens schwarzer Dienstwagen stand bereits dort.

Dorothee bemerkte, dass sie nervös war. »Wird schon gutgehen«, murmelte sie und stieg aus. Sie schloss den Wagen ab, dann bückte sie sich und hob einen Feuerstein auf. Kurz wog sie ihn abschätzend in der Hand, dann steckte sie den Stein in ihre Handtasche.

Die Eingangstür befand sich auf der Vorderseite des gedrungenen Ziegelgebäudes, das mit den schwarzen Eisengittern vor den Fenstern keinen besonders einladenden Eindruck vermittelte, woran auch die vier runden Wappen über dem Mauerfries nichts änderten.

Dorothee läutete und wartete geduldig, bis ihr von Köhler geöffnet wurde.

Sie erwiderte den Gruß des Kriminalanwärters.

Er schien nicht überrascht zu sein, sie zu sehen. »Fräulein von Stresow«, begrüßte er sie mit einem Lächeln.

»Ich bin hier, weil ich dringend mit dem Kommissar in einer wichtigen Angelegenheit reden muss.«

»Aber ich kann Sie nicht vorlassen.« Der Assistent beugte sich vertrauensvoll vor. Seine Stimme ging in ein Flüstern über. »Der Inspektor verhört gerade den Verdächtigen.«

»Ich weiß. Es handelt sich um Major Otto Grömitz. Genau aus diesem Grund bin ich hier. Lassen Sie mich mit dem Kommissar sprechen.«

Köhler richtete sich überrascht auf, während Dorothee einen Schritt auf ihn zuging.

»Ihr Vorgesetzter beschuldigt den falschen Mann«, fuhr sie fort, »und ich bin hier, um ihn vor einem folgenschweren Irrtum zu bewahren. Also lassen Sie mich durch.«

Köhler brummte etwas, was sie nicht verstand, gab aber den Weg frei.

Als Dorothee in den Flur trat, stellte sie fest, dass das Gebäude weitaus älter war, als es auf den ersten Blick den Anschein hatte. Kalte Luft, durchsetzt von Zigarettenqualm und dem Geruch nach Leder und Männerschweiß, empfing sie.

Vor ihr führte eine schmale Treppe ins Obergeschoss. Die Wände waren weiß gekalkt, ein wuchtiger Metallschrank bedeckte einen Großteil der Wand.

Vom Flur gingen zwei Türen ab. Die links von ihr war nur angelehnt, und sie hörte, wie ein Telefon klingelte, worauf sich eine strenge Männerstimme meldete.

Entschlossen wandte sie sich der anderen Tür zu, die verschlossen war und wo ein provisorisches Schildchen am Türrahmen darauf hinwies, dass es sich derzeit um das Büro von Inspektor Breesen handelte.

Dorothee klopfte energisch an und zog die Tür sofort auf, ohne abzuwarten, ob sie überhaupt hereingebeten wurde.

Die beiden Männer, die sich im Zimmer aufhielten, reagierten ganz und gar unterschiedlich auf ihre plötzliches Erscheinen. Während Major Grömitz sich sichtlich überrascht von einem Holzstuhl erhob und sie unverwandt anstarrte, sprang Breesen hinter seinem mit Akten übersäten Schreibtisch hervor. »Fräulein von Stresow, ich kann mich nicht erinnern, Sie einbestellt zu haben. Daher fordere ich Sie auf, mein Büro unverzüglich zu verlassen.«

»Hören Sie, Inspektor ...« Dorothee machte einige Schritte auf den Mann zu, während sie begann, mit einer Hand ihren Mantel aufzuknöpfen. »... ich verspreche Ihnen, ich gehe unverzüglich.« Sie machte eine kleine Pause. »Aber erst wenn Sie mich angehört haben. Denn ich muss Sie darauf hinweisen, dass Major Grömitz die Tat unmöglich begangen haben kann – und ich habe Beweise.«

Sie sah, wie Breesen vor Empörung nach Luft schnappte, aber kein Wort hervorbrachte.

Dann wandte sie sich an Otto Grömitz. »Herr Major könnten Sie bitte kurz meine Handtasche halten ...«

Weiter kam sie nicht, denn Major Grömitz, der ihr in

einem Reflex mit der rechten Hand die Tasche abnehmen wollte, stöhnte in diesem Moment laut auf. Dorothee sah, wie der Henkel ihm aus der kraftlosen Hand rutschte, die Handtasche zu Boden krachte und er sich mit schmerzverzerrtem Gesicht an den Oberarm griff. Und wie neulich im Restaurant spiegelte sich dieselbe Verbitterung über sein körperliches Unvermögen in seinem Gesicht.

Sie hob die Handtasche auf. »Herr Major, es tut mir sehr leid«, erklärte sie mitfühlend. »Aber Sie werden verstehen, wenn ich Ihnen sage, dass ich *es* dem Inspektor demonstrieren musste.«

Der Offizier ließ sich erneut auf dem Stuhl nieder. Er wirkte blass und abwesend, Schweißtropfen bedeckten seine Stirn.

»Was genau wollten Sie mir demonstrieren?«, fragte Breesen ungehalten. »Dass Major Grömitz im Krieg eine schwere Verletzung durch die Einwirkung eines Granatsplitters davongetragen hat, die ihn bis heute massiv einschränkt und daran hindert, dass er seinen rechten Arm wie ein gesunder Mann benutzen kann? Das hat er mir bereits selbst gesagt. Auch, dass er unschuldig ist.«

»Das bin ich auch!«, warf Grömitz ein.

Dorothee sah Breesen an, dass er weder ihr noch dem Major glaubte. Aber so schnell gab sie nicht auf. Sie öffnete ihre Handtasche und entnahm ihr unter dem erstaunten Blick des Kommissars den Stein. »Meine Handtasche entsprach von der Last her ungefähr dem Gewicht eines Gewehrs 98. Wie selbst Sie sehen konnten, war Major Grömitz nicht in der Lage, mit der rechten Hand die Handtasche festzuhalten. Also wäre er mit diesem Arm auch niemals in der Lage gewesen, ein Gewehr zu halten, geschweige eine ruhige Schießposition einzunehmen, dass er aus einer Distanz von mehreren Dutzend Metern Margarethe von Klippholm in die Stirn hätte schießen können.«

Breesen musterte sie skeptisch. »Vielleicht hat er mit links geschossen. Soweit ich erkennen kann, fehlt dem anderen Arm nichts.«

»Aber Major Grömitz ist Rechtshänder. Wie Sie vorhin bemerkt haben dürften, griff er auf meinen Wunsch hin, ohne nachzudenken, mit der rechten Hand zu.« Dorothees Blick suchte Breesen. »Im Hotelrestaurant habe ich beobachten können, wie Hilde, die Tochter des Majors, ihm die Brote zubereiten wollte, weil er selbst nicht dazu in der Lage war.«

Der Kommissar legte die Stirn in Falten. »Fräulein von Stresow, bitte beantworten Sie mir eine Frage: Praktizieren Sie als Ärztin?«

»Sie wissen, dass ich Schriftstellerin bin.«

»Dann werden wir heute nicht abschließend klären können, ob Major Grömitz körperlich in der Lage war, den tödlichen Schuss auf Margarethe von Klippholm abzufeuern. Und solange ich darüber keine eindeutige medizinische Klarheit besitze, bleibt Major Grömitz als Verdächtiger in Haft, und alles, was Sie hier vorbringen, sind Mutmaßungen. Und jetzt verlassen Sie bitte dieses Zimmer und stören meine Ermittlungen nicht weiter.«

Dorothee drehte sich um. Plötzlich fiel ihr Blick auf den Gipsabdruck, der auf dem Schreibtisch des Kommissars stand.

Sie schloss ihre Handtasche und wandte sich an Otto Grömitz. »Herr Major, erlauben Sie mir eine Frage: Welche Schuhgröße haben Sie?«

»Fünfundvierzig«, lautete die knappe Antwort.

Sie nickte. Diese Größenangabe fand sie auch auf den Sohlen der Lederschuhe im Hotelzimmer.

»Auch bei Stiefeln?«

»Selbstverständlich. Aber ich verstehe Ihre Frage nicht.«

Dorothee nickte, ging an Breesen vorbei um den Schreibtisch herum und griff nach dem Gipsabdruck der Stiefel. Langsam hob sie ihn hoch, so dass beide Männer ihn sehen konnten.

»Sie sagen, dass Sie Schuhgröße fünfundvierzig haben. Dieser Stiefelabdruck hier entspricht aber höchstens einer zweiundvierzig. Meine Herren, korrigieren Sie mich, wenn ich mich irre, ein Mann mit kleinen Füßen kann große Stiefel tragen, aber ein Mann mit großen Füßen keine kleinen.«

KAPITEL 11

Nachdem Dorothee die Landwehrstation verlassen hatte, bewegte sie sich ohne Eile über die Strandpromenade. Sie hatte heute kein Interesse am Leierkastenspieler und dem Äffchen, auch nicht an den drei Jungen im Matrosenanzug, die auf einem Steg standen und angelten, noch hörte sie das Orchester im Pavillon spielen.

Sie war immer noch viel zu sehr mit dem Mord an Margarethe von Klippholm und den daraus erwachsenen Konsequenzen für sich selbst beschäftigt. Denn seitdem sie die Jagdhütte verlassen hatte, kreisten ihre Gedanken nicht nur um die Frage, wer ihre Mitschülerin ermordet hatte, sondern auch um die Frage, was Margarethe über die Brandnacht gewusst hatte und was genau sie ihr hatte mitteilen wollen.

Dorothee erreichte den Wendeplatz vor der Seebrücke.

Zwei Frauen verließen soeben den Friseursalon Knappes im Strand-Schloss, die Haare eng in Wellen an den Kopf gelegt, wie es gerade Mode war.

Die Uhr zeigte zwei Minuten vor halb vier.

Selbst der Besuch bei Margarethes Rechtsanwalt hatte

sich als Sackgasse erwiesen. Wenn Dorothee es genau betrachtete, war sie, was die Aufklärung der Brandnacht betraf, keinen Schritt weitergekommen. Wen könnte sie noch befragen? Vorhin, als der Major verhaftet wurde, war auch Presse zugegen. Ihr fiel ihre Freundin Lotte Volmer ein und das Archiv der Ostsee-Zeitung.

Dorothee passierte das Hotel Esplanade und kam am Café Royal vorbei, vor dem beinahe alle Tische besetzt waren.

Hinter dem Café bog sie in die Asta Straße und gelangte schließlich zur Villa Holsatia. Das Gebäude war ein typisches mehrstöckiges Pensionshaus mit halbrunden Pilastern über den Fenstern. Im Parterre erklärte ein Messingschild neben der Eingangstür, dass die Ostsee-Zeitung hier ein Redaktionsbüro unterhielt.

Dorothee läutete.

Während sie wartete, erinnerte sie sich, was Lotte ihr über die Zeitung erzählt hatte. Das Blatt wurde in Stettin gedruckt und unterhielt Redaktionen überall in Pommern, welche dem Verlagshaus zuarbeiteten. Die Zeitung war 1848 gegründet worden und hatte in ihrer Geschichte mehrmals die Schreibweise des Namens und den Besitzer gewechselt.

Ein Mitarbeiter öffnete.

»Guten Tag, ich möchte Frau Vollmer sprechen«, erklärte Dorothee.

Der Mann bat sie herein.

Sie schritten durch eine weiße Flügeltür. Telefone klingelten, ein Fernschreiber ratterte, und laute Stimmen erfüllten die Redaktion. Dorothee fand sich vor einem Schreibtisch wieder, hinter dem Lotte hoch aufgerichtet stand, den Blick starr auf ein Blatt Papier gerichtet. Ihrem Gesichtsausdruck nach zu urteilen, missfiel ihr, was sie da las.

Dorothee wartete, bis sie das Blatt sinken ließ.

Aber anstatt sie zu begrüßen, ging Lotte zu einem der Nebentische und knallte dem Mann, der sie hereingelassen hatte, das Schriftstück auf den Tisch. »So geht das nicht, Henrik. Viel zu umständlich. Wir haben nicht so viel Platz. Die Schlagzeile lautet: Die Kriminalpolizei bittet um Mithilfe der Bevölkerung im Mordfall Margarethe von Klippholm. Also mach es kürzer, griffiger. Große Überschrift. Es ist ein Extrablatt. Ach, am besten, du schreibst es noch mal! Aber denke dran, ich brauche den Text bis sechs Uhr!«

Dann kam Lotte lächelnd auf Dorothee zu. »Was für eine Überraschung! Eine richtige Romanautorin besucht uns Tintenkleckser. Komm, lass dich umarmen.«

Die beiden Frauen begrüßten sich.

»Ein Extrablatt?«

»Kommissar Breesen sucht wohl noch immer nach Zeugen.« Lotte schob Dorothee sanft von sich weg. »Am Telefon wolltest du nichts sagen. Also, warum bist du hier?«

Dorothee überlegte, wie sie ihr Anliegen vortragen sollte.

»Ich bin auf der Suche nach Zeitungsberichten aus dem Jahr 1905.«

Lotte musterte sie eindringlich. »Du möchtest Einsicht ins Archiv?«

Dorothee nickte.

»Gut. Dann fülle mir bitte die Anmeldung aus. Du kannst so lange auf meinem Stuhl Platz nehmen.«

Dorothee merkte, wie die Journalistin sie beobachtete. »Was denkst du da unten zu finden?«

Sie schaute Lotte an. »Keine Ahnung. Zeitungen berichten über so vieles«, wich sie aus.

Lotte hockte sich auf den Rand des Schreibtisches. »Geht es um den Brand?«

Dorothee antwortete nicht.

»Du solltest die Suche eingrenzen. Konzentriere dich erst mal auf die Zeit unmittelbar davor und danach. Manchmal erscheinen Artikel zu bestimmten Themen auch erst einige Tage später. Das solltest du bei deiner Suche berücksichtigen.«

»Vielen Dank für den Rat.«

»Gern geschehen. Ich sage dem Archivar Bescheid. Lasse wird sich um dich kümmern.«

Kurz darauf brachte Lotte sie zu einer Tür, die in den Keller führte. »Wenn du nachher noch was brauchst, weißt du ja, wo du mich findest«, sagte sie und machte auf dem Hacken kehrt.

Hinter Dorothee fiel die Tür ins Schloss.

Das ist doch verrückt, dachte Dorothee, als sie die enge, gusseiserne Wendeltreppe in die Katakomben hinabstieg.

Sie spürte, wie ihre Handflächen anfingen, zu schwitzen. Sie öffnete den obersten Knopf ihrer Bluse.

Warum begab sie sich immer wieder in solche Situationen?

Endlich erreichte sie die letzte Treppenstufe und sah sich über das Geländer vorsichtig um.

Schwere Eisenträger stützten die Decke des Kellers ab. Industrielampen baumelten in regelmäßigen Abständen und projizierten helle Lichtkreise in die schmalen Gänge, die schnurgerade zwischen den übermannshohen Regalen verliefen.

Wie willst du hier den Archivar finden?, ging es ihr durch den Kopf. Wahrscheinlich verläufst du dich und findest am Ende nicht einmal den Weg zur Treppe zurück.

Trotzdem lief sie los.

Ihre Handtasche trug sie am Halteriemen vor der Brust, damit sie nicht an den Ecken der braunen Pappkartons hängen blieb, die aus den Regalen heraustakten.

»Hallo, ist da jemand?«, rief sie laut.

Niemand antwortete ihr.

Nur Stille.

Angespannt ging sie weiter.

Wo sollte sie mit ihrer Suche anfangen? Sie konnte kein System in der Ablage erkennen.

Dorothee zuckte zusammen.

Da war ein summendes Geräusch.

Als sie aufblickte, erkannte sie, was die Ursache dafür war.

Die Glühbirne über ihrem Kopf flackerte einige Male unruhig, bevor sie endgültig erlosch.

Das Summen verstummte.

Sie wollte sich abwenden, als sie ein neues Geräusch vernahm. Ein Atmen in der Dunkelheit, direkt neben ihr.

Sie wirbelte herum.

Eine Taschenlampe flammte auf, grelles Licht stach in ihre Augen und blendete sie.

Dorothee erschrak sich beinahe zu Tode.

»Ich glaube, Sie suchen mich«, stellte eine leise Männerstimme sachlich fest. »Ich bin Lasse.« Ein ergrauter Mittfünfziger mit ungepflegtem Bart und in einem blauen Kittel stand vor ihr.

Sie sah, dass der Archivar das rechte Bein nachzog. Trotzdem lief er in einem Tempo durch die Gänge, dass es ihr schwerfiel, ihm zu folgen. Dabei redete er nun ohne Unterlass, als würde er ihr Auftauchen begrüßen, wie ein Gestrandeter, der in der Abgeschiedenheit einer einsamen Insel allein ausharren musste.

»Wie Sie sehen, sind die Regale beschriftet. Aber nicht alphabetisch, wie Sie es vielleicht aus Bibliotheken kennen. Der Grund dafür ist, dass bei uns weder die Autoren noch die Artikel eine Rolle spielen. Auch eine Sortierung nach Themengebieten bietet sich nicht an, weil Zeitungen einem immer gleichen Aufbau folgen.«

Der Archivar bog in einen anderen Gang ab. Sein strähniges halblanges Haar wippte bei jedem Schritt. »In unserem Archiv haben wir uns für eine Klassifizierung des Bestandes nach dem Erscheinungszeitraum entschieden, die sich auch in der Beschriftung der Regale wiederfindet. Selbstverständlich umfasst der Bestand beinahe Zeitungen aus über sechzig Jahren. Das macht es etwas unübersichtlich.«

Lasse blieb stehen, studierte die Aufschriften und zog schließlich zwei Kartons aus dem Regal. »Frau Vollmer sagte mir, der Juli und August 1905 seien für Sie von Interesse«, sagte er und steuerte einen Holztisch am Ende des Ganges an.

»Sind Sie im Besitz von Stift und Papier?«, fragte er über die Schulter hinweg.

Dorothee nickte, öffnete die Handtasche und hob ihr Notizbuch auffällig in die Höhe.

»Sehr gut!«

Sie erreichten den Tisch.

»Die Zeitungen dürfen nicht mitgenommen werden. Sollten Sie Interesse am Inhalt haben, schreiben Sie bitte die jeweiligen Passagen ab. Ich werde Sie jetzt verlassen. Wenn Sie fertig sind, lassen Sie die Kartons einfach stehen. Ich werde sie später zurückbringen.«

Dann verschwand er lautlos wie ein Geist zwischen den Regalen.

Dorothee setzte sich und öffnete einen der Deckel.

Konzentriert blätterte sie die erste Ausgabe durch. Seite für Seite. Nur um am Ende festzustellen, dass sie nichts von Belang gefunden hatte.

Mit den nächsten vier Zeitungen erging es ihr ähnlich.

Sie glaubte schon, mit dieser Art der Recherche auf dem Holzweg zu sein, als ihr plötzlich eine Überschrift ins Auge stach. Mit klopfenden Herzen nahm sie den Inhalt des Artikels zur Kenntnis, ein Brandmeister lieferte darin seinen Bericht ab.

Endlich wusste sie, wonach sie suchen musste.

Sie faltete die Zeitung auf die Hälfte zusammen und legte sie zur Seite.

In einer Augustausgabe stieß sie dann endlich auf die Schilderungen desselben Brandmeisters, welche die Feuerkatastrophe auf dem elterlichen Gut zum Inhalt hatten.

Mit zitternden Fingern strich sie die Seite glatt, und in einem Anflug von Ernüchterung bemerkte sie, dass der Artikel gerade einmal zwei winzige Spalten einnahm.

Dorothee überflog mit angehaltenem Atem die Zeilen, danach las sie den Artikel noch einmal gewissenhaft durch.

Am Ergebnis änderte sich nichts.

Enttäuscht hob sie den Kopf und griff nach den Zeitungen, die sie zuvor durchgesehen hatte und in denen sie ebenfalls auf Berichte von Brandmeister Hannes Brettschneider gestoßen war. Ausführlich hatte er über die Einsätze der Feuerwehr berichtet. Einmal betraf es einen Kuhstall, in den ein Blitz eingeschlagen hatte, ein anderes Mal bargen die Feuerwehrleute einen Verschütteten im Kreidetagebau. Besonders fesselte sie ein Bericht über einen Dachstuhlbrand in einem Gutshaus bei

Lancken, wo Brettschneider detailliert die Brandursache und den Hergang der Feuerbekämpfung darlegte. Darüber hinaus zeigte er jedes Mal den Umfang des entstandenen Schadens auf, und gab es Opfer, wurden sie benannt.

Energisch schob Dorothee die Zeitungen weg und nahm sich noch einmal den Artikel über die Brandnacht auf Gut Stresow vor.

Was der Brandmeister über die Brandnacht auf Gut Stresow geäußert hatte, kam ihr angesichts des Todes ihrer Eltern und der Tragödie, die sie selbst miterleben musste, ausgesprochen dürftig vor:

In der Nacht vom 29. auf den 30. Juli 1905 brach ein Großfeuer auf dem Anwesen von Freiherr Arnd von Stresow aus. Trotz sofort eingeleiteter Lösch- und Rettungsmaßnahmen der Feuerwehr konnte das herrschaftliche Gutshaus nicht gerettet werden und brannte bis auf die Grundmauern nieder. Ein Überspringen des Feuers auf die angrenzenden Stallungen und Scheunen konnte durch die Mithilfe des Dienstpersonals, welches eine Eimerkette bildete, verhindert werden. Die Ursache für den Brand wurde bisher nicht zweifelsfrei geklärt, die polizeiliche Untersuchung noch nicht abgeschlossen.

Dorothee schnaubte wütend. Der Bericht war eine Farce.

Ihre Augen füllten sich mit Tränen der Wut.

Ausgerechnet beim Brand in ihrem Elternhaus versagten plötzlich alle Ermittlungsmethoden, tappten Feuerwehr und Polizei noch Jahre nach dem Feuer im Dunkeln.

Warum hatte man sie damals nicht befragt? Sie hätte der Feuerwehr sagen können, was sie beobachtet hatte. Wie konnte der Dachstuhl an drei Stellen gleichzeitig brennen, und warum tobte ausgerechnet vor dem Schlafzimmer der Eltern eine Feuerwand? Das war nicht das Ergebnis eines zufälligen Blitzeinschlags oder einer zerbrochenen Petroleumlampe. Dieses Feuer war das Werk von professionellen Brandstiftern. Davon war sie mittlerweile überzeugt.

Erschöpft legte sie alle Zeitungen zusammen und verstaute sie wieder in den braunen Pappkartons. Die Ausgabe mit dem Bericht über die Brandnacht auf Gut Stresow legte sie obenauf.

Dann lehnte sie sich im Stuhl zurück und starrte auf die zerkratzte Tischplatte.

Soeben war ihr beim Einpacken der Zeitungen ein Gedanke gekommen, den sie aber nicht richtig greifen konnte. Etwas, was bei ihr als Romanautorin ständig vorkam.

Sie faltete die Hände aneinander und betrachtete die Aufschrift auf dem Karton.

1.–31. Juli 1905 stand da in blassblauer Schrift.

Stumm schüttelte sie den Kopf.

Jeden Tag erschienen Zeitungen. Sie wurden gedruckt, ausgeliefert, verkauft und archiviert.

Sie dachte an den Mann in der Redaktion, der von

Lotte gerügt wurde und nun über der Schreibmaschine saß, um den Artikel nochmals zu schreiben.

Plötzlich stutzte sie.

Das war es.

Er schrieb! Jede Zeitung bestand aus Artikeln, die zuvor erst einmal verfasst wurden, sich auf Aussagen und Dokumente stützten.

Dorothee richtete sich auf.

Und was sagte Lotte zu dem Mitarbeiter noch? Wir haben nicht so viel Platz.

Sie wischte sich aufgeregt die Haare aus der Stirn.

Möglicherweise war der ursprüngliche Bericht von Brandmeister Brettschneider zur Brandnacht viel länger und detaillierter gewesen, wurde aber aufgrund des fehlenden Platzes auf der Zeitungsseite eingekürzt. Sie starrte auf die beiden winzigen Spalten unten in der Ecke.

Unvermittelt kam ihr eine Idee.

Sie erhob sich, nahm ihre Handtasche und klemmte sich die Zeitung unter den Arm.

Dann stieg sie die Wendeltreppe empor.

Lotte telefonierte.

Als sie Dorothee bemerkte, hob sie kurz die linke Hand, ehe sie die Finger über die Sprechmuschel legte.

»Hast du gefunden, wonach du suchtest?«, flüsterte sie.

Dorothee zeigte ihr die Zeitung. »Kann ich mir die ausborgen? Lasse bekommt sie wieder ...«

Lotte winkte rasch ab und notierte das Erscheinungsdatum auf den Rand ihres Blockes.

»Nimm sie mit«, raunte sie. »Wir lagern sowieso zwei

Dutzend Belegexemplare pro Tag ein. Ich muss sie nachher nur aus dem Bestand austragen.«

»Ich danke dir.«

»Nicht dafür.«

»Wir sehen uns.«

»Auf jeden Fall.«

Als Dorothee die Tür zur Redaktion hinter sich schloss, telefonierte Lotte immer noch.

••••

Die Feuerwache befand sich am Ende der Margarethenstraße, nur einen Steinwurf vom Schmachter See entfernt. Es war ein roter Ziegelbau, zweigeteilt in der Fassade, ohne jedwede Verzierung. Hinter dem Gebäude erhob sich ein hölzerner Turm, der zum Trocknen der Schläuche diente.

Dorothee steuerte auf die rechte Seite des Hauses zu, wo über einem weit geöffneten halbrunden Tor ein dreieckiger Dachgiebel mit einem runden Fenster in der Mitte thronte.

Hammerschläge drangen aus dem Inneren. Dann glaubte sie, zwei Männerstimmen zu hören, die sich über ein technisches Problem berieten.

»Können Sie mir helfen?«, rief sie in das schattige Halbdunkel hinein.

»Einen Augenblick bitte.« Die Antwort drang hinter einem Anhänger hervor, auf dem mehrere Schläuche aufgezogen waren.

Dann folgten weitere Hammerschläge.

Dorothee lehnte sich gegen die Wand und ließ ihren Blick durch die Feuerwache schweifen. Vor ihr stand ein offenes Automobil mit mehreren Sitzplätzen, über das sich eine mechanische Leiter spannte. Alle Messingteile blinkten im Tageslicht, und die rote Lackierung des Kühlers glänzte. Auf einem Wandregal lagen schwarzmetallene Schutzhelme, und gleich darunter hingen Koppel, ein jedes mit einem schweren Karabiner versehen.

Dorothee bemerkte aus den Augenwinkeln, wie ein junger Mann hinter dem Anhänger hervortrat. Er trug eine schwarze Uniformhose, die an den Oberschenkeln wie bei einer Reiterhose ausgestellt war, dazu Stiefel und ein Uniformhemd, das er bei ihrem Anblick rasch zuknöpfte. »Guten Tag, was kann ich für Sie tun?«, fragte er höflich.

Sie erwiderte den Gruß. »Mein Name ist Dorothee von Stresow. Ich würde gern den Brandmeister sprechen.«

»Den Brandmeister?« Der junge Mann sah sie zuerst abschätzend an, aber dann drehte er sich wortlos um und verschwand erneut hinter dem Anhänger. Sie hörte ihn reden, konnte aber nicht verstehen, was er sagte. Dann wurde eine Abdeckung geschlossen, und ein weiterer Mann erschien, deutlich älter, der sich die Hände an einem Lappen abwischte. Er trug ebenfalls eine Uniform.

»Guten Tag«, sagte er und musterte sie aufmerksam. »Ich bin der Brandmeister. Worum geht es?«

Dorothee faltete die mitgebrachte Zeitung auseinander. »Mein Name ist Dorothee von Stresow. Sie haben einen Artikel verfasst, hier«, sie deutete mit dem Zeigefinger auf den Abschnitt, »in dem Sie über das Feuer in meinem Elternhaus berichten. Aber entgegen Ihren anderen Schilderungen von Bränden und Feuerwehreinsätzen halten Sie sich in diesem Artikel mit allen Aussagen sehr bedeckt. Kein Wort über die Brandursache oder den aktuellen Stand der Erkenntnisse. Ich möchte gerne von Ihnen erfahren, was der Grund dafür war.«

Ihre Worte hallten in dem großen Raum nach.

Der Mann legte die Stirn in Falten. »Zeigen Sie mal her«, sagte er und nahm ihr die Zeitung aus der Hand. Es dauerte nicht lange, und sein Gesicht entspannte sich. »Dachte ich mir schon, dass Sie mich verwechseln. Das war 1905, da hat noch der alte Brandmeister die Feuerwehr geleitet.«

Er gab ihr die Zeitung zurück.

»Der alte Brandmeister?«

»Ja, ist jetzt über ein Jahr her, dass Kamerad Brettschneider bei einem Einsatz ums Leben kam.«

»Oh, das tut mir leid. Was ist passiert?«, erkundigte sie sich.

»Ein Waldbrand, einer der Bäume stürzte um ...«

Eine kurze Pause entstand.

Dorothee hob die Hand, in der sie die Zeitung hielt. »Meine Recherchen haben ergeben, dass Herr Brettschneider häufig in der Zeitung berichtete.«

»Das ist korrekt. Die Feuerwehr ist verpflichtet, die Bevölkerung über Lage und Einsätze zu informieren.«

So wie der Mann das sagte, wirkte er auf Dorothee sympathisch und ehrlich.

Sie dachte einen Moment lang nach. »Aber zwischen den Bränden und der Berichterstattung in der Zeitung vergingen meistens ein paar Tage. Deshalb nehme ich an, dass der Brandmeister nach dem Einsatz zuerst einen internen Bericht verfasste, auf den er später zurückgreifen konnte.«

»Ja, so machen wir das. Unmittelbar nach dem Einsatz ist der Eindruck noch frisch. Später protokollieren wir die Ergebnisse der Brandursachenermittlung und der Polizei.«

»Genau das habe ich mir gedacht. Deshalb bin ich hier. Ich würde gern einen Blick auf den Bericht des Brandmeisters werfen, den er nach dem Einsatz auf Gut Stresow verfasste …«

Der Mann verschränkte die Arme vor der Brust. »Und Ihr Name war …«

»Dorothee von Stresow.« Sie zögerte, dann fuhr sie fort. »Ich habe ein persönliches Interesse an den Vorgängen während der Brandnacht.«

Kurz befürchtete sie, der Brandmeister könnte sie der Feuerwache verweisen oder ärgerlich auf ihre Bitte reagieren. Doch als sie ihn ansah, war da keine Spur von Argwohn, eher ein freundliches Abwägen.

»Von meiner Seite spricht nichts dagegen, dass Sie eine Einsichtnahme vornehmen können«, erklärte er bereitwillig. »Lassen Sie mir die Zeitung da. Ich suche Ihnen den passenden Bericht raus.« Sein rascher Seitenblick streifte den Anhänger. »Aber das kann ein wenig dauern. Kommen Sie morgen wieder. Verlangen Sie nach mir, Brandmeister Schulte.«

»Ich danke Ihnen.« Dorothee verabschiedete sich.

Als sie sich nach wenigen Schritten umwandte, bemerkte sie, wie der Feuermann immer noch regungslos dastand und ihr nachblickte.

KAPITEL 12

Kommissar Breesen mochte keine Krankenhäuser, selbst wenn sie, wie hier in Bergen, gleich neben einem ausgedehnten Waldpark lagen.

Freiwillig setzte er keinen Fuß in ein Hospital, er konnte den trostlosen Anblick von kranken Menschen einfach nicht ertragen.

Vielleicht lag es daran, dass er seine eigene Gesundheit als unverwüstlich empfand und deshalb auch den Ermahnungen seines Arztes bezüglich seiner Blutfettwerte kaum Beachtung schenkte, ganz im Gegensatz zu seiner Frau.

Sein Blick wanderte hinauf zu einem Sprossenfenster im zweiten Stock, hinter dem er Sanitätsrat Hermann Schmidt mit dem Verdächtigen vermutete. Mit der Schwester hatte er vereinbart, dass er vor dem Krankenhaus das Ende der Untersuchung von Major Grömitz abwarten wolle. Köhler bezog vor dem Zimmer Posten.

Aus Grömitz war nichts weiter herauszubekommen. Breesen hatte dann doch den Entschluss gefasst, den Major einem Arzt vorzustellen. In seinem Fall sogar dem medizinischen Leiter der Einrichtung.

Breesen vergrub seine Hände tief in den Jackentaschen.

Er hatte der medizinischen Untersuchung auch zugestimmt, weil er sich seiner Sache sicher war. Otto Grömitz war schuldig. Der ärztliche Befund würde das beweisen.

Ein weiteres Indiz waren die beiden Briefe, die Fräulein von Stresow ihm übergeben hatte und die sich mit dem belastenden Material deckten, das sie bei Margarethe von Klippholm gefunden hatten. Der eine Brief, der die Schuldverschreibungen enthielt, erklärte nicht nur die Verbindung, die zwischen der Klippholm und Grömitz bestand, sondern lieferte auch den Grund für den handfesten Streit. Grömitz lieh Margarethe von Klippholm vor dem Krieg einen beachtlichen Geldbetrag, den er nun wiederhaben wollte.

Der zweite Brief erhärtete nicht nur den Mordverdacht, sondern lieferte auch gleich noch die Erklärung mit, warum Major Grömitz so handelte, wie er handelte.

Denn in diesem Umschlag befand sich die offizielle Mitteilung eines großen Berliner Bankhauses, dass gegen die Firma von Otto Grömitz, die Lederwaren herstellte, wegen mangelnder Kapitaldeckung ein Insolvenzverfahren eröffnet wurde.

Breesen wippte zufrieden auf dem Ballen. Grömitz saß in der Falle. Er hatte Margarethe von Klippholm aus Wut und Verzweiflung erschossen, und der Arztbesuch würde den Major als Simulant überführen.

Der Kommissar hörte seinen Namen und wandte sich

der Eingangstür zu, wo Köhler aufgetaucht war und ihm zuwinkte.

»Sie sind so weit«, sagte sein Assistent, als er auf Hörweite herangekommen war. »Herr Sanitätsrat Schmidt erwartet Sie in seinem Büro, Herr Kommissar. Zweiter Stock. Ich bleibe solange bei dem Gefangenen.«

Breesen nickte zustimmend.

Die Zimmertür stand offen, trotzdem klopfte Breesen, bevor er eintrat. Zuerst dachte er, er sei allein, dann aber entdeckte er den Arzt seitlich vor einer Leuchtwand, auf der Röntgenbilder befestigt waren. Interessiert trat Breesen näher, musste sich aber rasch eingestehen, dass er bis auf ein paar Knochen nicht wirklich etwas erkennen konnte.

»Guten Tag, ich bin Kommissar Breesen, was haben Sie für mich?«, fragte er Schmidt stattdessen.

»Eine Neurotmesis wie aus dem Lehrbuch«, erklärte der Chefarzt und strich sich mit der Hand durch den Vollbart.

Breesen zuckte zusammen. Er hatte eine Antwort wie: »Nichts Auffälliges« erwartet, aber noch blieb ihm die Aussicht, dass sich der Befund als wenig spektakulär herausstellte.

Der Arzt löschte das Licht und zog die Röntgenbilder mit einer routinierten Bewegung aus den Verankerungen. Dann ging er zum Schreibtisch, wo er Breesen einen Stuhl anbot.

»Es tut mir leid, dass Sie etwas länger warten mussten«, hob Schmidt an, »aber ich habe mir erlaubt, mit dem zuständigen Oberstabsarzt aus dem Lazarett Rücksprache zu halten, der Major Grömitz an der Schulter operiert und anschließend weiterbehandelt hatte. Ich wollte bei meinem Befund sichergehen.« Schmidt legte eine Pause ein. »Nach dem Bericht des Oberstabsarztes und der Auswertung der Röntgenbilder«, er nahm noch einmal kurz eines zur Hand und hielt es gegen das Fenster, als müsste er sich des Befundes ein zweites Mal versichern, »kann ich Ihnen mitteilen, dass Major Grömitz unter einer Neurotmesis leidet.«

»Das heißt im Klartext?«

»Wir reden von einer traumatischen Schädigung eines peripheren Nervs, bei dem alle Nerven mehr oder weniger durchtrennt sind. Am Beispiel des Majors ist es das tragische Moment eines Kriegsinvaliden, der seinen rechten Arm nie wieder in irgendeiner Form belasten noch vollwertig bewegen wird können. Ein Gewehr zu handhaben, geschweige einen präzisen Schuss abzugeben, ist dem Major nicht möglich. Das ist die Realität, Herr Kommissar.«

Die Worte des Sanitätsrates zeigten Wirkung. Breesen begriff, dass all seine Gedankenspiele an diesem Punkt sang- und klanglos in sich zusammenfielen. Er kniff die Augen zusammen, um seine Enttäuschung zu verbergen. Kurz dachte er an den Hinweis auf die Schuhgröße des Mannes. Sollte Fräulein von Stresow am Ende doch recht behalten?

Breesen erhob sich nachdenklich von seinem Stuhl.

Schmidt betrachtete noch immer eingehend die

Röntgenbilder auf dem Tisch. Anscheinend bekam man hier in Bergen nicht jeden Tag eine so komplexe Verletzung zu sehen.

»Dann werde ich mich jetzt verabschieden«, sagte der Kommissar schmallippig und reichte dem Sanitätsrat die Hand. »Danke für Ihre Hilfe und Ihr Entgegenkommen.«

KAPITEL 13

Albert! Immer wieder Albert!

Das Leben geht manchmal seltsame Wege, dachte Dorothee und musterte die Kleider in ihrem Schrank. Sie war zwölf, als sie gebetet hatte, dass sich Albert, der Sohn des Verwalters, in sie verlieben würde, aber sie hatte weder den Mut noch die Gelegenheit gefunden, ihm ihre Gefühle zu gestehen. Nach dem Brand war sie von der Insel fortgezogen und hatte Albert aus den Augen verloren. Später, als sie Maximilian traf, hatte sie geglaubt, die Verlobung mit ihm sei der Anfang eines wunderbaren Lebens. Doch dann kam der Krieg, und alles änderte sich. Inzwischen hatte sie die Hoffnung fast aufgegeben, dass er noch am Leben war und zurückkehren würde. An Albert hatte sie nicht mehr gedacht, bis sie sich zufällig hier im Hotel wieder begegnet waren.

Wahrscheinlich wäre es bei dem zufälligen Zusammentreffen geblieben, wäre nicht ihr Auto kaputt gegangen und sie nach dem schrecklichen Morgen an der Jagdhütte so hilfsbedürftig gewesen.

Dorothees Blick traf auf ihr Spiegelbild in der Schranktür.

Aber es wäre gelogen, wenn sie sagen würde, dass sie den Tag, den sie anschließend mit Albert verbracht hatte, nicht genossen hätte. Sie schätzte die ruhige, vertraute Art, mit der er sich umgab, das Besonnene in seinem Tun. Sie fühlte, dass er die Tiere liebte und sie ihm deshalb vertrauten.

Und noch etwas spürte Dorothee: Sie war gern mit ihm zusammen.

Dorothee ging näher an das Glas heran, bis ihre Nasenspitze es beinahe berührte. Und ganz nebenbei hatte Albert in ihr einen Prozess in Gang gesetzt, dem sie bisher erfolgreich aus dem Weg gegangen war. Hier auf der Insel hatte sie angefangen, über ihre Wurzeln nachzudenken. Bisher gestaltete sich ihr Leben eher so, dass sie nach vorn blickte, sich den aktuellen Gegebenheiten anpasste und Herausforderungen annahm. Sie war den Wünschen und Ansprüchen ihrer Umgebung gefolgt, hatte ihrer Verantwortung nachgegeben. Nicht, dass sie damit schlecht gefahren war, sie entwickelte sich zu einer starken und selbstbewussten Frau, die studierte und ihr eigenes Geld verdiente. Mit dieser Karricre stand sie selbst in Berlin als Frau ziemlich alleine da.

Trotzdem fragte Dorothee sich, ob sie aus reiner Notwendigkeit oder purer Bequemlichkeit den Ratschlägen ihrer Tante gefolgt war und wie viel an dieser Person, die sie heute verkörperte, ihrem ureigenen Wesen entsprungen war.

Dorothee entschied, dass es auf diese Frage keine einfache Antwort gab, und suchte lieber weiter nach einem passenden Kleid. Denn Albert hatte sie eingeladen, mit ihm am Abend essen zu gehen. Die Einladung hatte sie nach ihrer Rückkehr im Fach an der Rezeption vorgefunden.

Zuerst wollte sie ablehnen und fragte sich, ob das nicht schon zu weit ging. Aber sie gestand sich ein, dass sie für die Ablenkung dankbar war, die ein gemeinsames Essen mit sich brachte.

Schließlich entschied sie sich für das schwarze Seidenkleid, von dem sie wusste, wie gut sie darin aussah, ohne vordergründig aufreizend zu wirken. Eine weiße Seidenschärpe, die elegant um die Taille geschlungen wurde, diente als Blickfang, ebenso die Doppelreihe aus fünf Perlmuttknöpfen unterhalb des Kragens. Als Dorothee abschließend einige Tropfen Parfüm hinters Ohr tupfte, verriet ihr der Blick auf die Uhr, dass es Zeit war, zu gehen.

Albert erwartete sie in der Mitte der Hotelhalle. Dorothee hätte ihn beinahe nicht erkannt, er trug einen hellen dreiteiligen Anzug, braune Schuhe und einen flachen Strohhut, der sein sommerliches Aussehen noch unterstrich. Als er sie erblickte, kam er mit schnellem Schritt auf sie zu und gab ihr die Hand. »Dorothee, du siehst wunderschön aus.« Sein Gesicht wurde eine Spur dunkler, und sie bemerkte seine Verlegenheit.

»Danke, Albert. Eine Freundin hat einmal zu mir gesagt, wenn eine Frau lächelt, dann muss ihr Kleid mit ihr lächeln.«

»Das hat deine Freundin schön gesagt«, erwiderte er. »Aber dein Kleid lächelt nicht nur, es strahlt regelrecht.«

»Findest du?«

Er hob leicht die Schultern.

Dorothee stupste ihn mit den Ellenbogen an. »Ich wusste gar nicht, dass du so ein Charmeur bist. Was unternehmen wir heute?«

»Lass dich überraschen.« Er bot ihr den Arm an, und sie hakte sich ein.

Der Portier hielt ihnen beflissen die Tür auf und wünschte: »Viel Spaß beim Tanzvergnügen.«

»Du gehst mit mir zum Tanz?«, fragte Dorothee überrascht. »Dafür habe ich die falschen Schuhe an.«

»Nein, nein«, beeilte sich Albert, zu versichern. »Ich weiß gar nicht, wie der Portier auf diese Idee kommt.«

Die Antwort auf diese Frage stach ihnen nach dem Verlassen des Hotels sofort in Form eines großen Banners ins Auge, das flatternd über der Hotelterrasse aufgespannt war und zu einer »Schwarz-Weiß-Redoute« einlud. Es war augenfällig, dass zahlreiche Gäste der Einladung bereits gefolgt waren und sich wie verlangt schwarz und weiß gekleidet im Takt der Musik wiegten.

Selbst das Orchester und der Sänger, ein junger Mann mit verträumtem Gesichtsausdruck, hielten sich mit schwarzem Frack, weißem Hemd und Zylinder an die Vorgabe.

»Meine Damen und Herren, das Lied vom Hanghuhn.«

Ringsum brandete begeisterter Applaus auf, während Albert irritiert die Augenbrauen zusammenzog. »Was, bitte schön, ist ein Hanghuhn?«, fragte er Dorothee.

Sie schmunzelte. »Das ist ein Schlager. In Berlin lieben sie ihn. Hör zu!«

Das Orchester setzte ein, und der Sänger trat dicht hinter das Mikrophon.

»Ich kenn ein Hanghuhn aus Rangun,
das hat immer viel zu tun
es steht den ganzen Tag am Hang
ein Bein kurz und ein Bein lang

Und legt es dann einmal ein Ei
ists mit der Herrlichkeit vorbei
das Ei rollt weg, ach wie dumm
das Hanghuhn dreht sich und fällt um.«

»Das ist ja Nonsens«, stelle Albert fest und wandte sich von der Bühne ab. »Lustig, aber Nonsens.«

»Ja, du hast recht«, sagte Dorothee. »Es ist Nonsens, doch ich denke, die ganzen Schlager sind auch der Ausdruck eines neuen Lebenswillens. Die Menschen wollen den Krieg vergessen, das nutzlose Sterben in den Schützengräben, das Ausradieren einer ganzen Generation von jungen Männern.«

Albert blieb überrascht stehen. »So habe ich das noch nicht gesehen. Vielleicht hast du recht, und Nonsens hat einen tieferen Sinn.«

Dorothee drückte seinen Arm. »Tut mir leid. Ich bin da wohl ein wenig zu impulsiv. In Berlin reden wir pausenlos darüber, dass die Welt in einem Umbruch ist und was das für die Zukunft der Menschheit bedeutet.«

Sie verstummte und blickte auf die Leute, die leichtfüßig vor ihr über die Strandpromenade flanierten. »Du hast dir den Abend mit mir bestimmt anders vorgestellt. Ich höre schon auf zu agitieren.«

Albert lachte auf. »Ich hätte mich gewundert, wenn es nicht so wäre. Du wolltest schon als Kind die Welt verändern. Eine echte Reformerin warst du, immer mit dem Kopf durch die Wand.«

»Das ist nicht wahr.«

»Selbstverständlich ist es wahr. Denk nur an die Tagelöhner, die als Schnitter bei euch auf dem Gut arbeiteten. Du bist zu deinem Vater gegangen und hast gesagt, dass die Leute, die den ganzen Tag Rohr schneiden, ein ordentliches Zuhause brauchen. Daraufhin kam dein Vater zu meinem und hat ihn mit dem Umbau des alten Kuhstalls beauftragt.«

Dorothee nickte. »Ja, ich erinnere mich. Die alte Lehmkate, in der die Familien die Saison über hausten, war aber auch baufällig und noch dazu voller Ungeziefer.«

»Sag ich doch.«

Dorothee lachte auf.

Sie waren der Promenade bereits ein ganzes Stück in Richtung Prora gefolgt und passierten nun eine schneeweiße Villa, die den Eindruck eines italienischen Palazzos vermittelte, wobei der Eingang von zwei steinernen Löwen flankiert wurde. »Villa Salve« verriet ein Schriftzug an der Fassade.

»Dieses Haus bewohnt im Sommer die Gräfin Kreis mit ihrer Entourage«, erklärte Albert. »Sie bringt immer ihre Katzen mit, zwei Kartäuser, Max und Moritz, denen sie Halsbänder aus Bernstein umhängt. Sie ist davon überzeugt, dass Bernstein gegen Zecken und anderes Ungeziefer wirkt.«

»Und hilft es?«

»Immer wenn ich die beiden Katzen untersuchte, waren sie zeckenfrei.«

»Ist das wahr?«

»Ja, aber ich denke, die Ursache der Zeckenabstinenz ist vielmehr darin zu suchen, dass die Tiere nicht nach draußen dürfen.«

»Das leuchtet ein.« Dorothee blickte sich um. »Sag, wo gehen wir eigentlich hin?«

Soeben erreichten sie die Pension »Helene«, die den Abschluss der Häuserreihe entlang der Promenade bildete, wenn man von der kleinen Rettungsstation einmal absah. Ab hier gab es nur noch Wald und eine wilde zerklüftete Dünenlandschaft, die von Trampelpfaden durchzogen wurde.

»Wir sind gleich da«, antwortete Albert. »Lass dich überraschen.«

• • • •

Die Überraschung war Albert wirklich gelungen.

Niemals hätte sie geahnt, dass inmitten der Sanddünen ein alter Schoner lag, der als Restaurant genutzt wurde.

Albert führte sie zum Rumpf des Schiffes, wo eine Holztreppe nach oben an Deck führte.

»Das Schiff hieß ursprünglich ›Delphin‹«, erklärte er und hielt dabei ihre Hand, bis sie die oberste Stufe erreichte. »Es wurde während der Sturmflut am 30. Dezember 1904 an den Binzer Strand gespült. Der Besitzer vom Hotel ›Fürst Blücher‹ nahm sich des Wracks an. Er ließ es aus dem Schwemmsand schaufeln, teerte die Fugen neu, richtete die Takellage und eröffnete schließlich darauf ein Restaurant, das er ›Fliegender Holländer‹ nannte.«

»Eine schöne Idee«, fand Dorothee und ließ sich vom Kellner zu einem Tisch begleiten, der direkt an der Spitze des Bugs stand. Eine Persenning, die über den Köpfen quer übers gesamte Vorderdeck gespannt worden war, bot Schutz vor Wind und Regen. Doch danach sah es heute Abend nicht aus. Die Luft war beinahe windstill, die See spiegelglatt und der Himmel blau.

Dorothee wartete, bis Albert ihren Stuhl zurückzog, damit sie Platz nehmen konnte. Er setzte sich ihr gegenüber.

»Obwohl die Kombüse klein und die Speisekarte nur ein Tagesmenü enthält, kann ich das Essen empfehlen. Ich hoffe, du magst Fisch.«

Dorothee schenkte ihm einen wissenden Blick. »Ich freue mich darauf«, raunte sie verschwörerisch.

Der Kellner erschien und zückte einen Block.

»Guten Abend. Das heutige Menü besteht aus drei Gängen. Zu Beginn kredenzen wir eine pommersche Fischsuppe, gefolgt vom Ostseedorsch in Senfsoße auf Kartoffelstampf und zum Dessert einen Sanddornquark nach Omas Rezept.«

»Das klingt verlockend«, sagte Dorothee.

»Ja, und wir nehmen dazu einen trockenen Weißwein«, ergänzte Albert. »Die Auswahl überlasse ich Ihnen.«

Der Kellner bedankte sich und ging.

Albert sah Dorothee direkt an. »Darf ich dich etwas fragen?«

»Nur zu.«

»Wie muss ich mir das Leben einer Schriftstellerin in Berlin vorstellen?«

Dorothee schaute kurz über die Reling aufs Meer hinaus, wo ein Segler einsam am Horizont seine Bahn zog.

»Das Leben einer Schriftstellerin ist weniger glamourös, als sich die Menschen das vorstellen. Die meiste Zeit des Tages verbringt man allein vor einer Schreibmaschine mit seinen Ideen und Notizen und folgt seinen Figuren durch die Abgründe und Hindernisse in der Geschichte, die man sich für sie ausgedacht hat. Das erfordert Disziplin wie in jedem anderen Beruf auch. Es ist notwendig, täglich eine gewisse Anzahl von Sätzen oder Seiten fertigzustellen, sonst ist der Abgabetermin schwer einzuhalten.«

»Und ich dachte immer, Schriftsteller sitzen in Cafés,

trinken Absinth und führen anregende Gespräche«, sagte Albert.

»Solche Gelegenheiten gibt es auch, aber die sind seltener, als man denkt.«

Der Kellner erschien am Tisch und brachte den Wein. Dorothee und Albert prosteten sich zu.

»Obwohl ...«, fuhr Dorothee nachdenklich fort. »Meine Tante Greta veranstaltete regelmäßig Soireen, wo sich schon weit vor dem Krieg Intellektuelle und Kunstschaffende aus ganz Berlin trafen. Da ich bei ihr wohnte, war es toll für mich, all diese interessanten Menschen zu treffen.«

Ihre Tante war im letzten Jahr verstorben. Plötzlich verspürte Dorothee wieder die nackte Angst, die sie schon als Kind heimsuchte, dass sie erneut die Kontrolle über ihr Leben verlieren und nichts dagegen tun könnte.

Es war der Geruch der Fischsuppe und das »Guten Appetit« des Kellners, das sie wieder zurück an den Tisch brachte.

»Alles in Ordnung mit dir?«, fragte Albert besorgt.

»Ja, doch«, antwortete Dorothee schnell und griff nach dem Löffel. »Ich habe nur kurz überlegt, wen von den Künstlern du kennen könntest, die bei den Gesellschaftstreffen anwesend waren«, wich sie aus. »Also, da war Asta Nielsen, die Schauspielerin, die Tänzerin Anita Berber und die Fotografin Dora Kallmus, sie nannte sich auch Madame d'Ora. Und alle diese Frauen spornte dasselbe an: aus ihrem Leben etwas Besonderes zu machen. Tante

Greta sagte immer zu mir: Zwei Dinge sollte eine junge Frau haben – Klasse und Phantasie. Mmh, die Suppe ist exzellent.«

»Finde ich auch. Und dein Traum war es von Anfang an, zu diesen Frauen zu gehören und Schriftstellerin zu werden?«, fragte Albert.

Dorothee zögerte. So direkt hatte sie das noch niemand gefragt. Sie legte den Löffel ab. »Es hat sich mit den Jahren so ergeben.«

»Einfach so?«, hakte er nach. »Du bist also eines Morgens aufgewacht und hast gesagt, von nun an widme ich den Rest meines Lebens dem Schreiben von Büchern?«

Dorothee sah Albert an. Es fiel ihr schwer, die Entwicklung des Gespräches zu akzeptieren. Sie könnte jetzt eine simple Antwort geben, aber es drängte sie, dazu die Wahrheit zu sagen, auch wenn sie Gefahr lief, den wunderschönen Abend zu zerstören.

»Natürlich nicht«, erwiderte sie und verstummte sofort, weil der Kellner kam, um die leeren Teller abzuräumen.

»Nach dem Brand, dem Tod meiner Eltern und dem Umzug nach Berlin war ich einsam. Nichts fühlte sich mehr gut und wunderbar an. Ich war in ein schwarzes Loch gefallen. Irgendwann begann ich eine Art Tagebuch zu führen, in das ich meine Erinnerungen an Rügen, aber auch die alltäglichen Ereignisse und meine Träume niederschrieb. Es half mir, mich einigermaßen zurechtzufinden, auch wenn es mir schwerfiel, all das anzunehmen, was mir passiert war.«

Dorothee trank einen Schluck Wein. »Eines Tages fand meine Tante das Büchlein. Normalerweise hatte ich es weggeschlossen, doch an diesem Tag musste ich schnell zur Schule, und es blieb auf dem Nachttisch liegen. Sie hat nie mit mir darüber gesprochen, was in dem Büchlein stand, sie sagte mir am Abend nur, dass ich eine gute Beobachtungsgabe habe und was die Beschreibung von Situationen und das Formulieren von Gefühlen angehe, großes Talent besitze. Sie bat mich, eine Geschichte für sie zu schreiben, und bei einer der nächsten Soireen stellte sie mich einem jungen Mann vor, Maximilian von Blanckenburg, der selbst Essays und Gedichte verfasste und der sich bereit erklärte, meine Geschichte zu lesen.«

Der Kellner servierte den Dorsch, und Dorothee unterbrach ihre Erzählung. Sie aßen schweigend, nur manchmal trafen sich ihre Blicke wie zufällig über den Rand der Teller hinweg.

»Und was hat dieser Maximilian zu deiner Geschichte gesagt?«, fragte Albert schließlich und hob die Hand. »Lass mich raten, er war begeistert. Also ich wäre bestimmt begeistert gewesen.«

Dorothee schüttelte lächelnd den Kopf. »Wärst du nicht, und ehrlich gesagt, Maximilian war es auch nicht. Er half mir, lenkte meinen Blick auf die wesentlichen Dinge beim Schreiben. Wir kamen uns nahe ...« Sie unterbrach sich einen Moment. »Er kritisierte nicht. Maximilian gab mir Romane und Lyrikbände, die ich unbedingt lesen sollte, und Nachschlagewerke über

Grammatik, Sprache und Synonyme. Es verging ein gutes halbes Jahr, bis ich einen Neuanfang wagte.«

»Und dann ist dir hoffentlich alles besser gelungen?«

»Wie sagt man so schön: Übung macht den Meister. Aber ja, das Schreiben ging mir immer besser von der Hand. Maximilian wurde mein Mentor. Mein Stil wurde flüssiger. Ich veröffentlichte meine ersten Kurzgeschichten und wagte mich an Romane.«

»Und warum ausgerechnet Krimis?«

»Ja, warum Kriminalromane? Vielleicht liegt es daran, dass ich mit zwölf den ersten Toten zu Gesicht bekam. In der Brandnacht, den Diener meines Vaters. Damals erkannte ich, das Blut aus seinem Ohr gesickert war, aber erst viel später wurde ich mir dieser Tatsache vollends bewusst und überlegte, was die Ursache dafür gewesen sein könnte. Ich fragte einen Kommissar, der bei meiner Tante zum Tee war. Er schickte mich in die Charité, wo vor Medizinstudenten Autopsien an Leichen vorgenommen wurden. Mich interessierte dabei besonders die Rechtsmedizin, also Obduktionen, die unter juristischen Gesichtspunkten durchgeführt wurden.«

»Ich verstehe.«

»Damals überraschte es mich, wie viele Indizien die ermittelnden Polizisten durch die Arbeit des Rechtsmediziners zum möglichen Tathergang, Entstehung der Verletzungen und mögliche Todesursache erhielten.«

»Und was war mit dem Ohr des Dieners?«

»Wahrscheinlich ein Schlag mit einem stumpfen Gegenstand. Er muss schon tot gewesen sein, als das Feuer ausbrach.« Dorothee legte ihr Besteck aus der Hand.

»Und dieser Maximilian … was sagte er zu deinem Entschluss, Kriminalromane zu schreiben?«

»Er fand es spannend. Zumal es mir wichtig war, dass am Ende kein Leser den Täter auf der Rechnung hatte.« Sie schmunzelte. »Wir verbrachten Nachmittage damit, uns die giffligsten Fälle auszudenken. Ja, wir planten sogar, uns nach der heimlichen Verlobung einige Wochen auf eine Berghütte zurückzuziehen, wo wir zusammen in Ruhe schreiben …«

»… Ihr wart verlobt?«

»Ich bin es immer noch.«

Dorothee schluckte. Sie spürte, wie die Leichtigkeit, die diesem Abend bisher anhaftete, plötzlich verloren ging. Das war der Moment, vor dem sie sich insgeheim gefürchtet hatte. Aber wieso eigentlich?

Maximilian von Blanckenburg war ein Teil von ihr, sie liebte ihn immer noch, auch wenn die Chance, ihn jemals wiederzusehen, mit jedem Tag geringer wurde.

Und Albert? Er verdiente es, die Wahrheit zu erfahren. Keine Spielchen …

Er beugte sich vor. »Und warum ist … Maximilian nicht hier?«

»Er ist nicht aus dem Krieg zurückgekommen und gilt seit der Schlacht an der Somme als vermisst.«

Eine kleine Pause entstand.

»Meine Dame, mein Herr, ihr Dessert.« Der Kellner trat wieder an ihren Tisch.

Stumm begann Dorothee den Quark zu löffeln.

Aus den Augenwinkeln bemerkte sie einen Boten, der das Deck mit einem Schild in der Hand betrat, auf dem der Name *Badrow* stand. Sie machte Albert darauf aufmerksam. Er gab sich zu erkennen, und der Bote kam sofort zu ihm und überreichte einen Zettel.

Albert bedankte sich. Dann überflog er hastig die Worte.

Fragend schaute Dorothee ihn an.

»Ein Notruf aus dem Gestüt des Freiherren von Parchtitz. Klingt sehr dringend.«

»Kann ich mitkommen?«

Ihre Blicke begegneten sich, und Albert las in ihren Augen die unausgesprochene Bitte, sie jetzt, nach dieser Eröffnung nicht wegzuschicken.

»Wenn du unbedingt möchtest.« Er winkte nach dem Kellner. »Herr Ober, zahlen bitte.«

KAPITEL 14

Albert kannte den Weg zu den Ställen.

Seitlich schälten sich die ersten Umrisse eines Gebäudes aus der Dunkelheit, als vor ihnen ein wild gestikulierender Mann im Scheinwerferlicht auftauchte.

»Wer ist das?«, fragte Dorothee.

»Werner Grassow. Der Stallmeister.«

Albert bremste und lenkte den Wagen an die Seite. Dann stiegen sie aus.

»Wo kommen Sie denn her?«, knurrte der Mann arrogant zur Begrüßung. »Ich warte bereits seit einer Stunde auf Sie.«

Albert roch die Alkoholfahne, die Grassow verströmte. »Auch ein Tierarzt hat mal frei«, sagte er ruhig.

Der Mann musterte mit blutunterlaufenen Augen Dorothee, die neben Albert getreten war.

»Und was will die Frau hier?«

»Sie begleitet mich«, sagte Albert. Seine Stimme ließ keinen Zweifel daran, dass er Widerspruch nicht duldete.

»Also, gut. Dann kommen Sie. Ich hoffe, Sie verstehen etwas von wertvollen Pferden. Das Fohlen, um das es hier geht, ist ein zukünftiger Champion. Es befindet sich dort drüben.«

»Was ist denn passiert?«, fragte Albert.

»Irgendwelche Dreckviecher haben es in der Nacht angegriffen.« Er brach ab und deutete auf einen Koppelzaun. »Da hinein«, sagte er.

Albert und Dorothee folgten ihm.

»Dreckviecher?«, fragte Albert.

»Wilde Hunde vermutlich.«

»Und wie geht es der Stute?«, erkundigte sich Albert.

»Hat überlebt. Ein paar Blessuren an den Fesseln. Können Sie sich später ansehen. Haben Sie überhaupt Ihr Operationsbesteck dabei?«

Albert ignorierte die Frage. Seine Aufmerksamkeit wurde von einem Lichtkreis aus Karbidlampen gefesselt, der mitten auf der Weide aufgestellt worden war.

Ohne zu zögern, betrat er den Kreis, während Dorothee außerhalb blieb, sich aber so hinstellte, dass sie die beiden Männer sehen konnte.

Albert spürte, wie sein Mund trocken wurde, als sein Blick auf das Fohlen fiel. Sofort dachte er an die Weide oben in Göhren, an die drei Schafsböcke, die er dort halb verwest, aber in einem ähnlichen körperlichen Zustand vorgefunden hatte.

Albert sah, dass dieses Tier hier den Angriff überlebt hatte. Aber zu welchem Preis?

Er trat näher.

Das Fohlen war von Kopf bis zum Schwanz in Schweiß gebadet, die Nüstern waren geweitet. Die dunklen Augen starrten ins Leere, und durch die zusammengepressten Zähne tropfte Schaum auf den Boden.

Albert hatte Mühe zu sprechen. »Seit wann ist das Tier in diesem Zustand?«

»Keine Ahnung. Als ich vor einer Stunde auf die Weide kam, lag das Fohlen so da. Der Knecht war draußen und hatte nach den Pferden gesehen. Ich weiß nicht, wie lange der rumgetrödelt hat.«

Albert sah sich um und entdeckte die Silhouette eines Mannes, der etwas abseits stand und zu ihnen herüberblickte. »Ich bin sofort zu Ihnen gekommen, Herr Grassow, als ich das verletzte Fohlen entdeckt habe«, erklärte der Alte und machte ein ängstliches Gesicht.

»Das kann jeder behaupten«, rief der Stallmeister zurück. »Du hättest aufpassen sollen!«

»Haben Sie gesehen, was das Fohlen angegriffen hat?«, wollte Albert wissen.

Der Alte schüttelte stumm den Kopf.

»Das ist doch auch egal«, bellte Grassow. »Beginnen Sie endlich mit ihrer Arbeit und retten Sie das Tier.«

»Ich werde das Fohlen jetzt untersuchen«, entgegnete Albert ruhig.

»Sie sollten lieber schnell eine Operation vorbereiten «

»Das wird sich zeigen.«

Albert beugte sich über das Pferd, schob eine Hand zwischen Rippen und Knie, um nach dem Puls zu tasten. Das Fohlen zitterte und stöhnte dabei. Albert schloss kurz die Augen. Der Puls war kaum zu fühlen. Ein rasendes schwaches Klopfen. Dann schaute er sich die

Wunden näher an. Am Hals, am Körper, an den Läufen. Überall traf er auf zerfasertes Fleisch, blutverkrustete Hautlappen, durchtrennte Sehnen, teilweise schimmerten freiliegende Knochen weiß.

Er richtete sich langsam wieder auf. »Könnte ich bitte einen Eimer mit heißem Wasser, Seife und Handtuch haben?«

Grassows Gesicht wurde weiß. »Das ist nicht Ihr Ernst? Sie wollen sich waschen? Sie haben das Tier doch noch nicht einmal richtig untersucht!«

Albert blickte den Stallmeister an, und er hörte sein Herz gegen die Rippen hämmern, so laut, dass er glaubte, der andere könnte es hören.

»Ich will mir die Hände waschen, weil es eine Wunde im Bauchraum gibt, die ich mir gesondert ansehen muss.«

Grassow presste die Kiefer aufeinander. »Schaff endlich das verdammte Wasser her«, fuhr er den Knecht an.

Zehn Minuten später wusch sich Albert ein zweites Mal die Hände. Seine Befürchtungen hatten sich bestätigt.

Grassow war indessen neben dem Fohlen auf und ab gestampft, während sich das Tier unter Alberts Händen vor Schmerzen gewunden hatte.

»Danke, das Wasser benötige ich nicht mehr«, sagte Albert zum Knecht, worauf dieser nach dem Henkel griff und den Eimer davontrug. »Also, was ist jetzt? Operieren Sie endlich? Oder sollen wir hier die ganze Nacht herumstehen?«

Albert holte tief Luft. »Was auch immer dieses Tier

angefallen hat, es hat ihm schlimme Verletzungen zugefügt.«

»Gut, dann tun Sie doch endlich was.«

»Leider kann man in diesem Fall nichts mehr tun. Das Fohlen würde mir bei einer Operation unter den Händen wegsterben. Es wurde viel zu stark verletzt. Es kommt jetzt nur darauf an, das Tier so schnell als möglich von seinen Schmerzen zu erlösen …«

Grassow unterbrach ihn mit einer knappen Geste. »Keine Operation? Das Tier von seinen Schmerzen erlösen? Was reden Sie da für einen Unsinn?«

Dorothee sah, wie schwer es Albert fiel, ruhig zu bleiben. »Ich schlage vor«, sagte er mühsam beherrscht, »dass Sie mir gestatten, das Fohlen auf der Stelle zu erschießen.«

»Wie bitte?« Grassow starrte ihn mit offenem Mund an.

»Ich meine, dass ich es erschießen sollte, und zwar sofort. Ich habe eine Luger im Auto«, erklärte Albert.

Der Stallmeister erweckte den Eindruck, als würde er gegenüber Albert gleich handgreiflich werden. »Das Fohlen erschießen. Sind Sie verrückt? Wissen Sie, wie viel dieses Tier wert ist?«

Albert wich nicht zurück. »Darauf kommt es jetzt nicht an, Herr Grassow. Das Pferd hat in den letzten Stunden furchtbar gelitten, und nun stirbt es.«

»Ja, wenn Sie eher dagewesen wären …«

»Ja, auch dann. Die Wunden, die dem Fohlen zugefügt wurden, sind inoperabel. Sein Tod ist unvermeidlich.«

Grassow schüttelte den Kopf. »Das kann doch alles nicht wahr sein! Für wen halten Sie sich? Und ausgerechnet heute ist Freiherr von Parchtitz außer Haus. Er wird es nie billigen, dass sein bestes Fohlen von so einem Kurpfuscher abgeknallt wird.«

Albert warf einen Blick auf das Fohlen, es versuchte den Kopf zu heben, zu wiehern, aber ehe ein Ton herauskam, war das Haupt ins Gras zurückgesunken.

Albert konnte den Anblick nicht länger ertragen. Er drehte sich um, lief zum Wagen und holte die Pistole.

»Was um Himmels willen tun Sie da?«, schrie Grassow.

»Nach was sieht es denn aus«, antwortete Albert wütend. »Ich erlöse das Tier von seinen Qualen.«

»Sie werden für diese Tat die volle Verantwortung übernehmen.«

»Gehen Sie mir aus dem Weg.«

Albert setzte den Lauf zwischen die trüben Augen des Fohlens. Die Pistole feuerte, und das Echo des Schusses rollte durch die Nacht.

Dorothee beobachtete, wie Albert sich erhob und die Luger in seine Tasche legte. Dann zog er ein Schreibheft hervor und begann, sich Notizen zu machen.

Grassow verschwand in der Dunkelheit.

Dorothee zögerte, zu Albert zu gehen. Sie sah einige Schritte entfernt unter dem Vordach des Pferdestalls die Glut einer Zigarette aufleuchten. Im roten Schein erkannte sie die Gesichtszüge des Knechts, der auf den Stiel einer Forke gestützt dastand …

Sie ging auf ihn zu.

»Ah, das Fräulein«, sagte er.

»Es ist wirklich schade um das schöne Tier«, sagte sie bedrückt.

Wieder leuchtete knisternd die Glut auf. »Das ist erst der Anfang. Etwas Grausames wurde entfesselt.«

Dorothee hörte, wie der hölzerne Stiel der Mistforke unter dem festen Griff der knotigen Hände knarrte.

»Spüren Sie ihn? Da draußen bewegt er sich lautlos in der Dunkelheit. Die Prophezeiung der Edda ist eingetroffen. Die Götter können ihn nicht mehr länger bändigen.«

Der Knecht ließ die Kippe fallen und trat sie aus.

Dorothee blickte den Alten verwundert von der Seite an.

»Wen können die Götter nicht mehr länger bändigen?«

»Den Fenrir.« Er sprach den Namen in einem kehligen Dialekt aus, den sie noch nie gehört hatte. Sie wollte ihn fragen, was der Fenrir war, doch der Alte sprach bereits weiter.

»Sie haben Angst vor ihm, die Götter, Angst davor, dass er sie alle verschlingt. In grauen Zeiten entschlossen sie sich, ihn für alle Ewigkeit zu fesseln. Doch nichts Weltliches kann Fenrir halten.« Die Augen des Alten waren fast schwarz in der Dunkelheit, und seine Stimme wurde rau. »Es waren die Zwerge, die einen magischen Faden aus sechs Dingen machten, die es in der Menschenwelt nicht gibt: aus dem Schall des Katzentritts, dem Bart der Weiber, den Wurzeln der Berge, den Sehnen der Bären, der Stimme der Fische und dem Speichel der Vögel. Mit diesem Band gelang es den Göttern bis jetzt, Fenrir Einhalt zu gebieten.«

»Und wieso ist gerade jetzt die Prophezeiung eingetroffen?«, wollte Dorothee wissen.

»An Ragnarök hat Fenrir den Faden zerrissen und ist gegen die Götter in den Krieg gezogen, um sie alle zu töten. Bald wird der Tag kommen, an dem die Welt, so wie wir sie kennen, untergehen wird.«

Dorothee, die bisher befremdet den Worten des Alten gelauscht hatte, vernahm nun das Trampeln von Hufen und wenig später auch das Schlagen von Rädern. Eine Droschke schälte sich aus der Dunkelheit und fuhr an den Lichtkreis heran, der noch immer von den Karbidlampen erhellt wurde und in dem Albert stand.

»Wer ist das?«, fragte Dorothee, doch sie erhielt keine Antwort.

Der Platz, an dem eben noch der Knecht stand, war verwaist.

Langsam ging sie auf die Männergruppe zu und richtete ihre Aufmerksamkeit auf den kräftigen Mann, der in Reiterhose und Hemd aus der Droschke stieg und beide Hände in die Seite stemmte.

»Grassow?«, brüllte er.

Der Stallmeister kam hinter der Kutsche hervor.

»Wer hat hier auf meinem Grund und Boden geschossen?«

»Der Tierarzt, Herr von Parchtitz.«

Grassow zeigte auf Albert, der gerade den Bleistift

zwischen die Seiten des Heftes klemmte und ruhig den beiden Männern entgegensah.

»Und warum …?« Die Frage des Gutsherrn erstarb auf seinen Lippen, als sein Blick auf das tote Fohlen traf.

Stumm trat der Gutsherr näher, betrachtete das tote Fohlen im Gras. Eine Ader trat deutlich auf seiner Stirn hervor. »Grassow, was ist hier passiert?«

Der Stallmeister hob die Augenbrauen. »Ich hörte das aufgeregte Wiehern der Stute, da bin ich unverzüglich raus. Ich sah das Fohlen im Gras liegen und rief sofort nach dem Tierarzt. Aber der war nicht in seiner Praxis. Hat sich wohl einen vergnügten Abend gemacht und seine Gespielin dort drüben gleich mitgebracht. Als er dann endlich kam, war das Fohlen bereits in so einem schlechten Zustand, dass er meinte, er könnte es nicht mehr retten, und müsse es erschießen.«

Dorothee schnappte nach Luft. Ihr Herz raste. Dieser Grassow besaß wirklich die Dreistigkeit, sein Unvermögen Albert in die Schuhe zu schieben.

»Badrow?«, fragte von Parchtitz knapp, ohne den Blick vom Leichnam zu lösen.

Albert richtete sich auf. »Stute und Fohlen wurden vermutlich von streunenden Hunden angegriffen. Es gab einen ähnlichen Fall in Göhren bei Nils Berg. Aber ich kann noch nichts Genaues sagen. Der Kampf dauerte vermutlich länger, denn die Stute verteidigte ihr Fohlen und trug dabei selbst Verletzungen an den Fesseln davon. Ich sehe mir das gleich noch an.«

Freiherr von Parchtitz hob den Kopf und warf Albert einen durchdringenden Blick zu. »Sprechen Sie weiter.«

»Als ich hier eintraf, lag das Fohlen bereits im Sterben. Wie Sie sehen, sind die Wunden, die dem Tier zugefügt wurden, verheerend. Der hohe Blutverlust, Knochenbrüche und die schwerwiegenden Bissverletzungen hätten unweigerlich zum Tod geführt. Deshalb erschoss ich es, um es von den Schmerzen zu erlösen. Es tut mir aufrichtig leid, aber in diesem Fall gab es keinen anderen Weg.«

Eine Pause entstand, in der man nur das leise Schnauben der Pferde vernahm. Von Parchtitz studierte eingehend die Verletzungen. Als er sich endlich wieder Albert zuwandte, war ihm das Entsetzen, das er empfand, anzusehen.

»Badrow, Sie sind ein guter Tierarzt, und ich vertraue Ihrer Entscheidung, wenn Sie mir versichern, und ich nehme Sie da als Ehrenmann beim Wort, dass Sie dieses Fohlen nicht mehr retten konnten. Aber Sie werden auch verstehen, dass ich unbedingte Aufklärung in dieser Sache will. Ich habe heute Nacht nicht nur ein Fohlen, sondern möglicherweise auch die Zukunft meines ganzen Gestüts verloren.« Die Augen des Gutsbesitzers funkelten auf.

»Ich will von Ihnen wissen, welche Bestien mein kostbarstes Fohlen so zugerichtet haben.«

»Ja.« Albert räuspert sich. »Herr von Parchtitz, ich muss Sie da um eines bitten. In meiner Tierarztpraxis bietet sich die Möglichkeit, das tote Tier genauer zu untersuchen, als wie ich es hier auf der Koppel vermag.«

Von Parchtitz hob ungeduldig die Hand. »Gut. Ich lasse das Fohlen heute Nacht zu Ihnen bringen. Noch was?«

»Nein, ich sehe jetzt nach der Stute.«

Der Gutsbesitzer nickte knapp, dann drehte er sich um und stampfte zur Droschke. Auf halbem Weg blieb er stehen und rief über die ganze Koppel: »Grassow, sofort einsteigen!«

Der Stallmeister schlich geduckt herbei.

Dann ertönte ein Peitschenknall, und die Droschke rollte davon.

Dorothee eilte zu Albert.

»Dieser Grassow«, ereiferte sie sich. »Was für ein Dreckskerl!«

»Lass gut sein«, entgegnete Albert ruhig. Es war nicht das Verhalten des Stallmeisters oder die Drohungen, die ihn aufgewühlt hatten. Das verletzte Tier, der Schuss, das alles hatte zu viele Erinnerungen in ihm wachgerufen.

Er wandte sich abrupt ab, nahm seine Tasche und versorgte die Stute, bevor er zum Wagen ging.

Dorothee folgte ihm mit einigem Abstand.

Als sie den Wagen erreichte, hielt Albert ihr die Tür auf. »Soll ich dich im Hotel absetzen? Sonst wird es vielleicht zu spät.«

»Nein. Mich interessiert das Ergebnis der Obduktion genauso wie den Freiherrn von Parchtitz.«

KAPITEL 15

Es war kurz vor Mitternacht, als sie Alberts Hof erreichten.

Eine große Fliederhecke säumte den Weg, das Holztor war weit geöffnet.

Langsam rollte der Wagen aus, die Scheinwerfer erloschen.

Dorothee stieg aus.

Es war stockdunkel.

Sie legte staunend den Kopf in den Nacken. Über ihrem Kopf spannte sich das glitzernde Band der Milchstraße. Die Sterne funkelten wie Diamanten, verteilt über das samtschwarze nächtliche Firmament.

Dorothee hörte, wie eine Tür klappte und Albert mit einer Petroleumlampe in der Hand erschien, die er jetzt auf Brusthöhe hob.

»Hier vorn in dem Fachwerkhaus mit den kleinen Fenstern, da wohne ich. Der Anbau dahinter wurde früher als Stall genutzt«, erklärte er und suchte im spärlichen Licht nach dem richtigen Schlüssel am Bund. Endlich hatte er ihn gefunden. »Mein Vorgänger hat diesen Teil umgebaut, und jetzt beherbergt er die Räume der Tierarztpraxis. Komm rein!« Dorothee betrat einen langen weiß gekalkten Gang, von dem eine Reihe von Türen abging. In der Luft hing der schwere Geruch von Äther und Karbol.

Neugierig blickte Dorothee sich um.

»Was versteckt sich hinter all den Türen?«, wollte sie wissen.

»Du willst eine Führung?«

Sie nickte.

»Gut, aber erst koche ich Kaffee.«

»Oh, das ist eine gute Idee.«

»Hast du auch Hunger?«

»Ich habe es vorhin gerade noch geschafft, mein Menü aufzuessen. Wie war es bei dir?«

»Ich musste die Hälfte vom Dessert stehen lassen.«

»Oh, du Armer.«

Er lachte auf. »Kein Problem. Ich werde es überleben. Komm mit, ich zeige dir die Praxis.«

Sie traten auf den Flur hinaus, und Albert öffnete die nächste Tür. »Die Medikamentenkammer«, erklärte er und deutete auf die bauchigen Flaschen, die in langen Reihen die deckenhohen Regale füllten. Viele der Flaschen waren wunderhübsch geformt, hatten schwere Glasstöpsel, und interessiert trat Dorothee näher und las die verschnörkelten Beschriftungen auf den Etiketten: *Salpeterspiritus, Kampfertinktur, Chlorodin, Formalin …*

Die Etiketten besaßen etwas Mystisches, einen Hauch von Alchemie. Nur Eingeweihte wussten, wie man mit ihnen umging und für was sie angewendet wurden.

»Wenn ich zu einem kranken Tier fahre, erwartet der Besitzer von mir, dass ich dem Patienten helfen kann.« Albert machte eine kleine Pause. »Aber es reicht nicht aus, nur über die Dosierung oder die Anwendungsmöglichkeiten eines einzelnen Medikaments Bescheid zu wissen. Oft bin ich gezwungen, aus verschiedenen Bestandteilen ein ganz neues Medikament zu mischen, um bei einer speziellen Erkrankung eine bestimmte Wirkung zu erreichen.«

Albert tat einen schnellen Schritt auf einen Tisch zu, auf dem Dorothee mehrere Instrumente erblickte, von denen sie annahm, dass Albert mit ihrer Hilfe die Arzneien anmischte.

Da standen Messgefäße und Bechergläser, Mörser und Stößel. Und darunter, in einer offenen Schublade, Medizinflaschen. Daneben Berge von Korken aller Größen, Pillenschachteln und Arzneikapseln.

Gerade als sie das Zimmer verlassen wollten, entdeckte Dorothee einen Gegenstand, der wie ein kleiner Handspiegel aussah. Sie machte Albert darauf aufmerksam.

Er nahm ihn aus der Schachtel und zeigte ihn ihr. »Das ist ein Augenspiegel, mit dem man die Netzhaut auf Veränderungen untersucht. Eintrübung der Linse zum Beispiel.«

»Dann wirf doch mal einen Blick auf meine Augen«, sagte Dorothee keck und hielt ihm demonstrativ ihr Gesicht hin.

Er schaltete eine Glühbirne ein und betrachtete aufmerksam das schimmernde bunte Muster auf dem Augenhintergrund. »Deine Augen sind gesund und sehr hübsch.«

»Oh, danke.« Sie wischte sich das Haar aus der Stirn. »Und wo behandelst du die schweren Fälle?«

»Du meinst die Operationen? Dafür gibt es ein eigenes Zimmer.« Er löschte das Licht und schloss die Tür.

»Aber du operierst doch nicht allein, da hast du doch sicher eine Hilfe?«

Albert verschränkte die Arme vor der Brust. »Das ist ganz unterschiedlich. Manchmal hilft mir eine Frau aus dem Dorf, manchmal der Knecht vom Gut nebenan.«

Dorothee nickte langsam. »Alle Achtung! Ich bin wirklich beeindruckt.«

Sie hörten, wie der Wasserkessel zu pfeifen begann.

»Wir sollten ihn rasch vom Herd nehmen«, sagte Albert, »bevor wir noch die Nachbarn wecken.«

Das Wecken der umliegenden Höfe übernahm dann jedoch ein Lastwagen, der röhrend durchs Dorf rollte und seine Fahrt vor der Tierarztpraxis beendete. Türen schlugen laut zu, dann erschienen zwei Männer in der derben Kleidung der Landarbeiter im Korridor. »Der Herr von Parchtitz schickt uns. Wir bringen das tote Fohlen. Wo sollen wir es hinlegen?«

Albert unterließ es, den Kaffee aufzubrühen, und stellte den Kessel zur Seite.

»Legen Sie das Fohlen am besten mitten in den Hof, es ist zu groß für den Operationstisch.«

Die Männer machten stumm auf der Stelle kehrt. Wenig später schlugen krachend die Seitenaufbauten nach unten und gaben den Blick auf die Ladefläche frei.

Dorothee schluckte. Das Fohlen lag auf einer Plane. Einer der Männer versuchte an zwei Ecken gleichzeitig zu ziehen, der andere schob von hinten. Zentimeterweise rutschte der Tierkadaver vorwärts. Immer wieder mussten die Männer nachfassen, weil ihnen die Enden der Plane aus den Händen glitten.

Sie mühten sich redlich. Dann ging es sehr schnell. Der Kadaver stürzte herunter, schlug mit dem Rückgrat auf und fiel auf die Seite.

»Danke, Männer«, sagte Albert und gab jedem eine Münze. »Vor dem Haus ist eine Pumpe. Da könnt ihr euch die Hände waschen.«

Die beiden Landarbeiter verabschiedeten sich mit einem Nicken.

Albert ging zu seinem Wagen hinüber und schaltete die Scheinwerfer ein. Genau an der Stelle, wo sich die beiden Lichtkegel trafen, lag das Fohlen.

»Jetzt zu dir, mein toter Freund«, hörte Dorothee ihn leise sagen, als Albert begann, mit verhaltenem Schritt um das Fohlen herumzugehen. Manchmal hockte er sich hin, kniff die Augen zusammen und untersuchte eine Stelle länger.

Dorothee betrachtete die Szenerie, die in kaltes Licht getaucht war, und bemerkte, wie Albert hin und wieder mit dem Kopf schüttelte, als könnte er nicht glauben, was er da vor sich erblickte.

»Was denkst du?«, fragte sie ihn schließlich.

Er blickte auf und schaute sie an, als hätte er ihre Anwesenheit vergessen. »Ich verstehe es nicht.«

»Dann versuch es mir zu erklären.«

Einen Augenblick schien er zu zweifeln, ob das der richtige Weg war, um sich über das, was er sah, klar zu werden.

»Was weißt du über das Jagdverhalten von Hunden?«

»Überhaupt nichts«, erwiderte Dorothee freimütig.

Ihn überraschte die Antwort nicht.

»Ein Hund hetzt seine Beute, er wird im Normalfall versuchen, das Tier aus dem Verband herauszutreiben und zu isolieren.« Albert überlegte kurz. »Du erinnerst dich sicher an Schäfer Bergs Reaktionen auf die Hunde der Urlauber. Genau das geschieht oft auf seinen Weiden. Ein herrenloser Hund dringt auf eine Schafskoppel ein und versetzt die Herde in Schrecken. Die Tiere fliehen über die Weide, der Hund hinterher. Irgendwann teilt sich die Herde, und in den meisten Fällen ist der Jagdtrieb des Haushundes damit befriedigt und die Hatz beendet.«

Albert hielt einen Moment inne, als müsse er nachdenken. Dann fuhr er fort: »In wenigen Fällen wird jedoch ein Schaf zum Beutetier und vom Hund gestellt. Da der Hund nicht gewöhnt ist, zu töten, und ihm dies auch in den meisten Fällen nicht beigebracht wurde, beißt er die Beute wahllos tot. Dies führt dann zu großflächigen Verletzungen, die spezifisch sind. Auch das Rissbild, also wie das Beutetier schlussendlich getötet wurde, kann uns mehr Aufschluss über den spezifischen Jäger geben.

Die Erfahrung lehrt uns, dass, wenn Hunde ein Beutetier töten, es primär keine Fraßspuren gibt. Die Nutzung des Kadavers als Nahrungsquelle überlässt er Aasfressern oder anderen Räubern.«

Dorothee nickte. Die Argumentation leuchtete ihr ein, aber worauf wollte Albert hinaus?

»Sehr wichtig ist, dass der Hund die Angewohnheit besitzt, das Fell seines Opfers herauszurupfen und stark blutende Rissverletzungen durch das Schütteln der Beute zu erzeugen. Aber das wichtigste Indiz, das wir haben, um festzustellen, ob Hunde die Verursacher waren, ist die Tatsache, dass Hunde niemals die Bauchdecke ihres Beutetiers öffnen ...«

»Weil sie ihre Opfer nicht fressen«, mutmaßte Dorothee.

»Richtig.«

Albert winkte sie zu sich heran und deutete dann auf das tote Fohlen. »Aber wenn wir uns das hier ansehen, Verletzungen an fast allen Körperpartien, gezielte Bisse in die Nasenpartie und in die Kehle.«

Dorothee war einige Schritte weitergegangen und sah sich ohne Scheu die Verletzungen an. »Es scheint mir, als wäre auch der Versuch unternommen worden, die Bauchdecke zu öffnen.«

»Ja, das stimmt. Gleichzeitig wurden die Keulen und der Rücken regelrecht angefressen ... Ich habe so etwas noch nie gesehen.« Albert verstummte.

»Das ist jetzt nur so eine Mutmaßung«, äußerte sich Dorothee beklommen. »Aber der Junge auf der Weide hat von zwei großen grauen Schatten gesprochen, und der Knecht heute Abend faselte etwas davon, dass der Fenrir losgelassen wurde ...«

»Fenrir? Das ist interessant. Unsere Altvorderen kannten ihn auch unter einer anderen Bezeichnung. Den Fenriswolf.«

KAPITEL 16

Dorothee legte die Stirn in Falten. »Ein Wolf? Aber wie sollen Wölfe nach Rügen kommen? Rügen ist eine Insel!«

Albert hob die Hände. »Ich weiß es nicht, aber sie sind hier. Die Bissspuren und die Art und Weise, wie die Tiere getötet wurden, sprechen eindeutig dafür.«

Müde wischte er sich mit den flachen Händen über das Gesicht. »Ich brauch jetzt wirklich einen Kaffee.«

»Da schließ ich mich an.«

Dorothee folgte Albert in die Küche, wo er ein Holzscheit aus einer Weidenkiepe zog, die neben dem Herd stand, und in das Feuerloch schob. »Es ist noch ausreichend Glut da, das sollte schnell gehen«, meinte er beiläufig, als er die Abdeckung schloss und den Kessel erneut auf den Herd schob.

»Kommen wir zu den Wölfen zurück«, nahm Dorothee das Gespräch wieder auf. »Hast du eine Erklärung dafür, wie sie auf die Insel gekommen sein könnten?«

Albert, den Deckel der Kaffeedose in der Hand, blickte sie über die Schulter hinweg an. »Der letzte Winter war sehr kalt und die Ostsee einige Wochen zugefroren.

Möglicherweise sind sie vom Festland übers Eis hierher gezogen. Es kommt vereinzelnd vor, dass Wölfe aus dem Osten einwandern.«

Dorothee hörte, wie der Kessel wieder leise zu pfeifen begann.

»Aber wir haben Ende Mai. Das würde bedeuten, die Wölfe blieben bisher auf unerklärliche Weise unentdeckt.«

Albert zog den Kessel vom Feuer und goss den Inhalt der beiden Kaffeetassen auf. »Genau dieser Gedanke bereitet mir Kopfzerbrechen. Wölfe streifen durchs Revier. Sie legen am Tag zwischen zwanzig und siebzig Kilometer zurück. Dementsprechend groß ist das Gebiet, das sie für sich beanspruchen ... Milch, Zucker?«

»Nur Milch, danke. Aber dann hätte man die Tiere schon viel früher bemerken müssen.«

Albert reichte ihr die Tasse. »Absolut. Granitz und Stubnitz bieten für Inselverhältnisse zwar große Waldflächen, aber insgesamt sind nur knapp zwanzig Prozent der Insel bewaldet. Diese Ausdehnung reicht bei Weitem nicht aus, dass sich Wölfe auf Dauer darin verbergen könnten. Zudem werden die Wälder bewirtschaftet, ebenso wie die Weideflächen drumherum.«

»Das heißt, früher oder später wäre man ihrer ansichtig geworden.«

»Möglicherweise. Wölfe sind scheu. Sie gehen dem Menschen aus dem Weg. Aber bestimmt hätten Jäger irgendwann einmal einen Riss entdeckt und wären wie Schäfer Berg von wildernden Hunden ausgegangen.

Zweifelsohne wäre der Vorfall gemeldet und ich informiert worden.« Albert trank einen Schluck und setzte die Tasse wieder ab. »Ich habe auch schon überlegt, ob in letzter Zeit ein Zirkus oder Schausteller auf der Insel gastierten, die Wölfe als Attraktion mit sich führten. Aber davon ist mir nichts bekannt geworden. Außerdem wären die Besitzer verpflichtet gewesen, ein Entweichen der Tiere zu melden.«

Dorothee stutzte. Ganz plötzlich schoss ihr ein Bild durch den Kopf. Sie ließ die Tasse sinken.

Wieder sah sie vor ihrem inneren Auge einen Tisch voll mit Büchern, und allesamt hatten sie etwas mit der Haltung von Wildtieren zu tun. Jetzt erinnerte sie sich auch daran, wo sie die Bücher gesehen hatte. In der Jagdhütte, an dem Tag, an dem sie niedergeschlagen worden war.

»Was hast du?«, hörte sie Albert fragen. »Du bist auf einmal so blass geworden.«

Langsam hob sie den Blick. »Ich habe so ein Gefühl, dass Margarethe …« Doch sie kam nicht dazu den Satz zu beenden, denn plötzlich trommelte jemand gegen die Tür.

Albert erhob sich und öffnete.

Im Schein der Hofbeleuchtung stand Ludwig. »Herr Tierarzt«, stammelte er aufgeregt. »Ich habe etwas auf dem Gut entdeckt. Das müssen sie sich unbedingt anschauen.«

••••

Später in der Nacht standen sie vor einem beachtlichen halbrunden Sandbunker, der von Gras und niedrigen Stauden bedeckt und auf dessen Stirnseite eine schwere Eichentür eingemauert war.

Ludwig hängte die Petroleumlampe seitlich an einen Haken und schloss auf. Danach stemmte er die Tür auf und trat stumm einen Schritt zur Seite.

Dorothee ging mit angehaltenem Atem auf das dunkle Viereck in der Mauer zu. Sie wusste nicht, was sie erwarten würde. Sie spürte nur die eiskalte Luft, die ihr unvermittelt aus dem Keller entgegenschlug und sie frösteln ließ.

Plötzlich flammte Alberts Taschenlampe auf.

Was sie dann sah, ließ sie erschauern.

Zögernd ging Dorothee weiter.

Ihr Blick war wie gebannt nach vorne gerichtet, wo der Lichtkegel auf rote, abgehäutete Tierleiber traf, die in mehreren Reihen kopfüber von der Decke hingen. Sie erkannte Schafe, Rehe und Wildschweine. Es mussten Dutzende sein. Die Feuchtigkeit auf den Oberflächen der Leiber verstärkte den Lichtstrahl noch, und die Eisblöcke auf den Holzgestellen zu beiden Seiten funkelten wie Prismen.

»Was ist das?« stammelte Dorothee fassungslos. Sie drehte sich um und sah, dass Ludwig aschfahl am Eingang stehen geblieben war.

Er raunte ihr zu. »Das habe ich mich auch gefragt, denn die Speisekammer im Gutshaus ist voll.«

Albert betrachtete die Leiber eingehend. »Es könnte

eine Spur sein zu dem, was wir vermuten.« Kurz traf sein Blick auf den von Dorothee, die ihre Aufmerksamkeit wieder auf den Verwalter richtete.

»Ludwig, gibt es auf dem Gutsgelände einen Bereich, wo es Besuchern oder dem Personal ausdrücklich untersagt ist, diesen zu betreten?«, fragte Albert.

Das Gesicht des Alten nahm einen überraschten Ausdruck an, dann zeigte er vage auf einen unbefestigten Weg, der seitlich vom Eiskeller wegführte und sich in der Dunkelheit des Waldes verlor.

»Den Schlangengrund.«

»Schlangengrund, was heißt das?«

»Es gibt Kreuzottern dort. Ein Mensch kann von ihrem Gift sterben. Niemand geht dorthin. Niemals.«

»Wir werden uns dort trotzdem ein wenig umsehen«, sagte Albert bestimmt.

Ludwig wurde zusehends nervös. »An Ihrer Stelle würde ich das nicht tun, ich habe Sie gewarnt. Diese Schlangen sind gefährlich.«

Albert richtete die Taschenlampe auf den Ausgang. »Wir versprechen ihnen, dass wir aufpassen. Jetzt in der Kühle der Nacht sind Schlangen nicht gefährlich.«

Gemeinsam marschierten sie los.

Bald umgab sie nur noch Wald. Bäume knarrten, und ein Nachtvogel segelte lautlos über ihren Köpfen durch das Geäst. Als sie die schmale Bohlenbrücke über den Bach querten, raschelte es seitab in den Uferbüschen.

Dorothee war unheimlich zumute, und sie schloss mit einem schnellen Schritt zu Albert auf.

Der Lichtkegel der Taschenlampe huschte über Wurzeln und warf schwarze Schatten zwischen die Bäume. Obwohl bereits die Dämmerung einsetzte und in den Baumkronen erste zaghafte Lichter den neuen Tag ankündigten, war es unten zwischen den Stämmen noch immer stockfinster.

Schweigend liefen sie nebeneinander und schauten auf den hellen Lichtfleck vor ihren Füssen.

Dorothees Gedanken wanderten weit zurück. Wann war sie das letzte Mal bei Nacht in einen Wald gegangen? Zusammen mit ihrem Vater? Sie dachte nach, aber ihre Überlegungen liefen ins Leere, als wäre ein Teil ihrer früheren Biographie gelöscht worden. Sie verwarf das Gedankenspiel, denn Albert zeigte auf ein Schild, das im Lichtkegel auftauchte.

Ein Totenkopf mit zwei gekreuzten Knochen prangte darauf. Darunter stand in grossen Lettern: *Achtung Kreuzotter! Nicht weitergehen! Lebensgefahr!*

Obwohl Albert versicherte, dass die Reptilien keine nachtaktiven Tiere waren, beschlich Dorothee trotzdem ein mulmiges Gefühl. Unauffällig sah sie sich um. Der Wald um sie hatte sich verändert. Das Buschwerk entlang des Weges wurde undurchdringlicher. Etwas abseits in einer Senke entdeckte sie die unberührte Wasserfläche eines Weihers. An den Rändern lagen umgestürzte Bäume. Ihre Wurzeln hatten die Grasnarbe aufgerissen. Wo es kein Schilf gab, blühten Wasserlinien im matten Gelb.

Der Weg vor ihnen machte einen scharfen Knick.

»Vorsichtig«, raunte Albert ihr zu. »Wir wissen nicht, was sich dahinter verbirgt.«

Achtsam schlichen sie weiter, bemüht, kein Geräusch zu verursachen. Als sie den Scheitelpunkt der Kurve erreichten, hielten sie mitten in der Bewegung inne.

»Da ist was«, flüsterte Dorothee aufgeregt.

Deutlich erkannten sie, dass das Licht der Taschenlampe in der Ferne reflektiert wurde.

»Sind das Tiere?«, fragte sie heiser.

Albert schüttelte den Kopf und legte beruhigend seine Hand auf ihren Unterarm. »Nein, Tieraugen funkeln anders. Ich vermute, das muss Metall sein. Aber das werden wir gleich wissen.«

Sie schlichen weiter.

Kurz darauf erreichten sie eine Absperrung, wo sich unzählige gitterartige Zaunfelder aneinanderreihten, ein jedes gespickt mit Metallstäben, die wie Lanzen aufragten. »Unglaublich«, murmelte Albert und leuchtete die Zaunflucht hinunter.

»Das Gehege muss riesig sein«, raunte Dorothee.

»Ja, und wir müssen den Zugang finden.«

Albert ging voraus, sie folgte ihm dichtauf.

Dabei starrte Dorothee durch die Stäbe ins Innere der Einzäunung, bis ihr die Augen zu brennen begannen. Manchmal spielten sie ihr einen bösen Streich, dann meinte sie, graue Schemen zwischen den Bäumen zu erspähen. Wenn sie dann mit den Handrücken über ihr Gesicht wischte, stellte sie fest, dass sich nirgendwo etwas regte, dass alles um sie herum still blieb.

Du bist übermüdet, ging es ihr durch den Kopf. Deine Sinne spielen völlig verrückt.

Sie war so mit ihrer Suche beschäftigt, dass sie nicht merkte, wie Albert stehen blieb. »Entschuldige«, murmelte sie verlegen, als sie gegen ihn geprallt war.

»Schon gut«, sagte er abwesend und zeigte stattdessen mit der Taschenlampe nach vorne. »Was denkst du, was das da ist?«

Dorothee trat hinter ihm vor und musterte die Konturen, die sich mit jedem Schritt mehr aus der Dunkelheit schälten. »Sieht wie ein Lastkarren aus.«

»Ja!« Drei Schritte weiter und er griff schon nach der Deichsel und zog daran. »Und er lässt sich kinderleicht bewegen.«

Dorothee betrachtete die getrockneten Blutspuren auf dem Holz der Ladefläche. »Ich hatte mich schon gefragt, wie das Fleisch hierher transportiert wird.«

Als sie keine Antwort erhielt, blickte sie auf und stellte fest, dass Albert bereits weitergegangen war.

»Da haben wir die Antwort«, hörte sie ihn sagen.

»Was für eine Antwort?«

»Sieh dir das an!«

In der mächtigen Umzäunung war eine schmale Pforte eingelassen worden. Etwa mannshoch, mit gerolltem Stacheldraht obenauf. Dorothee nahm an, dass der Zugang ursprünglich durch eine Kette mit Vorhängeschloss gesichert wurde. Jetzt jedoch lagen die Kette und das Schloss unversehrt auf dem Waldboden, und die Pforte stand sperrangelweit offen.

»Denkst du, dass außer Margarethe jemand von dem Gehege gewusst hat?«

»Das nehme ich doch an. Allein kann sie das hier kaum bewerkstelligt haben.«

»Und dieser Jemand hat die Pforte absichtlich geöffnet.«

Plötzlich sah Dorothee die Anspannung in Alberts Gesicht.

»Was hast du?«

»Nichts. Ich musste nur daran denken, dass Wölfe die Angewohnheit haben, immer dieselben Schlafplätze aufzusuchen, und das Gehege hier ist ihr eigentliches Stammrevier.«

Dorothee spürte, wie ihr die Knie weich wurden.

»Du meinst …«

»Ich meine gar nichts, Dorothee. Ich habe nur laut gedacht.« Er deutete mit der Taschenlampe ins Gehege. »Glaube mir, bei dem Lärm, den wir beide hier veranstalten, wären die Wölfe schon längst weg. Also lass uns reingehen und nachsehen, dann verschwinden wir. Es wird schon bald hell.«

Nacheinander schlüpften sie durch die Pforte.

Es ist schon eigenartig, dachte Dorothee, es ist derselbe Waldboden, es sind dieselben Bäume, derselbe, von Morgenröte durchzogene Himmel, trotzdem spürte sie innerhalb dieses Geheges etwas Unheimliches.

Langsam schlichen sie weiter, bis Albert stehen blieb und ein graubraunes Haarknäuel von einem Zweig pflückte. Nachdenklich rieb er es zwischen Daumen und Zeigefinger. »Der Abdruck einer Wolfspfote lässt sich nur schwer von der eines großen Hundes unterscheiden. Beim Fell ist das hingegen etwas anderes«, erklärte er. »Schau dir das an! Das Oberfell des Wolfes ist grob und steif, das Unterfell sehr fest. So wie das hier.« Er reichte ihr das Haarknäuel. »Bis jetzt habe ich immer noch gehofft, mich geirrt zu haben.«

Er verstummte, und ihre Blicke trafen sich. »Aber jetzt ist klar, dass du mit deiner Vermutung, was Margarethe von Klippholm angeht, recht hattest.«

Sie gab ihm das Haarknäuel zurück.

Dann gingen sie um einen zersplitterten Baum herum, der deutliche Spuren eines Blitzeinschlags aufwies, und erreichten schließlich eine Lichtung, wo Findlinge und umgestürzte Bäume lagen.

Dorothee wollte Albert fragen, wie weit sie von der Pforte entfernt waren, als ihr plötzlich der furchtbare Gestank von Fäulnis und Verwesung in die Nase stieg.

Sofort suchten ihre Augen nach einer möglichen Ursache, doch bis auf einen Schwarm Krähen konnte sie nichts entdecken. Die Vögel legten die Köpfe schräg und beäugten sie misstrauisch. Als sie noch näher herankamen, erhoben sie sich plotzlich mit lautem Geschrei in die Luft.

»Das hier ist der perfekte Platz für eine Wolfshöhle«, raunte Albert und fasste den Stiel der Taschenlampe fester. »Ich bin mir sicher, dass wir hier alle Beweise finden werden, die wir benötigen.«

Dorothee hatte kaum noch zugehört, denn sie erkannte jetzt, warum sich die Ursache des Gestanks nicht sofort feststellen ließ. Schuld daran waren die Krähen gewesen, sie hatten die bleichen Gerippe und Knochen verdeckt, die überall verstreut auf dem Boden lagen.

»Und wie geht's jetzt weiter?«, fragte sie zitternd.

»Als Tierarzt bin ich verpflichtet, diese Sache sofort zu melden.«

Er machte eine Pause.

»Eins ist sicher. Die Wölfe sind immer noch irgendwo da draußen.«

KAPITEL 17

Das Klopfen war in ihren Traum gedrungen. Immer tiefer, bis Dorothee aus dem Schlaf hochgeschreckt war. Nun saß sie regungslos im Bett, fingerte die Augenbinde von ihrem Gesicht und horchte angestrengt in das Halbdunkel.

Schon wieder ein Pochen an der Tür.

Schlaftrunken drehte sie sich auf die Seite, tastete nach dem Lichtschalter und knipste die Lampe an.

Sie blinzelte.

Der Wecker auf dem Nachttisch zeigte viertel nach acht.

Dorothee stöhnte auf und rieb sich mit der Hand über die Augen. Nach der langen Nacht ist es noch viel zu früh, dachte sie und gähnte herzhaft.

Wieder wurde heftig gegen die Tür geklopft. »Dorothee? Bist du da?«, ertönte Lotte Vollmers Stimme. »Ich muss dringend mit dir sprechen.«

»Ich komme!«, antwortete Dorothee bestimmt.

Das Klopfen hörte auf.

Dorothee schlug die Decke zur Seite, richtete sich auf und fuhr mit den Füßen in die Pantoffeln. Ihr weißer Morgenrock aus Damast hing wie gewohnt über dem Bettgestell am Fußende. Damast war ihr Lieblingsstoff. Im Sommer war er leicht und angenehm kühl auf der Haut. Sie nahm den Morgenrock und schlüpfte hinein. Während sie den Gürtel vor dem Bauch zu einer Schleife band, ging sie hinüber zur Tür und öffnete sie.

»Ist es wahr?«, fragte Lotte und rauschte durch den Türspalt an ihr vorbei ins Zimmer.

»Guten Morgen«, antwortete Dorothee erstaunt. »Ich freue mich auch, dich zu sehen.« Warum besaßen ihre Freundinnen die Angewohnheit, sie in aller Herrgottsfrühe zu überfallen?

»Ich kann das nicht glauben.« Lotte ließ sich in einen Sessel fallen.

»Was kannst du nicht glauben?«

Sie richtete sich gleich wieder auf. »Ihr habt Wölfe entdeckt?« Sie legte die Betonung auf Wölfe.

»Woher weißt du das?«

»Ich habe vorhin mit Freiherr von Parchtitz telefoniert. Eigentlich ging es mir um den bevorstehenden Besuch des Reichsministers Andreas Hermes zum Thema Mechanisierung der Landwirtschaft zur Ertragssteigerung der Böden. Aber ich bin gar nicht dazu gekommen, meine Fragen zu stellen, weil der Freiherr vor Wut explodiert ist und mir etwas Spektakuläreres mitgeteilt hat. Nämlich, dass sein preisgekröntes Fohlen letzte Nacht auf der Koppel von Wölfen zerrissen wurde, und du und Badrow, ihr habt noch in der Nacht das illegale Gehege entdeckt.«

Dorothee ließ sich auf den Stuhl vor der Frisierkommode nieder und griff nach der Haarbürste. Dann musste Albert gleich weitergefahren sein, nachdem er sie hier abgesetzt hatte, dachte sie.

Dorothee legte die Haarbürste zurück. Mit knappen Worten umriss sie die Ereignisse der letzten Nacht.

»Wirklich?« Fassungslos starrte die Freundin sie an. »Unsere Margarethe hat sich Wölfe gehalten? Erkläre mir mal, wie man auf so eine Schnapsidee kommt? Sich heimlich ein Wolfsgehege in den Wald zu bauen.« Lotte schüttelte ungläubig den Kopf. »Aber da siehst du es wieder, die Klippholm-Kinder sind alle ziemlich verkorkst. Zu viel Geld verdirbt den Charakter.«

Es klopfte erneut an der Tür.

Lotte sprang auf. »Ach ja, nicht dass du dich wunderst. Ich habe für uns beide Frühstück bestellt. Geht auf die Redaktion«, erklärte sie hastig und ließ das Zimmermädchen mit dem Servierwagen ein. »Stellen Sie es bitte vor das Fenster. Danke.«

Dorothee sah mit an, wie Lotte dem Zimmermädchen ein Trinkgeld gab und die Tür hinter ihr schloss.

»Wie herrlich die frischen Brötchen duften!« Dorothee ließ ihren Blick über den gedeckten Tisch schweifen. »Willst du über Margarete und die Wölfe schreiben? Bist du deshalb hier?«

Dorothee sah, wie sich Lottes Gesichtsausdruck verhärtete. »Dorothee, ich bin Journalistin und Zeitungsredakteurin. Es ist meine berufliche Pflicht, Menschen zu informieren.«

»Mag sein. Aber bist du dir auch der Konsequenzen bewusst, die so eine Nachricht unweigerlich nach sich zieht?«

Lotte schien gekränkt. »Du meinst also, ich sollte mich über die Wölfe in Schweigen hüllen? So tun, als wenn es das Problem nicht gäbe?«

»Das habe ich nicht gesagt. Ich gebe nur zu bedenken, dass Rügen eine Urlaubsregion ist und dass die Nachricht von Wölfen, die durch die Wälder streifen und nachts ein Fohlen zerfleischen, mit ziemlicher Sicherheit bei dem einen oder anderen Gast Furcht und Bedenken auslösen könnte, ob das hier noch der richtige Ort ist, um seine Ferien zu verbringen.«

»Aber Wölfe greifen doch auch Menschen an. Ich will nicht warten, bis jemand angefallen wird«, widersprach Lotte heftig.

»Das ist Unsinn. Albert sagt, dass die Tiere im Allgemeinen den Kontakt mit Menschen vermeiden.«

Lotte breitete die Arme aus. »Wenn Albert das sagt!« Sie grinste frech, und Dorothee spürte, dass sie ganz gegen ihren Willen errötete, und ärgerte sich darüber.

Die Journalistin deutete auf das Tablett vor sich. »So, meine Liebe, und jetzt tu mir den Gefallen und nimm was von dem Rührei, bevor es kalt wird. Ist nämlich verdammt lecker.«

KAPITEL 18

Ungeduldig lehnte Dorothee an der Reling und erwartete die Ankunft des Ausflugsbootes am Anleger in Binz. Nach dem Überraschungsbesuch von Lotte Vollmer hatte sie sich zu der Fahrt in der Binzer Bucht entschlossen. Anfänglich gelang es ihr auch, die räumliche Trennung von der Insel zu genießen, das sanfte Wiegen des Meeres, die wärmende Sonne auf dem Gesicht. Doch nachdem sie die weißen Klüfte der Kreidefelsen hinter sich gelassen hatten, fühlte sie auf einmal, wie sich Unruhe in ihr breitmachte.

Schon lange hatte sie ihren Liegestuhl gegen einen Platz am Bug eingetauscht, und als der Schoner endlich längsseits ging und das Fallreep herübergezogen wurde, raffte sie ihren Rock und eilte den Steg entlang.

Sie wusste, ihr Verhalten geziemte sich nicht für eine Dame, aber ein flüchtiger Blick auf die Uhr über ihrem Kopf verriet ihr, dass es spät geworden war.

Die Ungewissheit war einfach nicht mehr auszuhalten.

Ob es Brandmeister Schulte gelungen war, den gewünschten Bericht in den Unterlagen zu finden?

Dorothee stürmte über die Promenade zum Wendeplatz, wo Droschken bereitstanden. Sie nahm Platz, nannte dem Kutscher die Adresse und fügte hinzu, dass sie es eilig hatte.

Der Mann nahm die Zügel auf, die Pferde liefen los, und sie wurde sanft ins Polster gedrückt.

Einen kurzen bangen Moment fragte sie sich, ob der Brandmeister sie nicht vergessen hatte.

Zehn Minuten später erreichte sie die Feuerwache.

Erleichtert stellte sie fest, dass die beiden Torflügel noch offen standen.

Ohne die Vorderansicht des Gebäudes aus den Augen zu lassen, beglich sie den Fahrpreis.

Sie hatte den Zugang beinahe erreicht, als der Brandmeister erschien. »Ich dachte schon, ich hätte Sie verpasst«, sagte er.

»Nein, nein«, beeilte sich Dorothee zu versichern.

Der Feuerwehrmann schloss hinter ihr das Tor und führte sie anschließend zwischen den Fahrzeugen hindurch in den hinteren Teil der Feuerwache.

Dorothee blinzelte in dem schwachen Licht, das durch das runde Oberlicht fiel. Die Luft war überraschend trocken, und es roch nach Gummi, Benzin und ein wenig nach abgestandenem Wasser.

Dorothee blickte sich um.

Neben ihr an der Wand lehnten weitere Ausrüstungsgegenstände wie Feueräxte und Brecheisen. Davor stand ein Lastkarren, auf dem eine Krankentrage und ein Rucksack mit einem aufgenähten roten Kreuz lagen.

Als sie sich weiterbewegte, erkannte sie in einem Regal die schemenhaften Umrisse eines Blasebalgs, daneben einen zusammengerollten Schlauch, dessen eines Ende daran befestigt war, sowie einen futuristisch anmutenden Helm, der sie an einen Tiefseetaucher erinnerte.

»Was ist das denn?«, fragte sie.

»Das ist ein Rauchhelm. Hierbei handelt es sich um ein Frischluftgerät für den Feuerwehrmann. Der Helm besteht aus festem Leder, und an dem Helm ist ein langer Schlauch angeschlossen, der wiederum in einen Blasebalg mündet.

So kann ein Feuerwehrmann in ein brennendes Haus gehen, ohne Angst haben zu müssen, dass der Rauch ihn vergiftet.«

Der Brandmeister zeigte auf einen Verschlag, der mit dicken Bohlen vom restlichen Raum abgetrennt war und dessen Zugang mit einer Decke verhangen war.

»Unsere Leitstelle. Darin befindet sich ein Tisch, auf dem ich ihnen das Jahrbuch mit den Berichten von 1905 bereitgelegt habe. Ich hoffe, Sie finden, wonach Sie suchen.« Er verstummte kurz. »Ich lasse Sie jetzt allein, bleibe aber in der Nähe. Wenn Sie fertig sind, rufen Sie mich. Einverstanden?«

»Ja, so machen wir es.«

»Gut.« Er zog die Decke zur Seite. »Dann treten Sie ein.«

••••

Das Jahrbuch entpuppte sich als ein dicker Wälzer. Auf dem Einband war ein Zettel mit der Aufschrift 1905 geklebt worden. Es roch modrig, und Dorothee vermutete, dass die Kameraden der Feuerwehr das Jahrbuch in einem feuchten Keller gelagert hatten.

Als sie den Deckel aufschlug, verstärkte sich der Geruch noch. Das Papier war leicht vergilbt, Teile der Schrift waren verblasst.

Wie sie vermutete, waren die Berichte von Hand geschrieben und die Ereignisse chronologisch geordnet. Dorothee blätterte rasch vor, bis sie zum Monat Juli kam. Von da an zwang sie sich, sorgsam Seite für Seite vorzugehen.

09. Juli 05 – Böschungsfeuer am Bahngleis
18. Juli 05 – Feuer in einer Strohmiete
23. Juli 05 – Bergung eines umgestürzten Lastwagens
03. August 05 – Umgestürzter Baum auf dem Bahngleis

Dorothee stutzte.

Schon Monat August? Sie war zu weit. Oder war das Buch doch nicht chronologisch aufgebaut?

Wo befand sich der Bericht von der Brandnacht auf Gut Stresow Ende Juli? Sie spürte, wie Nervosität Besitz von ihr ergriff.

Das konnte doch nicht wahr sein.

Hastig blätterte sie zurück.

Dann wieder vorwärts. Bis weit in den September hinein.

Die Seiten waren nicht durchgehend nummeriert.

Möglicherweise ist der Bericht ja falsch abgeheftet worden, dachte sie, aber sooft sie die Seiten auch umschlug, irgendwann musste sie sich eingestehen, dass es in diesem Jahrbuch keinen Report von Brandmeister Brettschneider zu dem Feuer im Gutshaus der Stresows gab.

Benommen starrte sie auf die Seiten.

»Wer hat das getan?«, murmelte sie mit erstickter Stimme.

Plötzlich sprang sie auf, schob mit den Kniekehlen den Stuhl zurück und stellte sich unter die Lampe. Dann schlug sie das Jahrbuch auf, hielt es mit den Händen auf beiden Seiten des Einbandes fest und hob es in die Luft, wobei sie es umdrehte, so dass der gesamte Buchblock gerade nach unten hing. Dann stellte sie sich so, dass der Schein der Lampe von hinten direkt auf den Buchrücken fiel, an dem die Seiten angeheftet waren. Suchend glitten ihre Augen über den Buchblock. Plötzlich sah sie den Lichtfunken, der in einem einzigen winzigen Spalt zwischen den Seiten aufglomm.

»Was machen Sie denn da?«, hörte sie die überraschte Stimme des Brandmeisters in ihrem Rücken.

Dorothee veränderte ihre Position nicht. »Kommen Sie bitte!«, bat sie. »Ich möchte Ihnen etwas zeigen.«

Der Mann stellte sich so, dass er ihr über die Schulter schauen konnte.

»Was sehen Sie?«

»Ein Buch, dessen Seiten nach unten hängen, warum auch immer.«

»Was sehen Sie noch?«

Er beugte sich leicht vor. »Da, an einer Stelle sickert Licht durch die Seiten, als würden sie nicht richtig aufeinanderliegen.«

»Sehr gut.« Dorothee ließ das Jahrbuch sinken und schaute ihm direkt in die Augen. »Und haben Sie eine Erklärung dafür?«

Sie konnte an seinem Gesicht ablesen, wie er grübelnd zu der richtigen Erkenntnis gelangte. »Sie meinen, an dieser Stelle fehlen Seiten?«

Dorothee legte das Buch zurück auf den Tisch und schlug es auf. »Richtig. Ich denke, es ist müßig, zu ergründen, wer alles Zugang zu den Büchern hatte. Wer immer es war, der die Seiten aus dem Jahrbuch entfernte, hat sehr viel Sorgfalt darauf verwendet. Aber um die Spur vollständig zu verwischen, hätten die Seiten von einem Buchbinder neu geheftet werden müssen. Ich nehme an, so viel Aufsehen wollte man dann doch vermeiden.«

Schulte legte die Stirn in Falten. »Gehe ich richtig in der Annahme, dass es sich bei den fehlenden Seiten um den Bericht handelt, nach dem Sie suchen?«

»Sie vermuten richtig.«

Dorothees Blick wanderte zwischen dem Brandmeister, dem die gesamte Situation augenscheinlich sehr unangenehm war, und dem Buch hin und her.

Dann fiel ihr etwas ein. »Ich habe vorhin Fotos in der Fahrzeughalle gesehen, auf denen Feuerwehrleute in Uniformen abgebildet sind.«

»Ja, das stimmt«, entgegnete Schulte. »Einmal im Jahr, am Gründungstag der Binzer Feuerwehr, machen wir ein Gruppenbild mit allen Kameraden.«

»Gibt es so ein Foto auch von der Mannschaft aus dem Jahr 1905?«

Schulte nickte. »Selbstverständlich. Kommen Sie, ich zeige es Ihnen.«

Wenig später schaute Dorothee in die Gesichter von achtzehn Feuerwehrmännern, die sich um eine Ausfahrtsspritze herum aufgebaut hatten.

»Wer von diesen Männern war wohl in der Brandnacht auf Gut Stresow dabei?«

Der Brandmeister holte tief Luft. »Wie in anderen Bereichen auch war der Krieg eine große Belastung für uns. Die meisten Männer, die Sie auf dem Foto sehen, leben nicht mehr, oder sie haben die Insel verlassen.« Er stockte. »Aber der hier«, er deutete mit dem Zeigefinger auf ein Gesicht, »der lebt noch hier. Soweit ich weiß, wohnt er in Alt-Süllitz. Er könnte bei dem Brand auf dem Gut ihrer Eltern dabei gewesen sein. Ich schreibe Ihnen die Adresse des Kameraden auf.«

»Herzlichen Dank für Ihre Unterstützung«, sagte Dorothee und ging näher an das Foto heran, um sich jeden Zug im Gesicht des Mannes einzuprägen.

KAPITEL 19

Breesen trat auf den Korridor der Landwehrstation hinaus.

Beinahe gleichzeitig öffnete sich die Tür gegenüber, und Köhler steckte den Kopf durch den Spalt. »Moin, Chef. Denken Sie bitte daran, die Entlassungspapiere für Major Grömitz zu unterzeichnen?«

Er sog scharf den Atem ein. Daran hatte er gar nicht mehr gedacht.

»Liegen bereits auf meinem Schreibtisch«, erwiderte er trocken und nahm sich vor, als Erinnerung einen Knoten ins Taschentuch zu machen. »Übrigens, Köhler, hat sich schon jemand auf unseren Zeitungsaufruf gemeldet?«

»Ja, ein Sven Sievers, steht draußen.«

»Gut, dann nehme ich jetzt seine Aussage auf. Ich möchte, dass Sie mit dabei sind, also in zwei Minuten in meinem Büro.«

Dann ging er zur Haustür, zog den Riegel zurück und begrüßte einen Mann in einem schlichten Anzug, der auf ihn gewartet hatte.

»Guten Tag, ich bin Kommissar Breesen. Sie haben um ein Gespräch angesucht?«

»Ja, so ist es. Mein Name ist Sievers.« Er reichte ihm die Hand, und Breesen spürte die Schwielen an den Fingern, als er den Gruß erwiderte.

»Ich habe in der Zeitung über den Mord an Frau von Klippholm gelesen«, erklärte der Mann, »und da ist mir …«

»Moment. Wir werden das gleich in meinem Büro besprechen. Gehen Sie durch! Die erste Tür rechts.«

Köhler wartete bereits im Flur.

Breesen stellte ihn vor, und gemeinsam betraten sie den Raum. Sievers wartete, bis der Kommissar ihm einen Platz auf einem der Besucherstühle anbot.

Köhler schloss währenddessen das Fenster, griff anschließend die Lehne des zweiten Stuhls und setzte sich etwas abseits.

Breesen nahm hinter dem Schreibtisch Platz und fing an, sein Notizheft zu suchen. Dafür schob er die anderen Papiere einfach zur Seite. Nach einigen Mühen fand er nicht nur das Heft, sondern auch einen Bleistift, dessen Mine noch intakt war.

Ob ich es jemals schaffen werde, Ordnung in dieses Chaos zu bringen, sinnierte er, während er an den Rand der Heftseite das Datum schrieb. Wohl eher nicht, gestand er sich ein. Doch bis jetzt hatte es auch so gut funktioniert.

Er wandte sich an den Besucher. »Sagen Sie uns bitte, wer Sie sind, als was Sie arbeiten und warum Sie heute hier sind.«

»Meinen Namen kennen Sie ja.« Mit einem kurzen

Seitenblick auf Köhler ergänzte er. »Wie gesagt, ich bin Sven Sievers, fünfundfünfzig, verheiratet und Vorarbeiter im Sägewerk.«

Breesen machte sich Notizen.

»Also, das spielte sich folgendermaßen ab. Ich gehe jeden Sonntag mit meinem Hund in den Wald. Das mache ich immer so. Und auf meiner Runde schaue ich jedes Mal am Holzplatz vorbei.«

»Von welchem Holzplatz reden Sie?«

»Von dem beim Klippholm-Anwesen.«

»Wo gibt es da einen Holzplatz?«, stellte Breesen sich absichtlich dumm.

»Na, der liegt in der Verlängerung zum Westtor. Ungefähr einen Kilometer von der Jagdhütte entfernt.«

»Aha.« Breesen tauschte einen Blick mit Köhler. »Erzählen Sie weiter.«

»Also ich bin am Holzplatz und sehe mir gerade die Stapel an. Sie müssen wissen, manchmal bricht einer der Stützpflöcke weg, oder ein Stamm gerät ins Rutschen. Das muss regelmäßig kontrolliert werden.« Er machte eine Pause, bewegte seinen Oberkörper nach vorn und senkte die Stimme. »Da sehe ich doch, wie der ehemalige Verwalter der Klippholm den Wald verlässt.«

»Sind Sie sicher?«

»Ja, er trägt immer eine schwarze Lederjoppe und einen olivgrünen Filzhut mit breiter Krempe und Gamsbart an der Seite, und er hatte eine dunkle Hose an und Stiefel, Schaftstiefel.«

»Kennen Sie den Namen?«

»Karl Köpke.«

»Was können Sie uns über ihn sagen?«

Der Mann schürzte die Lippen. »Köpke ist nicht sehr beliebt. Hatte als Verwalter mächtig was zu sagen, wenn Sie verstehen, was ich meine? Rechnete schon damit, bald der Herr auf dem Gut zu sein. Aber daraus wurde ja bekanntlich nichts.«

»Warum nicht?«

»Er sagt zwar was anderes, aber ich vermute, die gute Margarethe hat ihn rausgeschmissen. Vor die Tür gesetzt.«

»Und das freut Sie?«

»Zeigen Sie mir einen, den es nicht gefreut hat. Dieser Leuteschinder!«

Breesen überging die Bemerkung.

»Wann war das? Der Rausschmiss, meine ich.«

»Muss vor ein paar Tagen gewesen sein, Herr Kommissar.«

»Sie sagten, er hätte den Wald verlassen? Aus welcher Richtung kam er auf Sie zu?«

»Aus der Richtung, in der die Jagdhütte liegt.«

»Und wann war das?«

»Viertel nach zehn.« Breesen und Köhler wechseln einen schnellen Blick.

»Die Uhrzeit wissen Sie so genau?«

»Klar. Ich habe die Kirchenglocken gehört.«

»Beschreiben Sie mir, was genau Sie gesehen haben.«

»Also ich versteckte mich, als ich ihn kommen sah, hinter einem Stapel und linste durch einen Spalt zwischen den Hölzern. Wissen Sie, auf ein Zusammentreffen mit Köpke lege ich keinen gesteigerten Wert …«

Während Sievers das alles berichtete, konnte Breesen den Gedanken nicht unterdrücken, dass der Mann möglicherweise nicht allein seiner Aufsichtspflicht als Vorarbeiter des Sägewerks nachgekommen war, sondern vermutlich regelmäßig etwas Holz aus den Stapeln für private Zwecke abzweigte und es in diesem Zusammenhang schon einmal zu einer Auseinandersetzung mit Köpke gekommen war, aber er unterbrach Sievers nicht. Was genau er dort im Wald machte, tat hier nichts zur Sache.

»… also er kam aus dem Wald und ging auf seinen Mercedes zu, so einen fährt hier nur Köpke. Ein richtiger Angeberschlitten ist das.«

»Sonst noch was? Haben Sie gesehen, ob er im Besitz eines Gewehres war?«

»Das kann ich Ihnen nicht sagen.«

»Wieso nicht?«

Sievers verzog den Mund. »Ich weiß nur, dass er die hintere Abdeckung seines Wagens geöffnet hatte, aber ich kann Ihnen nicht sagen, was er hineinlegte.«

»Trauen Sie Köpke einen Mord an Margarethe von Klippholm zu?«

Der Mann legte seine großen Hände ineinander. »Ich würde es mal so sagen, Herr Kommissar: Köpke ist kein Mann, der sich gern auf der Nase rumtanzen lässt. Erst recht nicht von einer Frau.«

KAPITEL 20

Kommissar Breesen war zu dem Entschluss gelangt, dass nach dem, was der Vorarbeiter Sven Sievers über Karl Köpke berichtet hatte, es Zeit wurde, dem ehemaligen Verwalter von Margarethe von Klippholm einen persönlichen Besuch abzustatten.

Zuvor hatte er noch mit dem Amtsgericht in Bergen telefoniert und sich mit dem Staatsanwalt abgestimmt, dann war er zusammen mit Köhler und zwei Landwehrmännern in den Wagen gestiegen.

Da sie Karl Köpke nicht antrafen, öffneten sie die Haustür mit einem Dietrich und begannen sofort, die Zimmer zu durchsuchen. Breesen interessierte vor allem der Waffenschrank im Arbeitszimmer, und mit grimmiger Genugtuung stellte er fest, dass eines der Gewehre fehlte. Die Halterung war leer.

»Glauben Sie, dass er flüchtig ist?«, wollte Köhler wissen.

Dieselbe Frage hatte sich Breesen auch schon gestellt und sie nach einem ersten schnellen Blick in alle Zimmer verneint.

»Nur wenn er nichts mitgenommen hat«, antwortete

der Kommissar und deutete auf einen Koffer, der oben auf einem Schrank lag. »Machen Sie hier weiter, ich sehe mich draußen ein wenig um.«

Ihm war bei der Ankunft das Nebengebäude aufgefallen, und nun überquerte er den frisch geharkten Hof und erreichte das Tor. Er zog einen Flügel auf, und es stellte sich heraus, dass es die Garage war. Selbst im Halbdunkel erschien sie ihm unerwartet groß und geräumig. Zu beiden Seiten eines Mercedes-Benz, der hier abgestellt war, gab es noch ausreichend Platz für eine Werkbank, mehrere Regale und Reifenstapel. Es roch nach Maschinenöl, Gummi und Eisen.

Der Kommissar betrachtete den Vorderreifen und nickte. In diesem Moment hätte er wetten wollen, dass das Profil mit dem am Holzplatz festgestellten Abdruck übereinstimmte. Dann öffnete er die Autotür und schob sich auf den Fahrersitz. Der Wagen wirkte neu, nirgends zeigte sich auf den Armaturen auch nur ein Stäubchen. Entweder war Köpke ein sehr ordentlicher Mann, oder hier waren bewusst alle Spuren verwischt worden.

Breesen beugte sich vor und öffnete das Handschuhfach. Er fand eine Schachtel Zigaretten, Streichhölzer und einen Lappen, der anscheinend benutzt wurde, wenn die Frontscheibe beschlug.

Er schloss die Abdeckung und richtete sich wieder auf. Ein letzter prüfender Blick, dann stieg er aus. Im Kofferraum lag nur eine zusammengelegte grobe Decke, an der mehrere silbrig braune Haare klebten, die ihn darauf schließen ließen, dass sie für einen Hund bestimmt war.

Breesen wandte sich um und betrachtete den Innenraum.

Früher könnte die Garage ein Pferdestall gewesen sein, überlegte er. Dann fiel sein Blick auf die Rückwand, an der mehrere Kubikmeter Kaminholz fein säuberlich bis auf Brusthöhe aufgestapelt waren.

Er wusste, dass die Leute ihr Kaminholz an allen möglichen und unmöglichen Orten zum Trocknen lagerten. An den Hauswänden unter überhängenden Dächern, in Scheunen oder extra dafür errichteten Holzschuppen. Warum also nicht auch in einer Garage?

Der Kommissar ging weiter zu einem der Regale, in dem Schrauben, Beschläge und Werkzeug lagen. Sonnenlicht fiel durch eines der Fenster und brachte das Metall zum Glänzen.

In der Ecke bemerkte er eine Plane, die über mehreren Gegenständen ausgebreitet war. Doch als er eine Ecke anhob und daruntersah, entdeckte er nur Farbeimer und eine Treppenleiter. Enttäuscht ließ er die Plane sinken.

Breesen warf einen letzten Blick in die Runde und verließ die Garage. Erst als er sich einige Schritte entfernt hatte, wurde ihm bewusst, dass er auf etwas Wichtiges aufmerksam geworden war. Er blieb stehen und versuchte, sich zu erinnern, was es gewesen war.

Es hatte etwas mit dem Kaminholz zu tun. Was hatte er gedacht? Etwas darüber, dass Menschen ihr Kaminholz an ungewöhnlichen Orten lagern.

Er drehte sich auf dem Hacken um und lief zurück.

Als Breesen die Garage erneut betrat, ging er sofort zu dem Holzstapel.

Dann fiel es ihm auf.

Alle Scheite waren auf dieselbe Länge geschnitten worden. Er nahm an, dass es fünfundzwanzig Zentimeter waren.

Aus diesem Grund gaben die Holzkloben, als sie an der Wand emporgestapelt wurden, eine gerade, glatte Fläche ab.

Breesen runzelte die Stirn, als er noch einen Schritt näher heranging. Aber warum stachen dann an einer Stelle die Scheite in einer bestimmten Länge und Höhe mehrere Zentimeter hervor?

Breesen maß mit den Augen die Länge und die Höhe, auf der die Scheite herausragten, und erstarrte.

Rasch holte er sich die Treppenleiter und stieg hinauf. Ohne zu zögern, begann er, vorsichtig die Scheite umzuschichten.

Plötzlich hörte er Schritte hinter sich und hielt die Luft an.

»Chef.«

Köhler! Der Kommissar atmete aus und schichtete weiter. »Was wollen Sie?«

»Wir haben ein Paar Stiefel gefunden«, sagte Köhler. »Profil und Größe sind mit unserem Gipsabdruck identisch.«

»Weiter.«

»Außerdem haben wir im Kleiderschrank Garderobe

gefunden, die auf die Beschreibung des Augenzeugen passt, Lederjoppe und Mütze.«

»Leck mich am Arsch«, sagte Breesen plötzlich.

»Bitte, Herr Kommissar?«, fragte Köhler irritiert.

»Kommen Sie her und nehmen Sie mir das mal ab.«

Mit großen Augen blickte Köhler in die Höhe auf ein olivgrünes Futteral, das Breesen jetzt hinter dem Holzstapel hervorholte und zu ihm nach unten reichte. »Öffnen Sie es.«

Köhler löste die Schnüre. »Das ist ein Karabiner«, stellte er fest.

»Nicht ein Karabiner, Köhler, der Karabiner«, verbesserte Breesen und schüttelte dazu eine Pappschachtel, in der es verdächtig klapperte. »Und hier haben wir die Patronen, einfacher Metallmantel, gleiche Kennung.«

Plötzlich gingen knarrend die Torflügel mit Schwung auf, und ein massiger Schatten, begleitet von einem Hund, erschien im Türrahmen.

»Was ist denn hier los?«, donnerte eine Stimme. »Und was zum Teufel machen Sie mit meinem Gewehr? Das habe ich schon vermisst!«

Breesen überließ Köhler die Waffe und ging auf den Mann zu.

»Karl Köpke?«

»Wer will das wissen?«

Der Hund knurrte drohend.

Breesen zog seinen Ausweis hervor. »Kommissar Breesen. Kriminalpolizei. Ich bin hier, um Sie wegen des Mordes an Margarethe von Klippholm zu verhaften.«

KAPITEL 21

Als Dorothee am nächsten Morgen zum Frühstück ging, blieb sie überrascht auf der Treppe stehen. In der Hotellobby herrschte hektisches Gedränge, hochbeladene Gepäckwagen wurden eilig nach draußen in die Auffahrt geschoben, wo eine Schlange aus Droschken und Autos darauf wartete, beladen zu werden. Sie erkannte, dass die meisten Leute ungeduldig an der Rezeption anstanden, vermutlich, um ihre Rechnungen zu begleichen. Wenig später verließen sie mit gehetztem Ausdruck auf dem Gesicht überstürzt das Hotel.

Das ist sonderbar, dachte Dorothee und setzte ihren Weg ins Restaurant fort.

Hinter der gläsernen Portaltür erwartete sie wie immer der Restaurantleiter, der beflissen ein akkurates Häkchen hinter ihren Namen setzte und sie an ihren Tisch begleitete.

Für einen Moment nahm sie an, dass der Eindruck, den sie in der Lobby gewonnen hatte, sie täuschte, bis ihr auch hier die erregt geflüsterten Gespräche auffielen, die rundherum an den Tischen geführt wurden.

»Die Leute führen sich sehr merkwürdig auf«, stellte

Dorothee fest, als der Mann hinter sie trat, um ihr den Stuhl zurechtzurücken. »Was um Himmels willen ist denn passiert?«

»Das weiß ich leider auch nicht so genau«, erklärte der Restaurantleiter, und sie merkte ihm an, dass er darüber nicht reden wollte. »Möchten Sie Ihr Frühstück wie die Tage zuvor einnehmen?«

Sie nickte abwesend. »Ja, bitte.«

Der Mann entfernte sich.

Dorothee verschränkte die Arme vor der Brust. Was verbarg sich hinter all dem Getuschel?

Aus den Augenwinkeln bemerkte sie am Nachbartisch ein junges Paar, das sein Frühstück gerade beendete und sich anschickte, aufzustehen. Als Dorothee unauffällig hinübersah, fiel ihr auf, dass sie nicht nur das benutzte Geschirr, sondern auch eine Zeitung auf dem Tisch zurückließen.

Vielleicht fand sie darin Antworten?

Sie wartete, bis das Paar um die Ecke gebogen war, dann erhob sie sich und ging hinüber, noch bevor der Kellner die Möglichkeit bekam, abzuräumen.

Kurz blickte sie über die Schulter zur Tür, wartete einige Sekunden, ob die beiden eventuell noch einmal zurückkommen würden. Dann griff sie nach der Zeitung und ging an ihren Tisch zurück.

Sie setzte sich, und während sie noch spekulierte, was die Menschen so beunruhigte, fiel ihr Blick auf die Titelseite der Ostsee-Zeitung.

Dorothee schluckte.

Wölfe auf Rügen, las sie da. *Ist das Urlaubsparadies noch sicher?*

Ein Artikel von Lotte Vollmer.

Darunter zwei Fotos. Wölfe in Großaufnahme mit gefletschten Zähnen und Freiherr von Parchtitz auf seinem Gestüt.

Dorothee überflog den Artikel und stöhnte innerlich auf.

Alles, was von Lotte in diesem Artikel beschrieben wurde, stimmte inhaltlich, auch, dass sie und Albert das Gehege entdeckt hatten, aber der Text war in einer so sensationsheischenden reißerischen Art verfasst worden, dass sich Dorothee nicht mehr darüber wunderte, dass die Leser nun erwarteten, Wölfe in Binz auf der Strandpromenade anzutreffen.

Sie faltete kopfschüttelnd die Zeitung zusammen.

Mit diesem Artikel war Lotte ihr nicht nur in den Rücken gefallen, sondern hatte darüber hinaus der Insel einen schlechten Dienst erwiesen. Dabei sollte man doch gerade von einer ortsansässigen Zeitung erwarten dürfen, dass sie für die Interessen der Inselbewohner eintrat.

Aber anscheinend war genau das Gegenteil der Fall. Es zählte nur die Auflage.

Dorothee stürzte den inzwischen kalten Kaffee hinunter. Das Gebäck ließ sie liegen. Ihr war der Appetit vergangen.

Die frische Luft tat ihr gut.

Sie blieb an einem der Strandabgänge stehen und blickte auf die Strandkörbe hinab, die sich unzählig auf dem Sand verteilten, beinahe jeder von einem kleinen Wall umgeben, als wollten die Mieter ihren vorübergehenden Besitzanspruch zusätzlich untermauern.

Das ist doch wieder typisch deutsch, dachte Dorothee, und ihr Blick wanderte hinaus auf die flaschengrün schimmernde Ostsee. Schwärme von Lichtfunken tanzten auf den Wellen, als wollten sie den Meeresboden zum Erglühen bringen.

Das Wasser sieht verlockend aus, dachte sie sich und überlegte kurz, ob es schon warm genug war und ob es sich lohnte, das Damenbad aufzusuchen.

Doch sie verwarf den Gedanken sofort wieder.

Nein, sie wollte der Spur nachgehen, auf die sie in der Feuerwache gestoßen war. Der Mann auf dem Foto, der vermutlich in der Brandnacht als Feuerwehrmann mit auf Gut Stresow war. Ihm wollte sie einen Besuch abstatten.

Ihren Wagen hatte sie für die Zeit ihres Aufenthaltes in einer Autogarage in der Bahnhofstraße eingestellt. Der Betreiber, ein kräftiger Endvierziger in einem grauen Arbeitskittel und Schiebermütze, begrüßte sie. »Guten Tag, Fräulein von Stresow. Den Wagen habe ich aufgetankt, das Benzin setze ich mit auf die Rechnung.«

Dorothee bedankte sich und stieg ein.

Den Zettel mit der Adresse, den sie von Brandmeister Schulte erhalten hatte, klemmte sie hinter einem Gummiband am Armaturenbrett fest.

Sie folgte dem Verlauf der Bahnhofstraße, querte die Schienen der Kleinbahn und tauchte unter dem dichten Blätterdach der Buchen ein.

Es roch nach wilden Kräutern und Erde.

Der Flecken, an den sie wollte, lag nur eine Ortschaft von Binz entfernt und befand sich in unmittelbarer Nähe zum Tempelberg, auf dem sich erhaben das Jagdschloss Granitz erhob.

Die Speichenräder schlugen auf das Kopfsteinpflaster.

Als plötzlich am Straßenrand eine Schar Hühner auftauchte, verringerte Dorothee das Tempo. Die Straße führte in eine leichte Senke hinab, in der ein beeindruckendes Ziegelhaus stand. Dorothees Blick wanderte zwischen der handschriftlichen Notiz auf dem Zettel und dem lang gestreckten eingeschossigen Gebäude mit der roten Fassade und den weißen Fenstern hin und her. Die Adresse stimmte.

Sie stieg aus und sah sich um.

Alles an dem Haus wirkte neu und gepflegt.

Der Sockel aus Naturstein zeigte weder Spuren von Moos noch von Feuchtigkeit, die Fensterscheiben blinkten in der Sonne, und das Ziegeldach schien erst vor Kurzem neu gedeckt worden zu sein.

Auf der Rückseite gab es eine kultivierte Obstbaumplantage, und die Wiese vor dem Haus war erst in den Morgenstunden gemäht worden. Der Duft von frischem Gras hing noch in der Luft.

Langsam ging sie weiter.

Es war still, Vogelgezwitscher drang in ihr Ohr und das entfernte Bellen eines Hundes.

Sie kam an einem Nebengebäude vorbei, das augenscheinlich als Garage diente. Das Tor stand offen. Sie warf einen schnellen Blick hinein. Im Halbdunkel zeichnete sich der wuchtige Kühler eines Mercedes-Benz ab. Der Stern blinkte herausfordernd.

Dorothee hielt inne und warf erneut einen zweifelnden Blick auf den Zettel in ihrer Hand. Seit ihrer Ankunft fragte sie sich, wer dieser Mann war, zu dem Brandmeister Schulte sie geschickt hatte. Eins war ihr sofort klar geworden, nachdem sie ihren Wagen verlassen hatte. Das hier war nicht die kleine reetgedeckte Bauernkate mit Lehmwänden und tiefliegenden kleinen Fenstern, die sie erwartet hatte, sondern ein herrschaftliches Gebäude, das über den Reichtum seines Besitzers ungeschminkt Zeugnis ablegte.

Dorothee näherte sich der Vorderseite und lief über einen breiten Kiesweg.

Alle Anzeichen deuten darauf hin, dass jemand zu Hause ist, dachte Dorothee, als sie die Haustür erreichte und den Türklopfer betätigte.

Doch zu ihrer Überraschung geschah nichts.

Niemand öffnete, kein Laut hinter der Tür.

Als sie erneut klopfte, bemerkte sie eine Bewegung im Augenwinkel und wirbelte herum.

Vor ihr stand ein Gendarm und musterte sie eindringlich.

»Wohin wollen Sie?«, fragte er.

Dorothees Blick streifte den Zettel. »Zu einem gewissen Karl Köpke«, erklärte sie und versuchte, ihrer Stimme einen ruhigen Klang zu geben.

»In welchem Verhältnis stehen Sie zu dem Mann?« Der Gendarm blickte sie fragend an.

Dorothee hatte keine Ahnung, was der Gendarm von ihr wollte, geschweige was er überhaupt hier suchte.

»... in gar keinem. Ich wollte ihn aufsuchen, um...« Dorothee spürte, dass sie ungeduldig wurde. »Ich wüsste nicht, was das die Polizei angeht!«

Der Gendarm machte einen Schritt auf sie zu und schob das Kinn vor. »Die Polizei geht das schon was an, Fräulein«, schnarrte er. »Karl Köpke wurde nämlich verhaftet.«

»Verhaftet?«

»Wegen Mordes.« Seine Augen fixierten sie unter dem Helmrand hinweg. »Ist noch keine zwei Stunden her. Und plötzlich tauchen Sie hier ganz unerwartet auf. Hat er Sie geschickt? Wollen Sie Beweismittel vernichten?«

»Nein, wieso? Das ist ja absurd.«

»Sind Sie vielleicht eine Komplizin? Warum sollten Sie sonst am helllichten Tag, wo andere brave Bürger arbeiten, ausgerechnet hierherkommen, um einen Mörder zu treffen?«

Dorothee wollte widersprechen, doch der Gendarm duldete keinen Einwand.

»Fräulein, ich werde Sie zu einer Befragung mitnehmen.«

Da der Gendarm nur ein klappriges Fahrrad besaß,

fuhren sie mit Dorothees Auto zurück nach Binz. Auf der Fahrt saß der Polizist schweigend neben ihr und schaute angestrengt aus dem Fenster.

Erst auf dem Parkplatz hinter der Landwehrstation fand der Mann zu seiner alten Bärbeißigkeit zurück. »Sie folgen mir in die Station. Dort werde ich Sie Kommissar Breesen zuführen, und ich rate Ihnen, Fräulein, beantworten Sie die Fragen des Kommissars ehrlich und aufrichtig.«

Dorothee konnte sich nun wegen der Absurdität der Situation eines Lächelns nicht erwehren. »Darauf können Sie Gift nehmen, Herr Gendarm«, sagte sie leichthin.

••••

Dorothee wartete geduldig im Flur, bis der Gendarm wieder aus Breesens Büro erschien und sie schließlich bat, einzutreten. Der Kommissar saß hinter seinem Schreibtisch und schaute auch nicht auf, als Dorothee auf einem der Stühle Platz nahm. Erst als er den Eintrag in einem Aktenordner beendet hatte, hob er endlich den Kopf.

»Guten Tag«, sagte Dorothee ruhig und wartete die Reaktion des Kommissars ab.

Er starrte sie ungläubig an. »Fräulein von Stresow«, sagte er verdutzt. »Was machen Sie hier?«

Dorothee zuckte mit den Schultern. »Ich wurde von Ihrem Kollegen verhaftet, als ich das Haus eines gewissen Karl Köpke in Alt-Süllitz aufsuchte. Er bezichtigt mich der Mittäterschaft an einem Mord. Können Sie mir das erklären?«

Breesens Blick wanderte zu dem Gendarmen hinüber, der an der Tür stehen geblieben war. »Danke, Sie können jetzt gehen. Ich übernehme.«

Der Mann legte die Hand an den Helm und verschwand wortlos. Leise klackte die Tür.

Der Kommissar legte beide Arme übereinander auf den Tisch und beugte sich leicht vor. »Ich erkläre Ihnen, was es mit Köpke auf sich hat, wenn Sie mir sagen, was Sie dort wollten.«

»Das ist privat.«

»Ich verstehe.« Er setzte sich auf. »Und Sie ermitteln nicht zufällig auf eigene Faust in der Mordsache Margarethe von Klippholm?«

»Wie kommen Sie denn darauf?«

Breesen zog eine Schublade auf und zeigte ihr die Ostsee-Zeitung mit Lotte Vollmers Artikel über die Wölfe.

»Was hatten Sie mitten in der Nacht auf dem klippholmschen Anwesen zu schaffen?«

»Ach, das hat sich zufällig ergeben, weil ich mit Albert, also mit dem Tierarzt, Herrn Badrow, bekannt bin.«

Dorothee erzählte Breesen in knappen Sätzen, was sich in der Nacht zugetragen hatte.

»Und Sie sind nicht auf die Idee gekommen, die Polizei zu informieren statt die Presse. Haben Sie genug Aufmerksamkeit für sich und Ihre Bücher herausgeschlagen? Macht man das so in Berlin?« Sie bemerkte den feindseligen Unterton des Kommissars.

»Ich distanziere mich von diesem Artikel«, entgegnete Dorothee rasch. »Außerdem stammen die Informationen von Freiherr von Parchtitz.«

»Kommen wir zu Köpke zurück. Was genau wollten Sie von ihm.«

»Ich wollte ihm eine persönliche Frage stellen.«

»Persönlich, so, so.« Breesen erhob sich, kam um den Tisch herum und lehnte sich gegen die Tischplatte.

»Wir gehen davon aus, dass Frau von Klippholms Mörder ihr ehemaliger Verwalter Karl Köpke ist. Es gibt einen Augenzeugen, der ihn zur Tatzeit aus dem Wald aus Richtung der Jagdhütte kommen sah. Es haben sich inzwischen auch Zeugen gemeldet, die seinen Wagen erkannt haben. Heute Morgen haben wir sein Anwesen durchsucht. Der Verdacht hat sich im vollen Umfang bestätigt.« Breesen berichtete ihr von den Vorgängen und den sichergestellten Beweisstücken.

»Fast zu perfekt«, bemerkte Dorothe tonlos. »Haben Sie schon sein Geständnis?«

Für einen Moment verfinsterte sich das Gesicht des Kommissars. »Nein. Er leugnet es natürlich.« Breesen verschränkte die Arme vor der Brust und stieß die Luft abfällig durch die Nase aus. »Aber er hatte ein starkes Motiv. Eifersucht. Sie müssen wissen, Köpke war nicht nur Margarethes Verwalter, sondern auch ihr Liebhaber. Das pfeifen die Spatzen von den Dächern. Auch, dass Margarethe von Klippholm ihm vor einigen Tagen den

Laufpass gegeben hat, sie hat ihn einfach vor die Tür gesetzt. Das haben uns die Bediensteten bestätigt.« Er stemmte sich vom Tisch ab. »Ich denke, Köpke hat diese Demütigung zutiefst gekränkt. Möglich, dass er vom Besuch eines Major Grömitz erfuhr. Da brannten bei ihm die Sicherungen durch, und er legte sich an der Jagdhütte auf die Lauer. Ich gehe davon aus, dass er als Verwalter in die Terminplanung für die Jagdgesellschaften involviert war.« Breesen unterbrach sich. »Wo Sie schon einmal hier sind, könnten wir mit dem Verdächtigen eine Gegenüberstellung machen. Sind Sie einverstanden?«

»Gern.«

Der Kommissar hatte sie gebeten, sich zum Fenster zu drehen. Dorothee konzentrierte sich, doch die Schritte, die nun zur Tür hereinkamen, hatte sie noch nie gehört. Sie wartete noch einen Moment, dann drehte sie sich erwartungsvoll um, aber auf dem Gesicht des Mannes, in das sie jetzt schaute, lag keine Spur von Erkennen, dabei musste er sie doch aus unmittelbarer Nähe gesehen haben, als er sie niederschlug. Sie war sich nicht klar darüber, wie sie sich Köpke vorgestellt hatte. Obwohl sie sich zum Vorsatz gemacht hatte, jedem Menschen, den sie neu kennenlernte, vorurteilsfrei gegenüberzutreten, musste sie sich rasch eingestehen, dass sie den Mann nicht mochte. Es lag nicht an seinem gedrungenen Körper, dem teigigen Gesicht mit der niedrigen Stirn und dem unvorteilhaften Bürstenhaarschnitt, auch nicht an seinen rissigen roten Händen. Vielmehr waren es die eiskalten, sie durchbohrenden Augen unter den buschigen Brauen, die sie alarmierten.

»Guten Tag, mein Name ist Dorothee von Stresow«, stellte sie sich vor.

»Was will die denn hier? Alles, was gegen mich vorgebracht wird, ist erstunken und erlogen«, brauste Köpke auf. »Ich habe Maggy nicht umgebracht. Warum zum Teufel glaubt mir hier keiner? Ich lag den ganzen Tag zu Hause auf der Couch und habe geschlafen.«

Dorothee zwang sich, den Mann anzusehen, und um überhaupt ein Gespräch zu beginnen, nahm sie seine Bemerkung auf. »Sie sagen, Sie haben den ganzen Tag verschlafen? Haben Sie am Abend zuvor gefeiert?«

»Ich wüsste nicht, was Sie das angeht! Wem muss ich hier noch alles Rede und Antwort stehen?«, entgegnete Köpke gereizt.

»Beantworten Sie die Frage«, forderte Breesen drohend.

»Nein, ich war allein und trank nur das Übliche«, sagte Köpke widerwillig. »Ein Krug Bier und ein paar Schnäpse. Dazu habe ich Radio gehört.«

»Wann gingen Sie schlafen?«

»Gegen zehn bin ich ins Bett gegangen. Vorher bin ich noch einmal mit dem Hund raus.«

Dorothee wurde stutzig. »Also, wenn ich Sie richtig verstanden habe, sind Sie zu einer christlichen Uhrzeit ins Bett gegangen, haben die ganze Nacht geschlafen, um anschließend auch noch den ganzen Tag schlafend auf dem Sofa zu verbringen?«

Jeder im Raum hörte den Widerspruch in der Geschichte.

»Aber wann sind Sie vom Bett auf das Sofa gewechselt?«, mischte sich Breesen ein.

»Morgens«, knurrte Köpke. »Der Hund muss ja in der Früh raus. Ich habe wie immer den Kaffee aufgebrüht und bin dann los. Als ich zurückkam, habe ich eine Tasse getrunken und bin plötzlich müde geworden. Ich habe es gerade so bis zum Sofa geschafft. Es war bereits dunkel, als ich wieder wach wurde.«

»Wann stehen Sie gewöhnlich auf?«, wollte der Kommissar weiterwissen.

»Gegen sechs.«

»Und gehen Sie mit dem Hund immer dieselbe Runde?«

»Ja, durch die Obstplantage hinterm Haus und dann in den Wald.«

»Wie lange sind Sie unterwegs gewesen?«

»Ungefähr eine halbe Stunde.«

»Aber da wird doch der Kaffee kalt«, bemerkte Dorothee.

»Schon mal was von Thermoskannen gehört?«

Breesen räusperte sich ungeduldig und stellte dann eine weitere Frage.

»Leben Sie allein in dem Haus?«

»Was soll das hier werden? Meine Haushaltshilfe kommt einmal die Woche.«

Breesen nickte. »Ich verstehe.«

Köpke schlug sich mit der flachen Hand auf den

Oberschenkel. »Na, dann versteht hier wenigstens einer was. Ich für meine Person verstehe nämlich gar nichts, und es wäre schön, wenn der ganze Spuk hier bald ein Ende findet.«

Dorothee erkannte, dass Breesen das Verhör beenden wollte, aber sie bat ihn mit einer Geste, noch einen Augenblick zu warten.

»Eine andere Frage, Herr Köpke. Sie waren doch Verwalter bei den Klippholms?«

»Ja und?«

»Als Verwalter hatten Sie die Aufsicht über das gesamte Gut?«

Der Mann verzog das Gesicht. »Richtig. Gebäude, Stallungen, Ländereien, Bewirtschaftung. Alles lief über meinen Tisch.«

»Dann wussten Sie sicher auch, dass Margarethe von Klippholm ein illegales Wolfsgehege in der Nähe des Gutshauses unterhielt?«

Das Wesen des Mannes änderte sich von einer Sekunde auf die andere. Da, wo er vorher noch Trotz und Zorn zur Schau gestellt hatte, trat plötzlich eine zurückhaltende Vorsicht. »Ein Wolfsgehege? Wo soll das gewesen sein?«

»Im Schlangengrund.«

Die Antwort kam sehr schnell. »Da bin ich nie gewesen. Da ist der Zutritt verboten.« Köpke verschränkte seine Arme vor der Brust und reckte das Kinn vor.

Er log, das war Dorothee klar. Jetzt musste sie alles auf eine Karte setzen.

»Eine letzte Frage … 1905 nahmen Sie als Mitglied der freiwilligen Feuerwehr bei einem Brandeinsatz auf Gut Stresow teil. Die Unterlagen im Jahrbuch dazu sind verschwunden. Können Sie mir etwas über diese Nacht sagen? Wann wurde die Feuerwehr alarmiert? Wie viele Brandherde gab es …« Dorothee verstummte, weil sie merkte, wie blass Köpke plötzlich geworden war. Eine Ader an seiner Schläfe begann zu pochen und sie erkannte ein kaltes, grausames Glitzern in seinen Augen.

»Daran kann ich mich nicht mehr erinnern«, sagte er endlich. »Das ist über fünfzehn Jahre her. Wollen Sie mir das etwa auch noch anhängen?«

Der massige Mann saß vor ihr auf seinem Stuhl und starrte sie hasserfüllt an. Die Atmosphäre wurde immer angespannter.

»Danke, ich habe keine Fragen mehr«, sagte Dorothee ruhig zu Breesen und zwang sich zu einem unverbindlichen Lächeln.

Doch selbst, als sie Minuten später zurück in das helle Tageslicht trat, ließ sie Köpkes Blick nicht los.

KAPITEL 22

Die Beerdigung von Margarethe sollte am nächsten Vormittag sein.

Zu viert hatten sie sich in Dorothees kleines Ford T Coupé gequetscht, um gemeinsam nach Vilmnitz zu fahren. Lotte und Wilma waren ins Hotel gekommen, Christine wartete am Bahnhof.

Das Wetter zeigte sich nicht von seiner besten Seite. Immer wieder trieben dunkle Wolken übers Land. Dazwischen gelang es den Sonnenstrahlen ab und zu, warme helle Flecke auf die Erde zu zaubern.

»Das Wetter passt zum Anlass«, stellte Lotte fest. »Wisst ihr eigentlich, dass in der Kirche von Vilmnitz achtundzwanzig Särge vom Fürstengeschlecht derer zu Putbus in einer Familiengruft beigesetzt sind. Der Bekannteste ist der Stadtgründer Malte Graf zu Putbus. Aber auch seine Gemahlin Magdalena Juliana liegt dort.«

»Meine Eltern sind auch auf diesem Friedhof beerdigt«, sagte Dorothee tonlos und manövrierte den Wagen zwischen den abgestellten Droschken hindurch, bis sie einen Platz unterhalb des Friedhofs fand.

»Ja, das muss schwer für dich sein, und heute tragen

wir Margarethe zu Grabe, wer hätte das geahnt«, stellte Wilma betroffen fest.

Nacheinander stiegen sie aus.

Alle hatten sie sich dem Anlass entsprechend in Schwarz gekleidet. Lotte trug einen langen Rock, dazu eine auf Bund geschnittene Lederjacke und eine Kappe. Was Wilma genau anhatte, war schwer zu erkennen, denn wegen des leichten Regens hatte sie sich in ein anthrazitfarbenes Cape mit Kapuze gehüllt, das nur die kräftigen Arme freigab. Christine hingegen trug ein schlichtes Kleid und darüber eine Joppe, deren Ellenbogen abgewetzt waren, die ihr aber vielleicht gerade deswegen etwas Verwegenes verlieh, zumal sie die Haare nicht zusammengebunden hatte.

Dorothee selbst hatte sich für einen schwarzen Anzug entschieden, dazu eine dunkle Hemdbluse mit Rüschenbesatz und Halbstiefel.

Sie spannte ihren Regenschirm auf.

»Habt ihr die Blumen?«, wollte Christine wissen.

»Die sind hier«, erklärte Lotte und begann, die weißen langstieligen Rosen unter ihnen zu verteilen.

»Die sind aber schön«, sagte Christine und roch verträumt an einer Blüte. »Sind diese Rosen nicht viel zu schade, um ins Grab geworfen zu werden?«

»Margarethe war ein Biest, aber das ist sie uns wert«, wandte Wilma ein.

»Das lässt sich leicht sagen, wenn ein anderer die Blumen bezahlt hat.« Lotte warf Dorothee einen prüfenden Blick zu, noch immer die Abdeckung des Wagens in der Hand. »Und was ist mit dem Blumenstrauß hier hinten?«

»Der ist für das Grab meiner Eltern. Ich hole ihn später.«

••••

Die Kirche in Vilmnitz war ein spätromanischer Backsteinbau mit gotischen Anklängen. Sie war auf einem Hügel am Rande des Ortes errichtet worden. Hohe Bäume säumten das Grundstück und warfen lange Schatten auf die Gräber, die den Kirchenbau umgaben.

»Ich glaube, es hat schon angefangen«, sagte Lotte über die Schulter hinweg und deutete auf ein geöffnetes Grab, um das sich ungefähr zwei Dutzend Menschen versammelt hatten.

Eilig verließen sie den Hauptweg, hasteten an der Kirche vorbei und bogen an der nächsten Weggabelung nach rechts ab.

»Wir haben uns heute hier zusammengefunden, um Margarethe von Klippholm ...«

Dorothee hörte nicht mehr zu. Stattdessen glitt ihr Blick unter dem Rand des Regenschirmes unauffällig über die Gesichter der Anwesenden, die ihr gegenüberstanden. Einige erkannte sie wieder, den Direktor der Höheren Töchterschule, Mitglieder des Beirates. Aber die anderen waren ihr fremd. Auch von der Familie Klippholm schien niemand anwesend zu sein, zumindest niemand, den sie kannte.

Seltsam!

»Führe mich gen Himmel, so bist du da; bette ich mich bei den Toten, siehe, so bist du auch da. Nehme ich Flügel der Morgenröte und bliebe am äußersten Meer, so würde auch dort deine Hand mich führen und deine Rechte mich halten.

Eine solche Reise führt, und daran glaube ich fest«, sprach der Pastor mit feierlichem Gesicht, »stets in Gottes wärmende Nähe, auch nach einem für unser Empfinden viel zu frühen, irgendwie ungerechten Tod.«

Ist der Tod nicht meistens ungerecht?, dachte Dorothee. Für den, der ihn erleiden muss, aber auch für diejenigen, die zurückgelassen werden?

Sie kannte sie, die bleischweren Tage voller Schmerzen und Trauer. Allein mit sich und der Frage, was das Leben nach so einem Verlust noch für einen Sinn hatte.

Sicher, sie war damals, nach dem Tod ihrer Eltern, noch jung gewesen, ein Kind. Ein Mensch, der beinahe sein gesamtes Leben noch vor sich hatte.

Ihr Vater hatte einmal zu ihr gesagt, man müsse stolz sein auf das, worauf man irgendwann zurückblicken werde. Ihr war nie die Zeit geblieben, ihn zu fragen, worauf er zurückblickte.

Das Rumpeln des Sarges, der in die Gruft hinabgelassen wurde, riss sie aus ihren Gedanken.

»Im Schweiße deines Angesichts wirst du Brot essen, bis du zurückkehrst zur Erde, denn von ihr bist du gekommen. Denn Staub bist du, und zum Staube wirst du zurückkehren.«

Die Kondolierenden bildeten eine Schlange vor dem Grab. Durchweichte Erdklumpen landeten auf dem Sargdeckel, rutschten seitlich herab, lehmig braune Schlieren auf dem polierten Holz hinterlassend, die von Rosenblüten bedeckt wurden.

Obwohl es immer noch regnete, harrte Dorothee in der Nähe des Grabes aus, bis alle Trauernden ihre Ehrbezeugung hinter sich gebracht hatten. Aus den Augenwinkeln sah sie, wie ihre Freundinnen abseits unter einem Baum auf sie warteten.

Als Vorletzte trat eine ältere Frau vor, deren Haltung ihr irgendwie vertraut vorkam. Ihre Hand zitterte, als sie ihre Blume in das Loch warf. »Das alte Kindermädchen der Klippholms«, flüsterte eine Stimme in Dorothees Nähe. Als sich die Frau umdrehte, geriet sie in dem Matsch, der sich inzwischen an der Grabstelle gebildet hatte, ins Straucheln, und es war nur Dorothees beherztem Zugreifen zu verdanken, dass die alte Frau nicht hinfiel.

»Danke, Kind«, murmelte die Frau abwesend.

Plötzlich durchlief es Dorothee siedend heiß.

»Gerda? Sind Sie das?«

Die Frau hob langsam den Kopf.

Ja, sie war es wirklich. Gerda, ihr ehemaliges Kindermädchen. Dorothees Herz tat einen Sprung. Gleichzeitig erschrak sie sich, wie sehr die Frau gealtert war. Dabei mochte Gerda kaum vierzig sein. Die Augen lagen in den Höhlen, tiefe Falten durchzogen wie Furchen das blasse Gesicht, und die Haut schimmerte durchscheinend, wie Pergament, das drohte, jeden Moment zu zerreißen.

Aber noch schien ihr ehemaliges Kindermädchen sie nicht erkannt zu haben.

»Gerda, ich bin es, Dorothee – Dorothee von Stresow.«

Die kurze Freude in Gerdas Gesicht wich plötzlich blankem Entsetzen. Sie packte Dorothee an den Handgelenken und zog sie ein Stück zur Seite, wobei sie sich fortwährend umsah.

»O mein Gott, Kind, was um Himmels willen machst du hier?« Ihre Stimme bebte. »Du darfst nicht hier sein, hörst du? Nicht hier auf dem Friedhof, nicht auf der Insel! Und du darfst nicht mit mir sprechen, geh schnell weg. Geh! Hier bist du in Gefahr!«

Dorothee verstand die Welt nicht mehr. »Gerda, was hast du?«

Das Kindermädchen schlug sich mit der flachen Hand gegen die Brust. »Alle tot, alle. Alle Kinder ... geh, geh schnell.«

»Aber was redest du da für einen Unsinn?«

Gerda hielt inne, schaute sie mit geröteten Augen an, in denen Funken wie Irrlichter tanzten. »Frag nicht nach ihnen und frag nicht ...«

»Gerda, nach wem soll ich nicht fragen?«

Die Frau legte den Kopf zur Seite und schloss kurz die Augen. »Hartwig und Gudrun und jetzt Margarethe.«

Erst da verstand Dorothee, dass Gerda über die von Klippholms sprach. Sie hatte nicht gewusst, dass Margarethes Geschwister tot waren.

»Es ist ein Fluch, der auf mir liegt. Sie holen mich in ihr Haus, und dann sterben sie. Einer nach dem anderen.«

Gerda richtete sich auf und begann, Dorothee mit den Händen von sich fortzuschieben. »Du musst jetzt gehen, Kind, sofort, lass mich allein.« Dann hielt sie inne, legte wieder den Kopf schief. »Oder besser noch, ich werde gehen. Ja, ich werde gehen.«

Entgeistert schaute Dorothee der schmalen Gestalt hinterher, bis das Halbdunkel unter den Bäumen sie verschluckt hatte, und sie musste den Impuls unterdrücken, ihrem alten Kindermädchen hinterherzulaufen.

»Wer war das?«, fragte Lotte Volmer irritiert.

»Eine Frau, die ich von früher kannte.«

Gemeinsam bewegten sich die vier Frauen in Richtung Ausgang.

»Das mag jetzt nicht der passende Ort dafür sein, aber ich finde wir Lebenden, wir sollten uns noch einmal treffen, bevor uns Dorothee wieder verlässt«, gab Wilma zu bedenken.

»Noch bin ich ja hier.«

»Eben deshalb. Und so schnell wird es kein weiteres Jubiläum geben, zu dem man dich einladen kann. Also was haltet ihr von meinem Vorschlag?«

»Gute Idee«, sagte Lotte. »Dann morgen, Kaffee oder Abendbrot?«

»Ich muss den letzten Zug nach Göhren erwischen«, warf Christine ein.

Lotte verzog höhnisch die Mundwinkel. »Kann Heiner den Kindern nicht mal die Stullen schmieren?«

Christine ballte unmerklich die Hände, und Dorothee ahnte, dass es andere Gründe geben musste.

»Du könntest bei mir schlafen«, bot Wilma an.

»Also Abendbrot«, legte Lotte fest. »Wo und wann?«

»Wie wäre es mit den Binzer Bier- und Frühstücksstuben?«, fragte Dorothee und dachte an die Vielzahl von Gerichten auf der Speisekarte, die Christine sicher auch die Möglichkeit boten, etwas in ihrer Preisklasse zu finden. Außerdem war es von dort aus nicht weit zum Bahnhof, falls sie sich entschied, doch noch mit dem letzten Zug zu fahren.

Dorothee sah, wie sich das Gesicht ihrer Freundin aufhellte.

»Gut! Dann werde ich dort einen Tisch reservieren.« Lotte schloss ihren Regenschirm. »Übrigens, es hat aufgehört zu regnen.«

»Wolltest du nicht noch ans Grab deiner Eltern?«

Dorothee nickte. »Ja, nur kurz. Ihr könnt im Wagen warten.«

»Ich geh lieber eine rauchen«, entgegnete Lotte und zog Christine mit sich fort.

Wilma schüttelte den Kopf. »Im Auto ist es mir zu stickig. Wenn es dir nichts ausmacht, würde ich dich gern begleiten.«

Dorothee nahm den Blumenstrauß aus dem Kofferraum.

Das Grab der Eltern lag unmittelbar an der Friedhofsmauer. Sie füllte eine Vase mit Wasser und stellte die Blumen so auf dem Grab ab, dass die Blütenköpfe die Namen auf dem Stein berührten.

Hallo, sagte sie wortlos. Da bin ich. Euer Mädchen ist wieder nach Hause gekommen.

Tränen stiegen ihr in die Augen.

Es war die Anwesenheit von Wilma, die sie stumm ermahnte, sich nicht der aufsteigenden Trauer hinzugeben.

Dorothee drehte sich zu ihr um, lächelte tapfer. Dann hakten sie sich unter und wählten einen anderen Weg über den Friedhof, der schneller zum Ausgang führte.

»Hast du schon über das Angebot unseres Intendanten nachgedacht?«, fragte Wilma.

Dorothee schwieg.

»Er hat sogar angeboten, dich persönlich zu treffen und dir das Theater zu zeigen.«

»Ich versuche, es in den nächsten Tagen einzurichten.«

»Das würde mich sehr freuen.«

Plötzlich blieb Wilma vor einem völlig verwilderten Grab stehen. »Ich wusste gar nicht, dass Frau Holzmann hier beerdigt wurde«, sagte sie verwundert.

Der Name auf dem Granit war noch einigermaßen zu lesen. *Annegret Holzmann, 1875–1916 – Unvergessen.*

»Um das Grab scheint sich auch niemand zu kümmern«, sagte Dorothee. »Unvergessen, und das Unkraut steht kniehoch.«

»Nun, wer sollte sich auch um das Grab kümmern? Da ist niemand mehr. Die Holzmann hatte ein tragisches Schicksal«, antwortete Wilma. »Meine Mutter hat mir von ihr erzählt, sie war ja auch Hebamme. Annegret arbeitete als Zimmermädchen im Kurhaus. Eines Tages wurde sie schwanger und kam zu meiner Mutter. Den Gerüchten nach soll der Vater des Kindes ein hohes Tier aus der Gesellschaft gewesen sein. Vielleicht ein Gast oder aber auch einer von der Insel. Ein Industrieller oder das Mitglied eines Adelshauses. Aber selbst bei der Geburt ihres Sohnes weigerte sich Annegret Holzmann, den Namen des Vaters zu offenbaren. Man legte ihr nahe, das Kind ins Heim zu geben, doch sie beschloss, den Jungen allein zu erziehen, mit allen Entbehrungen, die ein solcher Entschluss mit sich brachte. Hangelte sich von einer Stelle zur nächsten.«

»Und was ist aus dem Sohn geworden?«

Wilma legte die Stirn in Falten. »Dietrich war ein sonderbarer Junge, sehr verschlossen. Und dann kam der Krieg. Er wurde gleich in den ersten Wochen eingezogen. Es war grausam. Aus Sorge um ihren Sohn begann Annegret mit dem Trinken, soff sich regelrecht zu Tode.«

Das ungeduldige Tröten einer Autohupe erscholl.

»Das kann nur Lotte sein«, murrte Wilma.

»Ja, vermutlich«, sagte Dorothee. »Lass uns gehen. Es war ein anstrengender Tag.«

KAPITEL 23

Dorothee betrachtete den Himmel, der sich über dem Meer rötlich zu färben begann. Sie hatte die ganze Nacht kein Auge zugemacht, weil sich ihre Gedanken ständig im Kreis drehten.

Die gestrigen Ereignisse auf dem Friedhof hatten ihr mehr zugesetzt, als sie zuzugeben bereit war. Erst Margarethes Beerdigung, der Besuch am Grab der Eltern, das sonderbare Aufeinandertreffen mit ihrem ehemaligen Kindermädchen.

Dorothee öffnete ein Etui, nahm ein Zigarillo heraus und zündete es an. Tief inhalierte sie den würzigen Rauch.

Noch immer lief ihr ein eiskalter Schauer über den Rücken, wenn sie an Gerdas Gerede von einem Fluch dachte. »Sie holten mich in ihr Haus und dann starben sie. Einer nach dem anderen.«

Ja, ihre Eltern waren gestorben, aber waren wirklich alle Mitglieder der Familie von Klippholm tot?

Oder bildete sich der verwirrte Geist von Gerda das nur ein?

Und warum war sie in Gefahr?

Gedankenversunken streifte Dorothee die Asche ihres Zigarillos am Balkongeländer ab.

Die Asche erinnerte sie unweigerlich an die Brandnacht und die Hinweise, die ihr Margarethe in Aussicht gestellt hatte. Möglicherweise hatte ein anderes Mitglied der Klippholms Hinweise für sie hinterlassen.

Sie beschloss, Rechtsanwalt Wertheimer noch einmal einen Besuch abzustatten.

• • • •

»Ich habe nicht erwartet, dass wir uns so schnell wiedersehen würden, Fräulein von Stresow«, stellte der Anwalt nüchtern fest und musterte sie über den Tisch hinweg. »Ich nahm an, Sie hätten verstanden, dass mir in der von Ihnen vorgetragenen Angelegenheit keine Informationen vorliegen.«

Dorothee nickte. »Deshalb können wir die Sache auch abkürzen, Herr Wertheimer«, entgegnete sie. »Mir ist nur wieder eingefallen, dass Margarethe von Klippholm zwei Geschwister hatte, Gudrun und Hartwig, die beide etwas älter waren. Da Sie der Anwalt der Familie sind, nehme ich an, dass Sie mir über die beiden Auskunft geben können.«

Der Anwalt unterließ es, sie nach dem Grund für ihr Ansuchen zu fragen, aber sie erkannte an seiner Mimik, dass er sich ohnehin an den Grund ihres ersten Gespräches erinnerte.

»Leider kann ich Ihnen in den Angelegenheiten, die

Gudrun und Hartwig von Klippholm betreffen, nicht weiterhelfen«, sagte er, und Dorothee spürte einen Anflug von Ärger und Enttäuschung.

»Der Grund dafür ist simpel, wenn auch tragisch. Beide Geschwister sind vor Margarethe von Klippholm verstorben.«

Dorothee setzte sich ruckartig auf. Dann hatte Gerda doch die Wahrheit gesagt.

»Verstorben? Das ist sehr ungewöhnlich. Waren sie krank?«

Ein feines Lächeln spielte um die schmalen Lippen des Anwalts. Wertheimer schien ihre Neugier auf einmal zu imponieren.

»Ich lasse meine Sekretärin die Akte von Klippholm heraussuchen. Möchten Sie inzwischen einen Tee oder Kaffee?«

»Kaffee mit Milch.«

»Gut.« Er erhob sich und verließ das Zimmer. Durch die angelehnte Tür hörte sie Wertheimer mit der Vorzimmerdame sprechen.

Alle von Klippholms tot, dachte sie. Eigentlich war ihr Besuch damit beendet, denn keinen von ihnen würde sie jemals befragen können.

Wenig später brachte die Sekretärin zwei Tassen Kaffee und ein Kännchen mit Milch, während sich Wertheimer wieder hinter seinem Schreibtisch niederließ und einen schweren Ordner vor sich abstellte. Dorothee erkannte auf dem Rückendeckel einen Zettel, auf dem in schwungvoller Schrift: »*von Klippholm IV*« zu lesen war. Anhand der römischen Ziffer ging sie davon aus, dass die Rechtsanwaltskanzlei über ein umfangreiches Archiv verfügte, was die Familie von Klippholm betraf.

Gedankenverloren nippte sie an der Tasse und betrachtete Wertheimer, der aufmerksam im Ordner blätterte. Endlich schien er gefunden zu haben, wonach er suchte.

»Ja, hier habe ich es. Hartwig von Klippholm. Verunglückte tödlich am 18. Juli 1917 mit seinem Wagen an der Côte d'Azur. Die Polizei ging davon aus, dass er alkoholisiert war und zu schnell fuhr. Der Sportwagen durchbrach eine Mauer und stürzte in eine Schlucht.«

»Aha«, sagte Dorothee leise. »Und Gudrun?«

»Einen Moment bitte.« Er begann wieder zu blättern.

Das Rascheln der Seiten wurde für Dorothee zu einem entfernten Echo. Ihre Eltern starben in einer Feuersbrunst, überlegte sie, Margarethe wurde erschossen, und ihr älterer Bruder starb wegen einer zu hohen Geschwindigkeit im Auto. Alles unnatürliche Tode. Die Räder in ihrem Kopf klickten. Was, wenn die zu hohe Geschwindigkeit nicht das Ergebnis von Leichtsinnigkeit war, die Alkoholgenuss zwangsläufig mit sich brachte, sondern die zu hohe Geschwindigkeit darauf zurückzuführen war, dass Hartwig gar nicht abbremsen konnte, weil jemand die Bremsen manipuliert hatte? Dann war es kein Unfall, sondern Mord. Schnell schob sie den Gedanken beiseite. Ging hier die Kriminalautorin mit ihr durch?

»So, hier sind die Unterlagen zu Gudrun von Klippholm.«

Dorothee sprang auf. »Warten Sie! Ich wette mit Ihnen, dass sie durch einen Unfall ums Leben gekommen ist. Soweit ich mich erinnern kann, war sie Seglerin. Ich könnte mir vorstellen, dass ihr irgendetwas beim Segeln zugestoßen sein könnte.«

Wertheimer schaute sie verblüfft an. »Sie liegen mit Ihren Überlegungen richtig«, stellte er fest. »Gudrun von Klippholm ging im Sommer 1919 bei einer Regatta vor Hamburg über Bord. Laut dem Polizeibericht war mittelschwere See. Ein Seilzug löste sich, und der Mastbaum traf sie frontal vor der Brust. Sie wurde über Bord geschleudert. Obwohl sofortige Rettungsmaßnahmen eingeleitet wurden, konnte sie nicht aus dem Meer geborgen werden. Ihre Leiche wurde vier Tage später angespült.«

Dorothees und Wertheimers Blicke trafen sich. Das waren eindeutig zu viele Zufälle.

Schweigend schloss der Anwalt den Ordner.

Die arme Gerda, dachte Dorothee. Das ist kein Fluch, hier sind andere Kräfte am Werk.

»Dann gibt es keinen Erben im Hause Klippholm?«, fragte sie.

»Nein.« Der Anwalt machte eine bedeutungsvolle Pause. Kurz schien es Dorothee, als würde er abwägen, ob das, was er ihr jetzt erzählen wollte, gegen seine Schweigepflicht verstieß. Er räusperte sich. »Jetzt, wo alle tot sind, kann ich Ihnen auch sagen, dass Frieder von

Klippholm, der Vater, es zu Lebzeiten ablehnte, seinen Kindern Margarethe, Gudrun oder Hartwig das Erbe zu überlassen.«

Die plötzliche Offenheit des Anwalts überraschte Dorothee. »Sie sollten nichts erben?«

»Kurz vor seinem Tod im Jahr 1914 war er bei mir und ließ das Testament ändern.«

»Weshalb?«

»Geduld, Fräulein von Stresow.« Der Anwalt lächelte, wurde aber gleich wieder ernst. »Frieder von Klippholm war kein Mann weitreichender Erklärungen. Er sagte mir nur, dass er über die Entwicklung seiner Kinder enttäuscht sei, alles Taugenichtse, so drückte er sich aus, und kein Interesse fürs Geschäft. Er wollte sein Testament zugunsten eines Kindes ändern, das er außerhalb der Ehe gezeugt hatte. Er hatte noch einen Sohn; sein Name war Dietrich Holzmann.«

Dorothee stutzte. Holzmann. Auf einmal stand ihr die ungepflegte Grabstelle auf dem Friedhof vor Augen, und sie vernahm wieder Wilmas Worte: Den Gerüchten nach soll der Vater des Kindes ein hohes Tier aus der Gesellschaft gewesen sein. Ein Industrieller oder das Mitglied eines Adelshauses.

»War seine Mutter vielleicht Annegret Holzmann?«

Der Anwalt lehnte sich zurück. »Wie ich sehe, sind Sie gut informiert.«

Dorothee ignorierte die Bemerkung. »Was ist mit dem Erbe?«

»Nun, Dietrich Holzmann ist im Krieg gefallen.

Ein Schreiben aus dem Kriegsministerium über sein Ableben liegt uns vor. Die drei Klippholm-Kinder haben alles geerbt.« Dorothee spürte, wie ihre Wangen anfingen zu glühen. Als sie den Kopf hob und sich ihre Blicke erneut trafen, las sie in den Augen des Anwalts Fragen, die er niemals aussprechen würde.

KAPITEL 24

Dorothee trat aufs Gaspedal, sie hatte es eilig. Sie hoffte, Gustav Breesen noch in seinem Büro zu erwischen.

Als sie die Bahnhofstraße heruntergeschossen kam, sah sie, dass der Kommissar soeben im Begriff war, die Landwehrstation zu verlassen. Dorothee hupte und winkte, bis er auf sie aufmerksam wurde und stehen blieb.

Rasch parkte sie den Wagen hinter dem Haus.

»Guten Tag«, sagte sie ein wenig außer Atem. »Haben Sie einen Moment Zeit für mich?«

Breesen merkte, wie wichtig Dorothee ihr Anliegen war. »Lassen Sie uns ins Büro gehen.«

Wenig später erzählte sie dem Kommissar, was sie soeben bei Wertheimer in Erfahrung gebracht hatte.

Breesen wog nachdenklich mit dem Kopf. »Da stimme ich mit Ihnen völlig überein. Allein die Vorstellung ist abwegig, dass alle drei Geschwister auf unnatürliche Weise ums Leben gekommen sind. Womöglich gibt es einen Zusammenhang zwischen der Ermordung von Margarethe von Klippholm und den Unfällen ihrer Geschwister.«

Dorothee nickte. »Besteht die Chance, Einsicht in die Polizeiberichte zu den Unfällen zu bekommen?«

»Das sollte möglich sein, es kann aber ein paar Tage dauern.« Der Kommissar blickte sie an. »Haben Sie einen Verdacht?«

»Nein, da ist nur so ein Gefühl, etwas übersehen zu haben.«

»Ich ahne, was Sie meinen«, sagte Breesen. »Ich melde mich bei Ihnen, wenn ich die Berichte auf dem Tisch habe.«

••••

Von Dorothees Hotel aus lagen »Die Binzer Bierstuben« am anderen Ende der Wilhelmstraße, landeinwärts, direkt neben dem kleinen Flüsschen »Aalbeck«, das aus dem Schmachter See kommend durch den Kurpark floss und sich dann unweit des Familienbades in die Ostsee ergoss.

Es war ein uriger Gasthof, der nicht nur ordentliches Essen, sondern zur Unterhaltung der Gäste in einem Anbau auf dem Hof auch noch Kegelbahnen für die sportliche Betätigung anbot. Dadurch waren die Bierstuben nicht nur bei den Urlaubern beliebt, auch die Einheimischen schätzten Bruno Lokenvitz' Angebote.

Das Lokal war dafür bekannt, dass es zur vorgerückten Stunde immer hoch herging.

Deshalb hatte Dorothee es ausgewählt. Sie wollte mit den restlichen Mitgliedern des Kleeblattes ungestört über ein paar Dinge sprechen, die ihr merkwürdig vorkamen und bei denen sie keine fremden Zuhörer wollte.

Sie überquerte die Bahnhofstraße und erreichte einen niedrigen weißen Zaun, hinter dem ein roter Ziegelbau lag. Eine schmale Treppe führte in einen Vorbau, durch den man in die Gaststube gelangte. Als sie ihren leichten Mantel auszog, den sie über einem elfenbeinfarbenen Kostüm trug, und diesen an die Garderobe neben der Tür hängte, verriet ihr ein schneller Blick auf die Armbanduhr, dass sie sich ein wenig verspätet hatte. Rasch fuhr sie sich durch die Haare, zupfte den Ärmel zurecht und trat in den Gastraum. Schwer hing der Geruch von Zigaretten und Bier in der Luft.

»Dorothee! Hier sind wir«, hörte sie Wilma rufen, die in einer holzgetäfelten Nische aufgesprungen war, die mit allerlei maritimen Nippes verziert war.

Sie hob die Hand, als Zeichen, dass sie die Freundin gesehen hatte, wich einem Kellner aus, der schwer an einem Tablett mit Biergläsern trug, und erreichte schließlich den Tisch, wo sie alle begrüßte.

»Schön wie immer«, stellte Christine bewundernd fest, die wieder ihre Tracht trug.

Dorothee schenkte ihr ein Lächeln und setzte sich.

»Habt ihr schon bestellt?«, erkundigte sie sich.

»Wir sind auch gerade erst angekommen«, sagte Wilma, die eine weite weinrote Bluse mit weißem Stickkragen trug. »Ich habe Lotte im Gemeindehaus abgeholt.«

»Wilma, du redest zu viel.«

Die Freundin saß an der Stirnseite des Tisches, und Dorothee schien es, als wäre sie verärgert.

»Was wolltest du im Gemeindehaus?«, fragte Christine.

Lotte warf Wilma einen giftigen Blick zu.

»Der Kurdirektor, Generalmajor Seelmann, wollte mich auf Linie bringen.« Nach dieser Antwort war Lotte gezwungen, das Gespräch zu unterbrechen, weil der Kellner kam, um die Bestellung aufzunehmen. Als sie reihum ihre Wünsche geäußert hatten, ging er wieder, und Lotte fuhr fort: »Er hat mit mir über das Extrablatt geredet. Das über die Wölfe. Er meinte, er würde meine Intension verstehen, aber der Bericht hätte zu viel Unruhe erzeugt, und er wünsche sich das nächste Mal mehr Sensibilität.« Sie schürzte die Lippen.

»Und was hast du ihm geantwortet?«, wollte Wilma wissen.

»Dass ich nur meine Arbeit getan habe und die Wahrheit eben manchmal unbequem ist.«

»Aha.«

Eine Zeit lang sprach niemand.

Der Kellner brachte die Getränke, danach das Essen.

Es duftete köstlich, und jeder widmete sich seinem Gericht.

Dorothee tupfte sich mit der Serviette die Lippen ab.

»Ich bin da auf was gestoßen und würde gern mehr über Gudrun und Hartwig von Klippholm erfahren.«

Lotte hob den Kopf. »Seit wann interessierst du dich für die Klippholm-Geschwister?«

Dorothee sah ein, dass sie eine Erklärung abgeben musste.

»Ich war heute beim Anwalt der Familie von Klippholm in Bergen. Ich wurde wegen Gerda, meinem ehemaligen Kindermädchen, vorstellig«, log Dorothee und schämte sich beinahe ein wenig, eine Notlüge gegenüber ihren Freundinnen zu gebrauchen. »Ich wollte wissen, ob eines der Geschwister das Anwesen übernehmen würde und sie dort in Stellung bleiben könnte, zumindest, dass man ihr ein Gnadenbrot gibt. Aber ich erfuhr in der Kanzlei, dass beide Geschwister ebenfalls tot sind.«

»Um die ist es nicht schade«, warf Lotte ein und legte demonstrativ ihr Besteck beiseite.

»Ich bitte dich«, sagte Wilma entrüstet, »so kann man doch nicht über Tote reden.«

»Aber wenn es stimmt«, entgegnete Lotte und verschränkte die Arme vor der Brust. »Das waren doch zwei Egoisten, wie sie im Buche stehen.«

»Du vergisst Margarethe«, warf Christine ein.

»Was wisst ihr über sie?«, hakte Dorothee nach.

»Die drei haben doch in kürzester Zeit das gesamte Vermögen ihres Vaters verprasst«, erklärte Lotte. »Und selbst als der Alte noch lebte, kamen die beiden nur nach Rügen, um sich Geld zu holen. Arbeit war doch für alle drei ein Fremdwort.«

»Hartwig war ein Schwerenöter wie sein Vater«, sagte Wilma und verzog das Gesicht zu einer Grimasse. »Dazu ein Spieler der übelsten Sorte. Als er auf der Insel wegen illegaler Glücksspiele Probleme bekam, ging er fort. Das Letzte, was ich gehört habe, war, dass er in Südfrankreich lebt. Nun, wahrscheinlich ist er dort auch begraben.«

Dorothee nickte langsam. Das deckte sich mit dem, was sie von Wertheimer erfahren hatte. »Und Gudrun?«

»Die wollte unbedingt eine große Seglerin werden«, erzählte Wilma weiter. »Vor ein paar Jahren habe ich mich mit ihr bei einer Kindstaufe unterhalten, wo sie zu Gast war. Damals lebte sie schon in Hamburg. Sie erzählte mir, dass es ihr größter Traum ist, mit einem eigenen Segler bei der Atlantik-Regatta zu starten. Dafür war sie extra in einen Verein eingetreten, ich glaube, die hießen Norddeutsche Regatta. Als ich mich danach erkundigte, meinte sie höhnisch, dass man schon gut bei Kasse sein müsse, um in dem Verein mithalten zu können.«

»Na, und Margarethe war ja wohl auch nicht besser, sie hatte Schulden überall auf der Insel«, warf Lotte ein.

»Das stimmt, sogar bei meinem Heiner«, fügte Christine hinzu.

»War Köpke schon immer Verwalter auf dem Gut?«, fragte Dorothee.

»Ja«, sagte Wilma. »Margarethe hat ihn vom Vater übernommen.«

»Übernommen.« Lotte spuckte das Wort regelrecht aus. »Das trifft es nicht ganz. Der ist doch regelmäßig über sie drübergerutscht. Ich habe wirklich nie verstanden, wie sich Margarethe, die sich immer für so elitär hielt, mit so einem primitiven Kerl einlassen konnte.«

Dorothee kniff die Augen zusammen. »Das verstehe ich auch nicht.«

»Vielleicht war sie einsam«, gab Christine zu bedenken.

Lotte stürzte ihr Glas hinunter. »Bevor ich mir einen Kerl wie den umhänge, muss ich schon ziemlich auf dem Sand sein. Und dann bringt der Kerl Margarethe auch noch aus Eifersucht um.«

Der Kellner kam, um das Geschirr abzuräumen. Wilma bestellte sich noch ein Dessert.

Dorothee wartete diskret, bis sie wieder allein waren.

»Wilma, auf dem Friedhof hast du mir gesagt, dass Annegret Holzmann einen Sohn hatte.«

»Ja.«

»Könnt ihr mir über den auch etwas sagen?«

»Wird das ein neuer Roman? Du stellst viele Fragen«, meinte Lotte über den Rand ihres Weinglases hinweg. »Oder verschweigst du uns etwas?«

Dorothee wog kurz ihre Möglichkeiten ab. »Der unbekannte Vater von Dietrich Holzmann war Frieder von Klippholm.«

»Was? Das ist ja ein Ding«, stieß Wilma überrascht hervor.

Lotte schaltete in der Runde als Schnellste. »Dann war er ein Halbgeschwister. Das beantwortet deine Frage, Dorothee, der erbt jetzt alles.«

»Ja, wenn er nicht bereits tot wäre«, sagte Dorothee und schaute eine nach der anderen an. »Er ist im Krieg gefallen.«

»Ich habe kaum Erinnerungen an Dietrich«, erklärte Christine schließlich. »Ich weiß, dass er manchmal im Winter Fische an meine Mutter verkaufte. Er hatte so eine Art Schlitten mit hohen Kufen, mit dem fuhr er aufs Eis zum Angeln hinaus.«

»Mit wem war er befreundet?«, wollte Dorothee wissen.

Sie sah, wie die Frauen ratlos den Kopf schüttelten.

»Er war ein Bastard, Dorothee«, sagte Lotte schließlich. »Da hast du keine Freunde.«

KAPITEL 25

Emma drehte sich um und spurtete los. Sie rannte, sprang über einen umgestürzten Baum und tauchte im schattigen Unterholz unter. Ihr war es gleich, wie sehr ihr das Gestrüpp die nackten Beine zerkratzte, wie sehr die Riemchen ihrer Sandalen ihr bei jedem Schritt in die Haut schnitten. Sie hastete durch den Küstenwald und blieb nicht eher stehen, bis die Stimme von Hans, die laut von zehn rückwärts zu zählen begann, vom Wind geschluckt worden war. Nach Luft ringend machte sie halt und stützte sich auf den Knien ab. Unentwegt suchten ihre Augen nach einem Versteck, im Halbdunkel um sie herum zeichneten sich die Umrisse von Büschen und Bäumen ab. Doch kein Platz schien geeignet, um ausreichend Schutz vor Hans zu bieten. Er war ein ausgezeichneter Sucher, und bisher hatte er sie jedes Mal gefunden.

Was sie zunehmend verärgerte.

Wieder ließ sie ihren Blick schweifen. Links von ihr lichtete sich der Wald. In diese Richtung lag das Kliff, wo die Küste zum Meer hin steil abfiel. Dort gab es keine Möglichkeit, sich zu verstecken.

Plötzlich knackte es hinter ihr im Unterholz. Erschrocken drehte Emma sich um. Sollte Hans es in dieser kurzen Zeit gelungen sein, ihrer Spur bis hierher zu folgen? Vorsichtig hockte sie sich hin und sah zurück in die Richtung, aus der sie gekommen war. Die mächtigen Buchenstämme ragten wie schwarze Säulen hinter ihr empor. Zögerlich erhob sie sich und schlich ein Stück den Küstenweg entlang, bis sie einen Hohlweg erreichte, der tief in die Küste einschnitt. Auf keinen Fall wollte sie, dass Hans ... Sie verharrte in der Bewegung. Wieder war da ein Rascheln hinter ihr, dieses Mal deutlich näher. Sie lauschte und spürte, wie ihr das Herz bis zum Hals schlug. War das ein Mensch? Diese leichten, federnden Schritte, die aufgeregt durch das Laub liefen, um kurz darauf wieder abrupt zu verstummen.

Emma spürte eine kalte Angst, die ihr in die Glieder kroch und sich ihrer bemächtigte. Plötzlich wünschte sie, dass ihr Bruder sie finden würde.

»Hans, bist du das?«, rief sie zaghaft.

Nichts.

»Hallo?« Ihre Rufe verhallten zwischen den Baumstämmen.

Sie hielt plötzlich inne, als sie einige Meter von ihr entfernt eine Bewegung wahrnahm. Sie fragte sich noch, was das sein könnte, als auf einmal etwas Großes aus den Büschen brach.

Sie schrie auf vor Schreck, tat einen Schritt rückwärts, stolperte über einen Ast und schlug der Länge nach hin. Sie kam nicht mehr dazu, eine Antwort zu finden, denn da hörte sie es wieder: schnelle, leichtfüßige Schritte, die zielstrebig näher kamen, begleitet von einem lautem Knurren.

Emma rappelte sich auf, sie wagte nicht, sich umzudrehen, sondern rannte los, rannte so schnell sie konnte den Küstenpfad entlang.

Ihre Jacke ließ sie im Staub liegen.

KAPITEL 26

Nach dem verwirrten Eindruck, den das ehemalige Kindermädchen bei Dorothee hinterlassen hatte, beschloss sie, Gerda noch einmal aufzusuchen. Dank Lotte Vollmer war es ihr gelungen, die Adresse in der Putbuser Straße in Binz in Erfahrung zu bringen.

Das Gebäude lag von der Straße zurückversetzt, und im Vorgarten blühten kreisrunde Inseln aus roten und gelben Strauchrosen. Die Haustür stand offen, jemand hatte sie mit einem Holzkeil fixiert. Dorothee betrat den Flur, wo in einer Reihe Postkästen hingen. Sie sah, dass Gerda ein Stück Rollpflaster mit ihrem Namen über das ursprüngliche Namensfeld geklebt hatte.

Kein Wunder, dachte Dorothee, sie muss ja gerade erst eingezogen sein. Der Postkasten selbst aber schien leer zu sein.

Es gab neben dem Eingang noch eine zweite Tür, die hinter das Haus führte, wo ein kleiner verwilderter Garten lag.

Langsam begann Dorothee, das gewundene Stiegenhaus hinaufzusteigen. Bei jedem Schritt knarrten die breiten Holzstufen.

Es roch nach Bohnerwachs und gebratenem Hering.

Dorothee sah sich um. Vom Flur gingen Zimmer oder Wohnungen ab, so genau ließ sich das nicht unterscheiden.

Sie beugte sich über das Treppengeländer.

Noch ein Stockwerk.

Ein Schild an der Wand verriet: *Ab hier nur für Personal.*

Lottes Worte fielen ihr wieder ein. »Du musst ganz nach oben. Die Kammern der Bediensteten befinden sich auf dem Speicher.«

Schließlich erreichte Dorothee den letzten Treppenabsatz.

Die Tür zu den Bodenkammern stand ebenfalls offen.

Vorsichtig trat Dorothee ein.

Das niedrige Dach spannte sich wie ein Zelt über sie auf.

Durch ein einzelnes Fenster flutete staubiges Tageslicht.

Links von ihr gab es einen Bretterverschlag, aus dem das Gurren von Tauben und vereinzelter Flügelschlag zu hören waren.

Gleich dahinter schloss sich eine Reihe von Kammern an, deren Türen alle verschlossen waren.

Es ist ungewöhnlich ruhig, dachte Dorothee, während sie den schmalen Gang entlanglief, der sie bis vor Gerdas Tür brachte. In ihrer Erinnerung herrschte in den Zimmern der Mädchen immer reges Treiben, wenn mehrere von ihnen gleichzeitig frei hatten. Da wurde getratscht, gelacht, manchmal gesungen und ganz nebenbei die Zimmer geputzt oder die Kleidung ausgebessert.

Von alldem war hier nichts zu sehen.

Dorothee klopfte.

Dann wartete sie.

Komm Gerda, mach auf, bat sie im Stillen.

Aber es gab keine Reaktion. Hinter der Tür war kein Laut zu vernehmen. Keine Aufforderung an sie, den Raum zu betreten, nicht einmal ein unwilliges Scharren mit dem Stuhl.

Nur Stille.

Sie klopfte noch einmal, diesmal kräftiger.

Wieder keine Antwort.

Ratlos blickte sie sich um. Sie wartete einige Augenblicke. Zögernd drückte sie die Klinke nach unten.

Die Tür öffnete sich. Aber nur einen Spalt breit.

Gerade so weit, dass man einen Arm hindurchstecken konnte.

Dorothee hieb mit der Faust gegen die Kammertür und rief in den Spalt hinein: »Gerda? Bist du da?«

Aber auch dieser Ruf verhallte ungehört.

Sie spürte, wie die Aufregung ihr beinahe alle Kraft raubte.

Dann ging sie drei Schritte zurück in den Flur, nahm Anlauf und rammte ihren ganzen Körper, die Schulter voran, gegen die Tür.

Einmal.

Zuerst tat sich nichts, der Widerstand hinter der Tür war offenbar massiv.

Hektisch wischte sie sich den Schweiß von der Stirn. Dann noch einmal.

Innen schabte etwas hart über das Holz. Es hörte sich so an, als würde ein schwerer Körper stetig zur Seite rutschen, um in der Folge krachend auf den Dielenboden zu schlagen.

Nachdem Dorothee unter Aufbietung all ihrer Kräfte die Kammertür aufgedrückt hatte, starrte sie schweigend auf das Chaos, das sich ihr darbot. Bis sie den Blick endlich nach oben richtete. Dann schrie sie laut auf, fassungslos über das, was sie da sah.

••••

Du musst sofort die Polizei rufen, war ihr erster Gedanke. Sie taumelte zurück zur Treppe. Wie sie die vielen Stufen nach unten geschafft hatte, war ihr später ein Rätsel. Sie konnte sich nur noch an den jungen Mann erinnern, der vor dem Haus zwei leere Bierkästen auf einen Handwagen lud und ihr versprach, die Polizei zu verständigen.

Dann kehrte sie in die Kammer zurück, wo sie im Türrahmen stand und versuchte, das Zimmer und die Tote auf sich wirken zu lassen.

Doch sie konnte sich nicht beruhigen, immer wieder schüttelte sie ein tiefer Seufzer, rollten Tränen über ihre Wangen.

Aber auch wenn die Gefühle sie zu überwältigen drohten, ihr Verstand arbeitete selbst in so einer Situation. Sie nahm alles auf, jede Kleinigkeit, speicherte sie wie ein Foto in ihrem Unterbewusstsein ab.

Langsam bewegte sie sich vorwärts.

Unter ihren Schuhsohlen zerbrachen Glasstücke. Der kleine Raum um sie herum war völlig verwüstet.

Vor dem geöffneten Kleiderschrank türmte sich achtlos hingeworfene Kleidung. Eine leere Hutschachtel, mehrere Paar Schuhe. Dorothee entdeckte zerbrochene Schubladen, die aus einer zierlichen Kommode herausgerissen worden waren, diverse Schachteln, deren Inhalte sich wahllos verstreut im Zimmer wiederfanden.

Was zum Teufel war hier passiert?

Noch immer vermied sie es, zu ihrem Kindermädchen hinüberzusehen, die in einer Schlinge um den Hals an einem Dachbalken hing, der mitten durchs Zimmer verlief.

Stattdessen drehte sie sich um und ging, den Blick auf den Boden geheftet, zurück zur Tür. Sie konnte leicht feststellen, was sie blockiert hatte. Auf dem Dielenboden fand sie mehrere ineinander verkeilte Bruchstücke eines Regals. Zwischen den zerborstenen Brettern steckten Töpfe, Pfannen und einige Bücher fest. Aufmerksam kniete sie sich nieder und zog eines der Bücher unter den Regaltrümmern hervor. »Pommersche Küche« las sie auf dem Titel. Sie legte es unbesehen zur Seite. Gerade wollte sie nach einem anderen Buch greifen, als ihr Blick an einem kleinen Weidenkorb haften blieb, der auf der Seite lag. Sie drehte ihn um und öffnete die geflochtene Abdeckung. Er war mit Wäscheklammern gefüllt und einem ungefähr zwei Meter langen fingerdicken Hanfseil, dass um ein Holzbrettchen gewickelt war und das Gerda als Wäscheleine gedient hatte.

Dorothee starrte auf das Stück Seil, und etwas irritierte sie an dem Anblick, aber noch begriff sie nicht genau, was es war.

Sie richtete sich auf und bemerkte den Hocker.

In dem ganzen Durcheinander hatte sie ihn völlig übersehen, wie er da mitten im Zimmer stand.

Nun zwang sie sich doch, den Blick zu heben.

Gerda hing an dem Dachbalken, das Gesicht zur Tür und in Laufrichtung des Balkens ausgerichtet.

Dorothees Blick wanderte zurück zum Hocker. Der stand einen guten Meter von Gerdas Schuhspitzen entfernt, schätzte sie. Wie war er dahingekommen?

Sie lief ein weiteres Mal um den Leichnam herum, als sie schwere Schritte auf dem Dachboden vernahm. Kurz darauf erschien Kommissar Breesen in Begleitung seines Assistenten Köhler.

Er stutzte, als er Dorothee inmitten des Chaos sah. »Fräulein von Stresow.« Der Kommissar betonte ihren Namen. »Das hätte ich mir denken können. Wo immer sich ein Toter auf der Insel findet, sind Sie ja nicht weit.«

Auf Breesens Miene zeichnete sich jener konzentrierte Ausdruck ab, der Dorothee mittlerweile bekannt war.

»Ich war es, die Sie hat verständigen lassen«, erklärte Dorothee. »Gerda Schwarz war mein ehemaliges Kindermädchen auf Gut Stresow. Ich wollte nach ihr sehen, aber als ich hier ankam, fand ich die Kammer verwüstet und Frau Schwarz in diesem Zustand vor. Ich habe nichts angerührt.«

Breesen zückte seinen Notizblock. »Wann sind Sie der Toten zuletzt begegnet?«

»Auf der Beerdigung von Margarethe von Klippholm.«

»Welchen Eindruck machte Frau Schwarz auf Sie?«

»Sie schien mir verängstigt, auf eine unbestimmte Art verwirrt.«

»Verwirrt?« Der Kommissar sah sich um. »Verwirrt im Sinne von … verrückt?«

»Nein, eher im Sinne von, dass sie sich die Schuld am Tod der Klippholm-Kinder gab.«

Wieder blickte Breesen sich um. »Könnte es sein, dass jemand, der so verwirrt ist, dass er, nachdem er in seiner Kammer verzweifelt nach etwas gesucht und es nicht gefunden hat, seinem Leben ein Ende setzt?«

»Sie meinen, Gerda wurde etwas anvertraut, das sie in ihrer Verwirrtheit verlegt hat, und aus Angst vor den Konsequenzen hat sie sich umgebracht?«

Dorothee lauschte ihren Worten nach und fand, dass sie ein Körnchen Wahrheit enthielten, auch wenn sie den Inhalt noch nicht fassen konnte.

Breesen sah sie stumm an. Dann wanderte sein Blick zu Köhler. »Besorgen Sie sich eine Leiter und schneiden Sie die Frau da oben ab. Was ist mit dem Arzt?«

»Ist unterwegs«, antwortete der Assistent. »Auch der Leichenwagen.«

»Gut.« Breesen wandte sich wieder an Dorothee. »Ich

weiß, es klingt verrückt. Aber möglicherweise vertreten Sie ja eine andere Theorie. Wenn das so ist, wäre jetzt der Zeitpunkt, sie mir mitzuteilen.«

Dorothee hob die Augenbrauen.

»Ja«, sagte sie zögerlich, wenngleich sie nicht ganz davon überzeugt war, das Richtige zu tun. »Ich habe eine andere Theorie zu dem, was hier passiert sein könnte. Ich bin mir noch nicht ganz klar darüber, aber ich würde Mord nicht ausschließen.«

Breesen pfiff leise durch die Zähne. »Weniger als Mord kommt bei Ihnen wohl nicht vor, oder?«

»Sie haben nach meiner Meinung gefragt.«

»Schon gut«, lenkte Breesen ein. »Dann legen Sie mal los.«

Aus den Augenwinkeln bemerkte Dorothee, wie Köhler zusammen mit einem Landwehrmann eine Stehleiter hereintrug und sie neben dem Leichnam aufstellte.

Dann kletterte er mit einem Messer in der Hand hinauf, um den Strick durchzuschneiden, während der Landwehrmann die Beine der Toten mit den Armen umschloss.

Dann hörte sie, wie sich der Assistent mit der Klinge an dem Seil abmühte und dabei leise vor sich hin schimpfte: »Ausgerechnet ein Seglerseil, da wollte wohl jemand auf Nummer sicher gehen.«

»Das ist es!«, rief Dorothee aus und schlug sich mit der flachen Hand gegen die Stirn.

Überrascht sah der Kommissar sie an.

»Entschuldigen Sie«, sagte Dorothee. »Aber ich hätte schon viel früher darauf kommen können.«

Sie ging zu dem kleinen Weidenkorb und öffnete den Deckel.

»Was sehen Sie, Herr Kommissar?«

»Zwei Meter Wäscheleine auf ein Holzbrett aufgewickelt und Klammern.« Er stutzte.

Dorothee nickte. »Richtig. Warum soll ein armes Kindermädchen, das vorhat, sich umzubringen, viel Geld für ein teures Seglerseil ausgeben, wenn es doch eine stabile Wäscheleine zu Hause hat?«

Breesen blickte sie an.

»Kommen Sie mit, ich will Ihnen noch etwas demonstrieren.

Sie sehen den Balken und den Hocker. Nach meiner Ankunft wurde er nicht von der Stelle verrückt. Also nehmen wir an, Gerda hatte vor, sich umzubringen, dann hätte sie doch den Hocker unter den Balken geschoben, wäre daraufgeklettert und hätte sich die Schlinge um den Hals gelegt. Dann hätte sie den Hocker mit den Füßen unter sich weggetreten. Ich wage zu behaupten, dass der Hocker in neun von zehn Fällen einfach nur nach vorn umgekippt wäre. Im zehnten, eher unwahrscheinlichen Fall wäre er durch den Schwung einige Zentimeter nach vorn gerutscht und dort stehen geblieben.«

Dorothee machte einen Schritt vom Seilende weg in die zuvor beschriebene Richtung.

»Nach vorn.«

Breesen verstand sofort, worauf sie hinauswollte, denn

der Hocker stand ja rechts von ihnen und einen guten Meter vom Balken entfernt, was tatsächlich in jeder Hinsicht ungewöhnlich war. Und selbst, wenn sie mit der Schlinge um den Hals am Anfang in diese Richtung geblickt hätte und sich später unter dem Balken gedreht hätte, wäre der Hocker nie so weit von der Stelle entfernt gewesen, wo der Suizid vollzogen wurde. Außer ...

»Ich würde Ihnen gern noch etwas zeigen. Ich habe da einen Verdacht. Würden Sie mit mir die Stehleiter hinaufsteigen?«

Breesen tat, worum Dorothee ihn gebeten hatte. Oben angekommen, zeigte Dorothee auf den Dachbalken. »Schauen Sie sich die Spuren auf der Oberfläche des Balkens an. Wenn wir davon ausgehen, dass Gerda das Seil einfach über den Balken warf, um es darunter zu verknoten, dann wäre kaum ein Abdruck sichtbar, selbst wenn sie mit ihrem Gewicht daran gehangen hätte. Aber sehen Sie, hier sind eindeutige Schleifspuren ...«

»... so als hinge an einem Ende des Seils ein schweres Gewicht, das man mit dem anderen Ende, das zuvor über den Balken geworfen wurde, in die Höhe gezogen hatte.«

Dorothee nickte. »Ich denke, Gerda Schwarz wurde umgebracht. Die Mörder kamen in ihre Kammer, erdrosselten sie, legten ihr die Schlinge eines Seils, das sie extra dafür mitgebracht hatten, um den Hals und zogen den Leichnam am Dachbalken hoch. Hinterher stellten sie den Hocker daneben, damit es wie ein Selbstmord aussieht.«

Breesen nickte. »Aber Sie sagten selbst, dass die Frau nur ein armes Kindermädchen war. Wer sollte ein Interesse daran haben, sie umzubringen?«

Dorothee presste die Lippen zusammen und suchte nach einer passenden Formulierung, bevor sie weitersprach, denn in diesem Moment erkannte sie, dass ihre Vermutung von vorhin, Gerda könnte etwas aufbewahrt haben, was ihr anvertraut worden war, plötzlich ein denkbares Motiv für einen Mord ergeben würde. Auf einmal ahnte sie, dass es einen Zusammenhang zwischen dem Mord an Margarethe und Gerda geben könnte. Zuerst war Gerda ihr Kindermädchen und wechselte nach dem Brand ins Haus Klippholm, wo sie Margarethes Erzieherin wurde, die im selben Alter war. Es war durchaus anzunehmen, dass Gerda dort auch über sie, Dorothee, gesprochen hatte, und wenn sich ein Vertrauensverhältnis zwischen Margarethe und ihrem neuen Kindermädchen herausgebildet hatte, wie es einst zwischen ihr und Gerda bestanden hatte, dann konnte Dorothee sich gut vorstellen, dass Margarethe auf die Idee kam, die gefährlichen Informationen ihrem ehemaligen Kindermädchen anzuvertrauen.

»Ich weiß es nicht. Aber Gerda war seit vielen Jahren bei den von Klippholms angestellt.« Dorothee verstummte. Wieder war sie an einem Punkt angelangt, wo sie sich gegenüber Breesen bedeckt halten wollte.

»Sie meinen, es gibt einen Zusammenhang zwischen dem Mord an Margarethe von Klippholm und Gerda Schwarz?«, fragte der Kommissar.

»Das ist möglich.«

Plötzlich wirkte der Kommissar unsicher, und Dorothee ahnte auch warum.

Sein Hauptverdächtiger Köpke saß in der Zelle. Wer also war der Mörder von Gerda Schwarz?

KAPITEL 27

Am nächsten Tag saß Dorothee an einem Tischchen im Café Gramm und sortierte bei einer heißen Schokolade ihre Notizen. Dabei hatte sie mit ihren Notizzetteln drei kleine Häufchen gebildet. Einer betraf den Mord an Margarethe von Klippholm, einer die Wölfe und der dritte die Brandnacht auf Gut Stresow.

Sie nippte an ihrer Tasse und betrachtete nacheinander die Zettelberge. Genau genommen hatte sie für noch keinen der Vorgänge eine Erklärung oder einen Abschluss gefunden. Sie trat bei der Brandnacht noch genauso auf der Stelle wie bei dem Mörder von Margarethe. Wenn es nach Breesen ginge, wäre der Fall längst abgeschlossen, aber ihr Instinkt sagte ihr, dass irgendetwas nicht stimmte. Nicht, dass sie für diesen Köpke auch nur einen Finger krumm machen würde, trotzdem erschien ihr das Szenario, das Breesen immer wieder bemühte, sehr zweifelhaft. Und dann stellte sie sich da noch die zwei Fragen, über die Breesen nur allzu gern großzügig hinwegsah.

Was, wenn vielleicht jemand ein Schlafmittel in Köpkes Kaffee gemischt hatte, als dieser mit dem Hund draußen war und seine Thermoskanne in der Küche stand?

Und zweitens: Köpke mochte aufbrausend sein, aber er war nicht dumm. Also warum fuhr er ausgerechnet mit seinem auffälligen Mercedes zum Holzplatz, wohlwissend, dass an einem Sonntag zahlreiche Menschen ihn auf dem Weg dorthin sehen und erkennen würden?

Möglicherweise war Köpke das Opfer einer hinterhältigen Intrige geworden. Aber warum und wem nutzte der Tod von Margarethe?

Und dann war die Frage immer noch nicht geklärt, wer Margarethe von Klippholm umgebracht hatte.

Und jetzt noch Gerda.

Dorothee seufzte.

Von den auf der Insel herumstreunenden Wölfen ganz zu schweigen.

Sie begann die Zettelhaufen aufeinanderzulegen.

Das ergibt alles keinen Sinn, dachte sie, egal, in welchem Licht man die Fakten betrachtet und versucht, auch noch den Mord an Gerda einzubeziehen. Plötzlich fiel ein Schatten auf ihren Tisch.

»Dorothee, gut, dass ich dich treffe«, hörte sie die atemlose Stimme von Albert. »Du musst unbedingt mit mir kommen. Ein Mädchen ist in der Granitz verschwunden.«

••••

Schon von Weitem sah Dorothee die Menschenmenge, die sich versammelt hatte. Sie erreichten den Stellplatz hinter den neuen Tennisplätzen, von wo aus zahlreiche Wanderwege in das ausgedehnte Waldgebiet der Granitz führten. Erst jetzt bemerkte Dorothee, dass Albert seine Arzttasche mit sich führte. Aber sie kam nicht mehr dazu, ihn danach zu fragen, denn nun ergriff Brandmeister Schulte das Wort und wandte sich an die Menge.

»An die Kameraden der Feuerwehr, die Landwehrmänner, die Jäger und alle Freiwilligen, die sich bereit erklärt haben, uns heute zu helfen. Wir suchen nach einem Mädchen, Emma, sie ist sechs Jahre alt und kam gestern vom Versteckspielen mit ihrem Bruder nicht zurück. Es wird vermutet, dass sie sich in der Granitz verlaufen hat, aber ein Gewaltverbrechen ist nicht auszuschließen.«

Er machte eine kurze Pause.

»Möglicherweise ist das Kind verletzt. Bisher wurde nur die Strickjacke des Mädchens gefunden.«

»Ist es richtig, dass die Jacke zerrissen und voller Blut war?«, meldete sich plötzlich eine Frau aus dem Hintergrund.

Dorothee erkannte die Stimme, und als sie den Kopf drehte, erblickte sie Lotte Vollmer.

»Ja, das stimmt«, gab Schulte zögerlich zu.

»Könnte das Kind von einem Wolf angegriffen worden sein?«, fragte Lotte weiter.

Ein leises Raunen ging durch die Menge.

»Ich denke, das können wir ausschließen«, mischte sich Albert ein.

Aber Lotte gab so schnell nicht klein bei. »Ah, Herr Badrow. Unser Tierarzt. Wie können Sie das behaupten! Sie selbst waren Zeuge, als zwei Wölfe auf dem Gestüt Parchtitz eine Stute und ihr Fohlen angegriffen und das Fohlen regelrecht zerfleischten. Ein sechsjähriges Kind ohne Begleitung der Eltern erscheint mir da doch um einiges hilfloser. Ein Rotkäppchen-Fall, will ich meinen.«

»Wenn mir so ein Vieh vor die Flinte kommt, drücke ich ab«, raunte einer der Jäger. Ein anderer pfiff und hob sein Gewehr in die Höhe.

Dorothee überlegte, ob sie sich gleichfalls einmischen sollte, beschloss dann jedoch, zu schweigen. Lotte war zwar ihre Freundin, aber wie sie die Leute aufstachelte, unter dem Vorwand, ihre Arbeit als Journalistin zu erledigen, missfiel ihr zunehmend.

Albert schickte sich an, etwas zu erwidern, doch Schulte kam ihm zuvor. »Durchs Reden werden wir die Kleine nicht finden. Wir bilden jetzt eine Suchlinie, und die Jäger halten ihre Büchsen bereit, falls tatsächlich ein Wolf auftauchen sollte. Wir durchkämmen den Wald bis auf Höhe Restaurant Waldhalle und den Schwarzen See. Danach sehen wir weiter. Wenn ich bitten darf, Sie, Fräulein von Stresow, gehen zusammen mit dem Tierarzt direkt den Hochuferweg entlang und kontrollieren von dort aus die kleinen Buchten und Küsteneinschnitte.«

Die beiden nickten zustimmend.

»Gut. Dann brechen wir jetzt auf, Kameraden. Gott zur Ehr, dem nächsten zur Wehr.«

Fünf Minuten später hörten Dorothee und Albert nur noch die Geräusche der Männer, die durch den Wald brachen und vereinzelt nach Emma riefen.

Sie hingegen begaben sich auf einen schmalen Pfad, der unmittelbar an der Steilkante entlangführte und der Küstenlinie folgte. Buchen und Traubeneichen säumten den Weg, der immer wieder spektakuläre Ausblicke auf Binz und die lang gezogene sichelförmige Bucht mit Strand und Meer ermöglichte.

»Was denkst du, wie weit die Kleine gelaufen ist?«, fragte Albert, als sie einen Hügel erklommen.

»Das Mädchen ist erst sechs. Schulte sagte, die Strickjacke ist zerrissen. Möglicherweise ist sie irgendwo hängen geblieben und gestürzt. Ich schätze, sie ist noch ganz in der Nähe, hat sich vielleicht verirrt oder ist verletzt.«

»Bei dir habe ich früher immer sofort gewusst, wo ich nach dir suchen muss.«

»Gar nicht wahr.«

»Doch. Du hast dich immer oben in der Tenne versteckt. Zwischen dem Stroh.«

Dorothee hob die Augenbrauen. »Jetzt, wo du es sagst. Ja, es hat herrlich dort oben gerochen. Und die Katze bekam immer ihre Jungen dort. Außerdem konnte mich da Gerda immer im Auge behalten …«

Albert verlagsamte seinen Schritt.

»Wie geht es dir damit?«

Dorothee wusste, dass er auf Gerdas Tod anspielte, und wollte vom Thema ablenken, doch plötzlich brach es aus ihr heraus. Ohne sich unterbrechen zu lassen, sprach sie über alles, was sie erlebt hatte, seit sie auf die Insel gekommen war und was ihr seit Tagen durch den Kopf ging.

Albert lief neben ihr her und hörte ihr aufmerksam zu, ohne ein Wort zu sagen. Er spürte, dass es für Dorothee ein schmerzliches Bedürfnis war, ihn in ihr Herz blicken zu lassen.

Sie hatten den Rand des Küstenwaldes erreicht.

Plötzlich hielt Albert inne und packte Dorothee am Unterarm.

»Hast du das gehört?«

»Was?«

»Na dieses Geräusch.« Er hob einen Finger. »Da wieder.«

Zuerst dachte Dorothee, das hohe Fiepen käme von zwei Baumstämmen, die der Wind aneinanderrieb, aber dann hörte sie das Wimmern auch. »Da weint jemand.«

Sie hasteten den Pfad entlang und blieben abrupt stehen.

Beinahe gleichzeitig entdeckten sie das Mädchen in der Astgabel einer Buche fünfzig Meter über dem Abgrund, wo sich die Wellen an großen Findlingen brachen.

Albert stellte seine Tasche ab und besah sich die Wurzeln, die teilweise aus dem aufgebrochenen Erdreich herausragten. Der Hauptstrang und die untere Hälfte des Wurzelballens schienen noch fest im Boden verankert zu sein. Er begann, seine Jacke aufzuknöpfen. »Ich klettere rüber und hole sie«, sagte er bestimmt.

Dorothee sah ihn zweifelnd an. »Ich denke, du und das Kind, gemeinsam seid ihr zu schwer.«

»Was willst du dann tun, Hilfe holen? Willst du die Kleine auffordern, selbst herüberzuklettern? Dafür ist sie zu schwach, sie hat vermutlich die ganze Nacht dort verbracht.«

»Nein, ich werde gehen.«

Albert musterte Dorothee abschätzend. »In dem Kleid? Du wirst dich verheddern und am Ende abstürzen.«

Wortlos streifte Dorothee die Sandalen von den Füßen, dann begann sie die Knopfleiste zu öffnen und das Kleid auszuziehen. Drunter trug sie ein festes Hemdchen und eine halblange seidene Unterhose.

»Warte noch«, sagte Albert schnell. Sie bemerkte, dass ihm die Röte ins Gesicht gestiegen war und lächelte. Er zog zwei Stricke aus der Tasche, von dem jeder ein wenig über zwei Meter maß. Routiniert knotete er die beiden Enden zusammen.

»Wofür ist das denn?«, fragte Dorothee erstaunt.

»Es ist ein Hilfsmittel beim Kalben«, antwortete Albert knapp.

Er kontrollierte noch einmal die Stabilität des Knotens, indem er fest an beiden Seilen zog. Dann hielt er ihr ein Seilende hin. »Schling es dir bitte um die Hüfte.«

Während sie das Seilende hinter ihrem Rücken von einer Hand in die andere weiterreichte, fiel ihr eine widerspenstige Haarlocke ins Gesicht. Sie ringelte sich direkt vor ihrem Auge, und sie versuchte, sie wegzupusten, was ihr aber nicht gelang.

Albert machte einen Schritt auf sie zu und steckte ihr die Haarsträhne sanft hinters Ohr. Er schaute ihr direkt in die Augen. Sie erwiderte seinen Blick, ein wenig verblüfft, aber nicht verlegen.

In der nächste Sekunde regte sich das Mädchen und wimmerte ängstlich.

Dorothee zog sich die Söckchen von den Füßen. Barfuß würde sie auf der groben Rinde besser Halt finden.

»Du schaffst das«, sagte Albert zuversichtlich und hob demonstrativ beide Fäuste, mit denen er das andere Ende des Seiles hielt.

Dorothee wandte sich um und begann, über das Wurzelgeflecht auf den Baumstamm zu klettern.

Das ist wie auf dem Schwebebalken in der Schule, versuchte sie sich einzureden, und setzte den ersten Schritt nach vorn.

Bloß nicht nach unten sehen, sagte sie sich und versuchte, ihren Blick auf das Mädchen in der Astgabel zu richten.

Noch ein Schritt, dann noch einen.

Der Baumstamm ist breiter als der Schwebebalken und nicht so glatt, machte sie sich Mut. Sie wagte gar nicht, daran zu denken, wie hoch sie sich über dem Boden befand; ihr wäre sonst sofort schwindlig geworden.

Zwei weitere Schritte.

Sie hatte das Mädchen fast erreicht, als eine Bö vom Meer heraufkam, zischend über die Steilküste strich und ins Blätterwerk fuhr, was den ganzen Baum erzittern ließ.

Dorothee schrie auf, ging auf die Knie und hielt sich an den Aststümpfen fest. Mit weit aufgerissenen Augen verfolgte sie, wie trockenes Holz und Blätter in die Tiefe fielen, die sie jetzt zum ersten Mal bewusst unter sich wahrnahm.

Wenn die Baumwurzel nachgibt, ist alles vorbei, dachte sie und spürte, wie ihr Mund trocken wurde und eiskalte Angst nach ihrem Herzen griff. Ihr Körper wehrte sich, auch nur einen Millimeter weiter zu klettern.

»Du hast es gleich geschafft«, hörte sie Alberts Stimme hinter sich, und das Mädchen streckte ihr flehend eine Hand entgegen.

Dorothee kroch auf dem Baum vorwärts. Sie spürte nicht, wie die seidene Hose am Knie zerriss, wie die Kanten der Rindenfelder in ihre Hände schnitten. Sie konzentrierte sich ganz auf das Kind, bis sie endlich unterhalb der Astgabel angelangt war.

»Ich bin Dorothee«, sagte sie nach Atem ringend.

»Em-ma«, gab das Kind zitternd zurück.

»Hallo, Emma. Du musst jetzt die Astgabel loslassen und auf meinen Rücken klettern«, sagte Dorothee.

»Ich kann mich nicht bewegen«, sagte die Kleine mit weinerlicher Stimme.

»Versuch es. Halte dich an meinem Hals fest.«

Dorothee bemühte, sich so nah wie möglich an die Kleine heranzukommen, und senkte den Kopf. Sie hörte, wie das Mädchen begann, nach vorn zu rutschen, dann spürte sie ein Gewicht auf ihrem Rücken und zwei Arme, die sich ihr vertrauensvoll um den Hals legten.

»Nicht so fest, Emma, sonst bekomme ich keine Luft mehr. Ja, so ist es besser. Versuche, ganz ruhig zu bleiben, egal, was passiert.«

Als Dorothee den Blick wieder auf den Stamm richtete, erblickte sie Albert neben der Wurzel und das Seil, das sie miteinander verband. Sie wusste nicht genau, was es war, seine Anwesenheit oder das Gefühl von Sicherheit, das sie bei dem Anblick des Seils empfand, aber entschlossen kroch sie auf allen vieren mit Emma auf dem Rücken zurück über den Stamm.

Ohne Schwierigkeiten erreichten sie das Wurzelgeflecht.

Dort wartete Dorothee geduldig, bis Albert das Mädchen von ihrem Rücken gezogen hatte, dann half er ihr auf, und seine Arme schlossen sich um sie. Dorothee spürte seinen Herzschlag an ihrer Brust, und etwas in ihr wünschte, dass er sie nie wieder losließ. Doch eilig löste er das Seil um ihre Taille und wandte sich dann dem Kind zu, während sie ihr Kleid anlegte.

KAPITEL 28

Nachdem Emma von ihrer Mutter glücklich in die Arme geschlossen worden war und Dorothee anschließend ein Bad in ihrer Hotelsuite genommen hatte, fand sie, dass es an der Zeit war, dem Intendanten des Putbusser Theaters einen Besuch abzustatten.

Sie stellte den Wagen auf dem Markplatz ab und blickte sich um. Die Fassade des Gebäudes strahlte leuchtend weiß, und eine goldene Harfe oben am Giebel funkelte verheißungsvoll. Die Türen des klassizistischen Bauwerks waren weit geöffnet, und sie beobachtete zwei Arbeiter, die nacheinander Teile einer Bühnenkulisse von einem Lastwagen luden und ins Gebäude trugen.

Dorothee folgte ihnen und fand sich kurz darauf im Zuschauerraum wieder. Neugierig blickte sie sich um und war sofort von dem hohen Saal mit dem von Stuckleisten gerahmten Siegelgewölbe, den zwei Rängen und den Logenplätzen begeistert. Der untere Rang wurde durch eine Reihe von Säulen getragen; die Brüstungen waren mit fein vergoldeten Palmetten verziert. Verschnörkelte Ornamente, die in feinster Illusionsmalerei auf Pilastern und Mauerkanten aufgebracht wurden, verliehen dem Raum etwas Verspieltes und gleichzeitig Glanzvolles.

Dorothee war so in ihren Betrachtungen vertieft, dass sie den Mann, der die Bühne betreten hatte, erst bemerkte, als er zu den Arbeitern hinüberging und leise mit ihnen sprach. Er deutete auf eine Stelle, und die beiden Männer beeilten sich, seinem Wunsch nachzukommen, indem sie einen Teil der Kulisse dorthin verschoben.

Der Mann war groß, von normaler Statur und hatte dunkle Haare. Er trug einen maßgeschneiderten Anzug, Hemd und Fliege.

Dorothee bemerkte, dass er sie entdeckt hatte, denn auf einmal drehte er sich zu ihr um und blickte sie an.

Der Mann wirkte auf sie irgendwie vertraut und doch gleichermaßen fremd.

Das schmale Gesicht, die scharfe Kontur der Nase, die eindringlichen blauen Augen. Als der Mann die Bühne verließ und auf sie zukam, war sie davon überzeugt, ihm schon einmal begegnet zu sein.

Er ergriff ihre Hände.

»Fräulein von Stresow, was für eine Freude! Bertram Tannenwald, Intendant dieses kleinen hübschen Theaters.«

Er führte sie am Arm aus dem Zuschauerraum und eine Treppe im Vestibül hinauf bis in die Direktion. Dort deutete er auf eine Sitzgruppe und bat Dorothee, Platz zu nehmen.

»Mögen Sie eine Erfrischung? Tee, Kaffee, ein Glas Champagner?«

»Champagner wäre nett.«

»Gern.« Sie hörte, wie der Korken mit einem trockenen Plopp aus der Flasche glitt.

Dorothee blickte sich um. Die beiden hohen Fenster mit den hellen Vorhängen ließen gedämpftes Licht in den Raum, welches nun, am frühen Nachmittag, die Figuren auf einem Schachbrett neben dem Sofa zum Leuchten brachte.

»Sie müssen wissen«, hob Tannenwald zu sprechen an, »ich mag Ihre Kriminalromane. Im Gegensatz zu den Klassikern, die wir aufführen, sind ihre Bücher für mich spannende Erholung.« Er reichte Dorothee ein Glas.

»Ich nehme das mal als Kompliment«, sagte sie.

Er lachte auf. »O ja, das sollten Sie unbedingt.« Er prostete ihr zu und setzte sich ebenfalls. »Also, Fräulein von Stresow, haben Sie sich meinen Vorschlag überlegt, ein Stück für unsere Theaterbühne zu schreiben?«

Seine blauen Augen sahen sie forschend an, und plötzlich wusste Dorothee, wo sie dem Mann schon einmal begegnet war. Im Salon von Gut Stresow. Er besprach mit ihrer Mutter den Liederabend. Damals ahnte niemand, dass es ihr letzter Auftritt sein würde.

Dorothee räusperte sich. »Ihr Vorschlag ehrt mich. Wann dachten Sie, das Stück aufführen zu wollen?«

»So schnell wie möglich.« Er lächelte. »Aber ich möchte Sie nicht unter Druck setzen. Heute würde mir Ihre Zustimmung erst einmal genügen.«

»Einverstanden«, sagte Dorothee.

»Wunderbar!« Tannenwald erhob freudig sein Champagnerglas. »Auf gute Zusammenarbeit.«

Sie tranken.

Eine Pause entstand.

Als Dorothee ihr Glas absetzte fiel ihr Blick auf das Schachspiel. »Spielen Sie?«

Tannenwald drehte sich um, als müsse er sich vergewissern, dass in seinem Büro wirklich ein Schachbrett stand. »Ja, ab und zu«, sagte er endlich und wandte sich ihr wieder zu.

»Es ist sonderbar«, erklärte Dorothee. »Auch bei uns zu Hause stand in der Bibliothek ein Schachspiel, aber ich habe meine Eltern nie miteinander spielen sehen. Hat mein Vater mit Ihnen Schach gespielt?«

Tannenwald legte die Hände ineinander. »Ich war nur selten auf Gut Stresow zu Gast. Und wenn, dann galten meine geschäftlichen Besuche eher Ihrer Mutter. Dass wir Schach gespielt hätten, daran kann ich mich nicht erinnern. Warum fragen Sie?«

Als Dorothee den Kopf hob, stellte sie überrascht fest, dass Tannenwald blass geworden war.

Als sich ihre Blicke begegneten, nahm der Intendant die Flasche, schenkte sich nach und leerte das Glas in einem Zug.

KAPITEL 29

Dorothee stand auf dem Plateau des Tempelberges vor dem quadratischen Gebäude des Jagdschlosses Granitz mit seinen markanten Ecktürmen, in deren Mitte sich ein achtunddreißig Meter hoher Aussichtsturm erhob.

Albert und sie waren zu einem abendlichen Empfang geladen worden, auf dem Fürst Franz von Veltheim und seine Gattin, den vielen Helfern für die Rettung der kleinen Emma danken wollten. Jedoch hatte sich im letzten Moment eine Kuh entschieden, ein Kälbchen zu bekommen, so dass Dorothee allein erschienen war.

Über eine Treppe erreichte sie die große Portaltür, durch die sie in das hallenartige Foyer trat. Noch während sie die Knöpfe ihres hellen Mantels öffnete, glitt ihr Blick über die hohen Wände, die dicht von Jagdtrophäen und Geweihen bedeckt waren. Zwei Elchköpfe flankierten den Zugang zum Turm, der Kopf eines indischen Wasserbüffels zierte die Galerie.

Ein Diener eilte herbei, begrüßte sie und nahm ihr den Mantel ab, um ihn auf einen Garderobenständer zu hängen, an dem bereits vornehme Lodenmäntel und Pelzroben Platz gefunden hatten.

Ein anderer Diener führte sie über eine freitragende Steintreppe, die von zwei Wolfshunden verziert wurde, in den Marmorsaal.

Gespannt schaute sie durch die weit geöffnete Flügeltür, aus der angeregtes Stimmengewirr drang.

Der Raum war mit Menschen gefüllt, die unter schweren Lüstern entweder in kleinen Gruppen zusammenstanden oder auf gedrechselten Polsterstühlen an halbhohen Tischchen saßen, hinter denen auf Sockeln Marmorstatuen aufragten. Die dunklen Holzvertäfelungen schimmerten matt in der mit Zigarettenrauch angereicherten Luft, und goldgerahmte Landschaftsbilder zierten die freien Steinflächen über dem Holz, bevor umlaufende Reliefs und Pilaster einen Abschluss zur Decke bildeten.

Neben mannshohen Bodenvasen und Vitrinen war der opulente Kamin aus weißem Marmor der Blickfang im Zimmer. Die beiden Seitensockel schmückten lebensgroße Figuren, und das gewaltige Mittelteil war einer Jagdszene vorbehalten.

Dorothee blieb unschlüssig in der Nähe der Tür stehen und verbrachte die folgenden Minuten damit, das Geschehen auf dem Empfang zu beobachten. Dabei erspähte sie ein Mädchen, das Champagner in Gläsern auf einem Tablett herumreichte, und wartete geduldig, bis sie an der Reihe war.

Mit dem Champagnerglas in der Hand schlenderte Dorothee weiter.

Seitlich wurde eine hohe Tür geöffnet, durch die der

Fürst und seine Gemahlin den Raum betraten. Augenblicklich erstarben die Gespräche, und die Menschen bildeten einen Halbkreis vor dem Paar.

Auch Dorothee stellte ihr Glas auf einem der Tische ab und mischte sich unter die Gäste.

Der Fürst begann mit ruhiger Stimme zu sprechen, und jeder im Saal konnte die Dankbarkeit und Erleichterung hören, die in seinen Worten mitschwangen. Und dann, ganz plötzlich, vernahm sie ihren Namen. Zuerst meinte sie, sich verhört zu haben, doch als die Leute vor ihr einen Schritt zur Seite traten, so dass sich eine Gasse bildete, wusste sie, das dem nicht so war.

Dorothee stockte der Atem. Mit weichen Knien ging sie auf das Fürstenpaar zu. Wie begrüße ich sie?, fragte sie sich. Muss ich einen Knicks machen? Doch dann entschied sie sich, zuerst der Frau und dann dem Fürsten mit einem freundlichen Lächeln die Hand zu geben.

»Besonders möchte ich den mutigen Einsatz von Fräulein von Stresow und Herrn Badrow hervorheben. Sehen Sie es als Zeichen unserer tiefen Verbundenheit, wenn wir Ihnen heute ein kleines Dankeschön überreichen.«

Es war ein weißer Taler aus Meißener Porzellan in einer blauen Samtschachtel mit dem Relief des Putbusser Schlosses.

Dorothee verneigte sich leicht. »Herzlichen Dank.«
Verhaltener Beifall brandete auf.

••••

Das Gesicht tat ihr schon weh vom unentwegten Lächeln. Sie schob sich an den anderen Leuten vorbei, doch bis auf ein anerkennendes Lächeln und gelegentliches Zunicken blieben die anderen Gäste unter sich. Unbeirrt setzten sie ihre Gespräche fort. Sie scherzten und lachten, und Dorothee verstand.

Sie spürte einen Stich in der Brust. Sie war fremd hier, obwohl man ihr so herzlich gedankt hatte. Sie gehörte nicht hierher. Alles erschien ihr snobistisch und abgezirkelt, und plötzlich vermisste sie die Lockerheit und geistige Weite von Berlin.

Bismarck hatte recht, dachte sie, als er sagte: Wenn die Welt untergeht, gehe ich nach Pommern, dort geht sie hundert Jahre später unter. Alles hier schien noch irgendwie im letzten Jahrhundert stattzufinden. Die aufgebauschten Kleider mit Rüschen und Bordüren, die altmodisch aufgetürmten Lockenberge aus falschem Haar. In ihrem schlichten weißen Kleid, das in der Hauptstadt in Mode war, fiel Dorothee hier regelrecht auf.

Sie stürzte den Champagner hinunter. Dann drehte sie sich um und ging in die Halle zurück.

»Sie wollen uns schon verlassen«, fragte der Herr am Einlass überrascht. »Waren Sie denn wenigstens schon auf unserem Aussichtsturm? Der Ausblick ist atemberaubend. Und so eine Chance erhalten Sie so schnell nicht wieder.«

Dorothee wog den Vorschlag ab.

»Na, da haben Sie wahrscheinlich recht.« Dorothee drehte sich um und ließ sich bis an den Fuß der Wendeltreppe führen, die sich an der Innenwand des Turmes emporwand.

»Es sind nur einhundertvierundfünfzig gusseiserne Stufen«, sagte der Bedienstete augenzwinkernd. »Aber wie gesagt, es lohnt sich.«

Als Dorothee die Plattform am Scheitel des Turmes erreichte, ging im Westen gerade die Sonne unter. Rosafarbene und orange leuchtende Wolkenbänke durchzogen in langen Bahnen den sich nachtblau färbenden Himmel. Es war der Moment, wo sich ein beinahe greifbarer Frieden über die Landschaft unter sie senkte, ein letztes Aufleuchten eines sich verabschiedenden Tages, bevor die Dunkelheit der Nacht das Zepter übernahm. Dorothee genoss die Atmosphäre, das Alleinsein hier oben auf dem Turm, die Entrücktheit von einer Welt, die zurzeit mehr Fragen für sie bereithielt als Antworten.

Plötzlich fuhr ihr der Gedanke durch den Kopf, dass sie mit den Menschen dort unten im Saal nicht viel teilte, dass das aber nicht schlimm für sie war, weil es wahrscheinlich schon immer so war. Nicht erst seitdem sie Rügen verlassen hatte und Autorin wurde.

Dorothee beobachtete, wie die letzten Lichter am Horizont erloschen, und sie fragte sich, ob das Kälbchen inzwischen zur Welt gekommen war. Wahrscheinlich hockte Albert gerade in der Box und trocknete es mit frischem Stroh ab.

Sie lächelte. Der Gedanke gefiel ihr.

Dann begann sie, den Turm hinunterzusteigen. Da

die Stufen durchbrochen waren, konnte sie durch das Eisen hindurch in die Tiefe sehen. Zuerst verursachte ihr die Höhe ein mulmiges Gefühl im Magen, dann jedoch blieb ihr Blick an runden Scheiben haften, die in regelmäßigen Abständen die Wand zierten. Laufender Keiler, stand auf einer solchen Scheibe, die ein Wildschwein zeigte. Auf der nächsten war ein Hirsch, danach ein Rehbock. Und alle Scheiben wiesen ein gemeinsames Detail auf. Auf jedem Tier war eine bestimmte Stelle am Körper mit einer kreisrunden weißen Fläche markiert. Und diese Stelle musste wichtig sein, denn alle Einschüsse auf der Scheibe lagen entweder im Innern des Kreises oder ganz dicht daneben. Das restliche Tier hingegen war unversehrt.

Als sie den Fuß der Treppe erreichte, spielte ihr der Zufall in die Hände, denn soeben begrüßte der Diener den Revierförster im Foyer. Der große schlanke Mann mit Vollbart und halblangem Haar war ihr bereits im Suchtrupp der Jäger aufgefallen. Er schickte sich an, seinen Hut und den grünen Mantel an der Garderobe abzugeben.

»Und haben Sie die Biester zur Strecke gebracht?«, fragte ein Herr im Frack, der zu ihm trat.

»Ja, der Hannes hat die Wölfe in seinem Revier erlegt.«

»Bravo, dann können wir unsere Frauen und Kinder wieder beruhigt auf die Straße lassen.«

Etwas störte Dorothee an der selbstgerechten Art des Frackträgers, und erst, als er sich entfernt hatte, stellte sie sich dem Förster vor. »Guten Abend, Herr Revierförster, wir kennen uns nicht. Mein Name ist Dorothee von Stresow, und Sie schickt der Himmel.«

»Das klingt ja dramatisch, junge Frau«, erwiderte dieser und blickte sie forschend an. »Sie erlauben, dass ich mich zuerst vorstelle: Julius Vogt.«

»Sehr angenehm.« Dorothee deutete auf die Scheiben, die ihr aufgefallen waren.

»Können Sie mir sagen, wozu diese Scheiben dienen?«

»Die sehen mir wie Wettkampfscheiben aus. Übrigens sehr gute Trefferbilder.«

»Was bedeutet dieser runde weiße Fleck?«

Der Revierförster sah sie einen Moment lang an.

»Fräulein von Stresow, ein Weidmann achtet das Wild, das er tötet. Er geht respektvoll mit dem Tier um. Das Weidwerk gebietet ihm, das Tier möglichst sicher und schnell zu erlegen. Deshalb übt er den perfekten Herzschuss, die Lage des Herzens wird dabei durch den weißen Fleck angezeigt.« Der Mann räusperte sich. »Ein Tier in den Kopf zu schießen ist nicht das Ziel eines Weidmannes. Die Gefahr, das Wild zu verfehlen, ist dabei viel zu groß. Außerdem sind wir Jäger, keine Soldaten.«

»Wie meinen Sie das?«

»Wenn Sie es genau wissen wollen: Ein Kopfschuss ist immer eine Demütigung für das Opfer.«

Dorothee reagierte sofort. »Kennen Sie vielleicht Karl Köpke?«

Vogt nickte langsam. »Der Verwalter der Klippholms?«

»Ja, genau der. Ist er Jäger?«

»Soweit ich weiß, war er schon als Verwalter tätig, als ich hier die Stelle übernahm. Und natürlich kommt er als solcher seinen weidmännischen Pflichten nach.«

In Dorothees Kopf sprühten die Funken. Karl Köpke war ein Jäger, und sie wusste, dass er nicht im Krieg war. Also warum sollte er ausgerechnet per Kopfschuss Margarethe von Klippholm töten? Das ergab in ihren Augen keinen Sinn und war ein Indiz mehr, dass sich der Kommissar möglicherweise irrte. Wahrscheinlicher erschien ihr die Tatsache, dass es sich bei ihrem Mörder um einen Soldaten handelte, der sich als Jäger tarnte.

»Danke. Sie haben mir sehr geholfen.«

Dorothee wollte sich gerade abwenden, als sie bemerkte, wie sich der Körper des Revierförsters spannte, sein Gesicht zu einer Maske erstarrte, als er einen schnellen Blick über ihre Schulter warf.

Dorothee drehte den Kopf und erblickte Schäfer Berg, der mit schnellem Schritt auf sie beide zuhielt. »Moin, Julius.«

»Guten Abend, Nils.«

»Ich habe meinen Schäferwagen drüben bei Gaftitz stehen. Will die Herde umsetzen. Vorhin war ich dort und fand ihn aufgebrochen vor. Das Lagerfeuer schwelte noch. Muss die Kerle knapp verpasst haben.« Er schnaubte. »Bevor ich zur Polizei gehe, wollte ich dich fragen, ob dir vielleicht wegen Landstreicherei oder Wilddieberei was zu Ohren gekommen ist.«

Der Revierförster schüttelte den Kopf. »Nein, bisher nicht.«

Dorothee sah, dass dem Schäfer die Antwort nicht gefiel.

In die Stille drang das Stimmengewirr aus dem Saal.

Vogt räusperte sich leise, während er sich an Dorothee wandte. »Sie müssen mich entschuldigen, aber ich werde erwartet«, sagte er. »Fräulein von Stresow. Es war mir eine Freude, Ihre Bekanntschaft zu machen.«

Danach nickte er knapp dem Schäfer zu. »Nils.«

KAPITEL 30

Kommissar Breesen hatte Dorothee eine Nachricht zukommen lassen, dass die Polizeiberichte eingetroffen waren. Nun saß sie in seinem Büro und las sorgfältig in den Papieren. Was den Unfallhergang bei Hartwig von Klippholm betraf, so deckte sich die Beschreibung der Polizei mit der Aussage Wertheimers. Sie legte das Protokoll beiseite und wandte sich dem Bericht der Hamburger Polizei zum Ableben von Gudrun von Klippholm zu. Wenig später ließ Dorothee die Blätter enttäuscht sinken. Auch hier fand sie keine neuen Anhaltspunkte.

Ihre Augen suchten Breesen, der hinter seinem Schreibtisch saß und ein Fischbrötchen aus dem Papier wickelte. Als der Kommissar ihren fragenden Blick bemerkte, hob er die Hand und zeigte mit dem Finger auf den Bericht, den sie noch immer in den Händen hielt. »Die Hamburger Kollegen haben auch die Aussagen der Crew mitgeschickt. Die stecken mit im Umschlag.«

Dorothee zog das braune Kuvert zu sich heran und öffnete es.

Nacheinander überflog sie die Protokolle. Zur Segelcrew gehörten fünf Deutsche und ein Franzose. Thierry Carpentier.

Alle bestätigten, wie sich der Mastbaum plötzlich im Sturm gelöst hatte, Gudrun frontal traf und über Bord schleuderte.

»Ist es nicht erstaunlich«, hörte sie Breesen sagen. »Sie nennen es Bückling, Bismarck oder Matjes, dabei ist es immer nur ein anderes Rezept. Der Fisch bleibt derselbe – Hering.«

Dorothee stutzte. »Was haben Sie gerade gesagt?«

Der Kommissar blickte sie erstaunt an.

»Das ist es!«, sagte Dorothee schnell, während sie auf eines der Blätter in ihrer Hand starrte. »Ich denke, ich weiß jetzt, wer der Mörder von Margarethe von Klippholm ist. Mir fehlt nur noch der Beweis.«

••••

Dorothee parkte das Auto auf dem Sandstreifen gegenüber vom Pfarrhaus in Vilmitz, stieg aus und betrat durch das Eisentor den Friedhof.

Es war warm geworden, viel wärmer, als ihr das im Auto durch den kühlen Fahrtwind bewusst geworden war.

Ohne Eile nahm sie das Kopftuch ab und zog die Strickjacke aus, die sie über den Arm legte, während sie hinauf in den strahlend blauen Himmel schaute, wo ein Milan über das angrenzende Getreidefeld kreiste.

Als Dorothee das Grab ihrer Eltern erreichte, musste

sie feststellen, dass die Blumen, die sie erst vor Kurzem abgestellt hatte, anfingen, die Blütenköpfe hängen zu lassen.

Es ist die Wärme, dachte sie, ihnen fehlt frisches Wasser, aber darum würde sie sich später kümmern.

Ihr Blick fiel zufällig auf die Grabstelle von Annegret Holzmann. Sie erinnerte sich, wie überrascht sie bei ihrem ersten Besuch über den verwahrlosten Zustand war.

Erstaunt stellte Dorothee fest, dass die Grabstelle nicht nur von wildem Grünzeug gesäubert worden war, sondern auch mehrere Topfpflanzen, verteilt über die Grabfläche, darauf warteten, eingepflanzt zu werden. Der Anblick bestätigte ihre Vermutung.

Aufmerksam blickte sie sich um.

Noch immer waren die Wege zwischen den Gräbern verwaist. Außer dem Friedhofsgärtner, der sich soeben anschickte, eine Schubkarre voller Grünzeug abzufahren, war niemand zu entdecken.

Dorothee wollte sich gerade abwenden, als ihr Blick auf eine Stelle am Sandsteinsockel unterhalb des Grabsteines fiel.

Es war eine geringfügige Verfärbung, die sie zuerst nur für eine Lichtspiegelung hielt. Doch als sie sich vorbeugte und mit den Fingerspitzen darüberfuhr, ertastete sie eine Scharte und gleich daneben eine weitere.

Aufgeregt wischte sie mit der flachen Hand so gut es ging Staub und Moos beiseite.

Zwei Kerben, dicht nebeneinander. Wobei die eine

ihr dunkler erschien als die andere, was sie zu dem Schluss brachte, dass die Einritzungen unterschiedlich alt und nicht durch Unachtsamkeit beim Aufstellen des Grabsteines entstanden waren.

Nein, diese Einkerbungen in den Sandsteinsockel waren absichtlich angebracht worden.

Dorothee richtete sich auf, während sich in ihrem Kopf die Gedanken überschlugen.

In diesem Moment kam der Friedhofswärter direkt auf sie zu.

»Kann ich Ihnen behilflich sein, Fräulein?«, fragte er.

»Als ich vor ein paar Tagen auf dem Friedhof war, war das Grab von Annegret Holzmann noch in einem jämmerlichen Zustand. Heute hingegen erweckt es den Eindruck, als würde sich darum gekümmert werden. Können Sie mir sagen, ob der Friedhof mit der Pflege des Grabes beauftragt wurde? Vielleicht durch einen Nachlass?«

Der Mann sah sie verblüfft an. »Nein, nicht dass ich wüsste. Der Pastor hat davon nichts zu mir gesagt.«

»Und wer hat die Pflanzen auf das Grab gestellt?«

Der Friedhofsgärtner zuckte mit den Achseln. »Ich dachte, Sie hätten das getan.«

»Nein, ich war es nicht.«

Noch einmal wanderte ihr Blick über den Friedhof. Sie waren noch immer allein.

»Gibt es hier ein Telefon?«

»Drüben im Pfarrhaus gibt es eines.«

»Ist da im Moment jemand?«

»Ich nehme an, die Frau des Pastors. ... Soll ich Sie begleiten?«

»Nein!« Dorothee schüttelte energisch den Kopf. »Danke, ich kenne den Weg. Aber wenn Sie bitte hierbleiben und die Grabstelle im Blick behalten würden.«

KAPITEL 31

Nach dem Telefonat hatte Dorothee sich im Schatten eines Baumes auf einer Bank postiert, von wo aus sie das Grab von Annegret Holzmann gut beobachten konnte. Während sie wartete, wurde sie von einem unklaren Gefühl befallen, dass Wertheimer ihr vielleicht etwas vorenthalten hatte, was sie hätte wissen sollen.

Doch sie verwarf die Zweifel wieder, denn sie wusste, dass sich ihre Annahme, wer der Mörder von Margarethe von Klippholm war, bald bestätigen würde.

Plötzlich kam jemand, und sie lehnte sich tiefer in den Schatten.

Der Mann war sportlich, ungefähr Mitte zwanzig, von der Sonne gebräunt, in einem weißen Oberhemd und dunkler Hose. Er bewegte sich geschmeidig, obwohl er in der einen Hand eine Gießkanne trug. Die Ärmel des Hemdes waren hochgekrempelt.

Als er das Grab erreichte, stellte er die Kanne ab.

Dorothee hielt die Luft an und rutschte noch tiefer in den Schatten.

Der Mann ging in die Knie, hockte sich vor die Grabstelle und begann, mit einer kleinen Schaufel Löcher auszuheben. Probeweise setzte er eine Pflanze hinein, nickte zufrieden und stellte sie wieder zur Seite.

Wenn du Antworten haben willst, dann jetzt, ermahnte sich Dorothee und erhob sich. Sie spürte, wie ihr Herz schlug und ihre Beine nachzugeben drohten, als sie auf die Grabstelle zuging.

Sie zwang sich, ihre eigenen Befindlichkeiten zu ignorieren, sich ganz auf den Mann zu konzentrieren, der hingebungsvoll ein Pflänzchen nach dem anderen in die Graberde setzte.

Sie blieb zwei Schritte hinter ihm stehen.

»Guten Tag, Herr Holzmann«, sagte sie. »Oder sollte ich sie besser mit Thierry Carpentier ansprechen?«

Sie bemerkte, wie die Hand, welche die kleine Schippe hielt, einen Moment in der Luft verharrte, bevor er seelenruhig weiterarbeitete. »Sie müssen mich verwechseln«, antwortete er. »Ich pflege nur das Grab.«

»Ja, das Grab Ihrer Mutter. Und wenn Sie schon dabei sind, vergessen Sie nicht, die dritte Kerbe am Sockel des Steins einzuritzen. Schließlich war Ihr Mordanschlag bei Margarethe von Klippholm ebenso erfolgreich wie zuvor bei Gudrun und Hartwig.« Dorothee wusste, dass sie bluffte, sich weit mit ihren Mutmaßungen hinauslehnte, aber nur so würde alles einen Sinn ergeben.

Sie sah mit an, wie Dietrich Holzmann die Schippe in die Erde rammte und sich erhob. Sein Körper spannte sich wie eine Sprungfeder. Es war die gleiche schnelle lautlose Bewegung wie vor der Jagdhütte, bevor er sie niederschlug, bemerkte Dorothee.

Sein Blick verriet ihr, dass er sie ebenfalls erkannt hatte.

»Ich weiß nicht, was Sie von mir wollen?«, erklärte Holzmann, aber seine Stimme besaß jetzt einen gereizten Unterton. Er blickte sich prüfend um.

Sie waren allein auf dem Friedhof.

Der Gärtner war gegangen.

»Wirklich nicht?«, fragte Dorothee, während ihr das Herz bis zum Hals klopfte. »Ich denke, wir beide wissen, dass dem nicht so ist. Ich nehme an, dass Sie Ihre Aufgabe endlich für erledigt ansehen, nachdem Sie Margarethe von Klippholm umgebracht haben. Jetzt bleibt Ihnen nur, das Grab zu richten, das in den vielen Jahren ihrer Abwesenheit so sträflich vernachlässigt wurde.«

»Das geht Sie nichts an. Besser Sie verschwinden jetzt.«

»Da irren Sie sich. Es geht mich sehr wohl etwas an. Denn schließlich waren Sie es, der mich vor der Jagdhütte niedergeschlagen hat und zuvor meine Freundin ermordete.«

»Freundin!« Er spuckte das Wort förmlich aus. »Eine Hexe war das.« Er griff nach einer der Pflanzen. »Sie können mir nichts beweisen.«

»Ich denke schon.« Dorothee verschränkte die Arme vor der Brust. »Eins muss man Ihnen lassen: Sie haben Ihre Morde gründlich vorbereitet. Es muss Tage gedauert haben, bis Sie herausfanden, dass Karl Köpke seinen Kaffee bereits vor dem morgendlichen Gang mit seinem Hund brühte und anschließend in einer Thermoskanne aufbewahrte. Das Schlafmittel hineinzuschütten, war dann die einfachste Übung. Anschließend fuhren Sie mit dem Mercedes zum Holzplatz, erschossen Frau von Klippholm und fuhren zurück, wohlwissend, dass jeder das Auto von Köpke wiedererkennen würde. Da der Mann fest schlief, konnten Sie in aller Seelenruhe den Wagen parken, die Sachen zurück in den Schrank hängen und die Waffe hinter den Holzkloben in der Garage verstecken. Dann brauchten Sie nur noch abzuwarten.«

Der Fremde begann zu lachen. »Und diese Geschichte soll Ihnen einer glauben?«

»Es hat Sie noch etwas verraten. Der Geruch nach Schaf und offenem Feuer. Er drang mir in die Nase, kurz bevor Sie mich niederschlugen, und später fand ich ihn in der Hütte des Schäfers wieder. Derselbe Mann, der einen Einbruch in seinen Schäferwagen bei Gaftitz feststellte, von dem ich annehme, dass er Ihnen die Zeit über als Unterschlupf gedient hatte. Ich bin mir sicher, dass die Fingerabdrücke, die wir da finden werden, mit denen in Köpkes Haus und auf dem Abzug des Gewehres identisch sind.«

»Das ist doch alles Quatsch«, brach es aus dem Mann heraus.

Dorothee ließ sich davon nicht beeindrucken.

»Bei den beiden anderen Morden an Hartwig und Gudrun von Klippholm war es noch schwieriger für mich, einen Bezug zu Ihnen herzustellen, Herr Holzmann. Schließlich liegt ja eine offizielle Mitteilung des

Kriegsministeriums vor, dass Sie gefallen sind. Aber dann tauchte ein Name in den Unterlagen der Hamburger Polizei auf. Thierry Carpentier. Es war eine Bemerkung von Kommissar Breesen, die mich darauf brachte. Thierry ist die französische Bezeichnung für Dietrich und Carpentier für Zimmermann, was in der Bedeutung von Holzmann nicht allzu weit entfernt ist. Außerdem erzählte mir Christine Looks, dass Sie im Winter mit einem Schlitten auf dem Eis waren, um zu fischen. Der Umgang mit einem Segel war Ihnen also vertraut. Die einzige Frage, die ich mir nicht beantworten konnte, war die nach Ihrem Verschwinden. Ihr Vater Frieder von Klippholm vererbt Ihnen ein Vermögen, und Sie ziehen es vor, in den ersten Kriegswochen unterzutauchen. Warum?«

Dorothee sah, wie das Gesicht von Dietrich Holzmann versteinerte. Mühsam rang er um seine Selbstbeherrschung. »Als Frieder 1914 starb, wollte ich mein Erbe antreten. Aber im Juni begann der Krieg. Ich bekam den Einberufungsbefehl. Und was machen meine drei Halbgeschwister? Sie schmieden ein Mordkomplott, um mich loszuwerden. Um selber erben zu können. Sie heuern einen Kerl an, der mich an der Front umbringen sollte. Köpke vermittelte das alles.«

Dorothee meinte, sich verhört zu haben. »Sie reden von Karl Köpke?«

»Ja, dieses Schwein Köpke. Kennen Sie ihn?«

»Flüchtig.«

»Besser so.« Dietrich Holzmann schnaubte angewidert. »Es war ein Zufall, dass ich meinen angeheuerten Mörder kannte. Sein Name war Michael. Ein großer, kräftiger Kerl, der Sohn eines Schnitters aus Garz.« Er lachte auf. »Ich hatte ihn einmal mit meinem Schlitten aus einem Eisloch auf dem Bodden gezogen, er wäre sonst ersoffen.«

»Was ist dann passiert?«

»Er kam zu mir. Eine Woche, nachdem wir eingezogen wurden. Er erzählte mir alles. Dann sagte er: Leben gegen Leben. Erst rettest du meins, nun rette ich deins. Im Feld haben wir uns zusammen zum Spähtrupp gemeldet. In einer Senke habe ich mir mit dem Bajonett in die Hand geritzt und Blut auf meiner Marke und der Armbanduhr verschmiert. Michael nahm beides an sich und erklärte dem Hauptmann, dass ich durch einen Granatvolltreffer gestorben sei. Ich habe die Nacht abgewartet und bin dann durch die französischen Reihen geschlichen. Ich wechselte meinen Namen. Später hörte ich, dass Michael bei Verdun gefallen war. Hier auf Rügen haben die von Klippholms meinen Tod mit einem rauschenden Fest gefeiert«, sagte er bitter.

»... und Ihre Mutter zugrunde gerichtet.«

Sein Gesicht nahm einen hasserfüllten Ausdruck an. »Ich habe mir geschworen, dass ich meine Mutter rächen würde. So ein Leben hatte sie nicht verdient. Ich habe das Pack nacheinander zur Strecke gebracht.«

»Sie zerstörten die Bremsen an Hartwigs Wagen?«

»Er war ein Lump. Hat sich vor der Verantwortung und vor dem Krieg gedrückt, genauso wie Köpke. Es war ein leichtes, die Bremsen zu manipulieren. Ein Blaumann, und schon war ich in der Garage vom Casino.«

»Und Gudrun? Der Segelunfall?«

»Auch sie bekam ihre gerechte Strafe. Den Knoten am Mastbaum zu lockern, war ein Kinderspiel.«

»Und Margarethe?«

»Es war so, wie Sie gesagt haben. Ich wollte beide drankriegen. Aber nun soll Köpke ungeschoren davonkommen?« Sein Gesicht verfinsterte sich.

Dorothee machte unabsichtlich einen kleinen Schritt zurück.

»Warum auch noch Gerda?«, fragte sie schnell.

Verblüfft musterte er sie, und Dorothee schloss daraus, dass er mit der Frage nichts anfangen konnte. Vielmehr wandte sich Holzmanns Aufmerksamkeit nun auf den Friedhof, der noch immer verlassen in der Sonne lag.

Dann zog er ruhig ein Messer aus dem Hosenbund und richtete die Spitze auf sie. »Sie werden verstehen, dass ich Sie, nach all dem, was ich Ihnen gerade erzählt habe, nicht gehen lassen kann.« Seine Augen verengten sich zu Schlitzen, und seine Stimme klang eisig, »… und was spielt es jetzt noch für eine Rolle, eine Leiche mehr oder weniger.«

Er packte sie plötzlich am Arm und hob das Messer, um fest zuzustoßen.

Plötzlich krachte ein Schuss.

Sie sah, wie Holzmann erstaunt die Augen aufriss, wie er ungläubig auf den roten Fleck starrte, der sich rasch unter seinem Hemd ausbreitete. Dann drehte er sich langsam um seine eigene Achse, seine Beine knickten ein, und er schlug lang hin. Die gebrochenen Augen starrten in den blauen Himmel hinauf.

Dann vernahm Dorothee hinter sich die schweren Schritte von Kommissar Breesen. »Mir blieb leider keine andere Wahl, als zu schießen. Alles in Ordnung mit Ihnen?«

Dorothee nickte stumm.

»Gut, dass Sie mich noch in meinem Büro erwischt haben. Nicht auszudenken, was Ihnen hier hätte passieren können.«

Sein Gesicht verriet ernsthafte Sorge. Die Pistole hatte er bereits wieder eingesteckt.

»Übrigens, Köhler und ich haben jedes Wort gehört. Unglaublich ist das! Auch, weil ich diesen Köpke jetzt laufen lassen muss. Es gibt leider keine Zeugen mehr, die die Anstiftung zum Mord belegen könnten.«

Breesen reichte ihr die Hand und führte sie ein Stück zur Seite.

»Fräulein von Stresow. Das war gute Arbeit.«

»Danke. Von Ihnen auch.« Sie seufzte schwer.

»Wie geht es Ihnen. Können Sie allein zurück nach Binz fahren?«

»Ich denke schon.«

»Ich werde Sie zu Ihrem Wagen bringen.«

Gemeinsam strebten sie dem Ausgang entgegen.

»Ich denke, ich sollte mal einen Krimi von Ihnen lesen«, erklärte Breesen.

Dorothee lächelte. »Das würde mich freuen. Wirklich.«

Sie blieben neben dem Auto stehen.

»Ich muss Sie bitten, später noch einmal in meinem Büro vorbeizukommen, um das Protokoll zu unterschreiben. Wann passt es Ihnen?«

»Geben Sie im Hotel Bescheid, wenn Sie so weit sind, ich werde es einrichten, bevor ich abreise.«

Der Kommissar nickte und verabschiedete sich.

Dorothee öffnete die Fahrertür. Eine Gruppe Schwäne kam über die niedrige Natursteinmauer auf sie zugeflogen, sie hörte das Pfeifen des Flügelschlages, als die majestätischen Vögel die Silhouette des Kirchturms kreuzten, um schließlich hinter einer Baumgruppe zu verschwinden.

Dorothee wusste nicht warum, aber plötzlich kam ihr ein Zitat von Victor Hugo in den Sinn: Von einem Schwan können nur weiße Federn fallen.

KAPITEL 32

Dorothee und Albert erhielten den letzten freien Tisch im Kaminzimmer. Das Angebot einer exklusiven Teestunde mit Verkostung verschiedener Teesorten sowie die Darreichung einer Etagere voller herzhafter und süßer Versuchungen aus der eigenen Konditorei kam bei den Gästen sehr gut an.

Dorothee schlug ein Bein über das andere und zupfte nachdenklich den Saum ihres Kleides zurecht. Ihr Blick glitt zum Fenster hinaus, mit einem leisen Seufzer ließ sie sich nach hinten sinken. Der hohe blaue Himmel, der weiße Sandstrand, das unendliche Meer. Die würzig klare Luft, die sie gern atmete. Wie oft ertappte sie sich in den letzten Tagen bei dem Gedanken, einfach hierzubleiben.

Der Kellner brachte das Gewünschte an den Tisch.

»Den Tee bitte drei Minuten ziehen lassen«, sagte er und ging.

»Danke.«

»Wann willst du morgen aufbrechen?«, fragte Albert.

»Nach dem Frühstück, so gegen zehn.«

Er nahm mit der Zange ein Stück Kandiszucker aus der Dose.

»Und hast du gut geschlafen?«

»Zumindest besser als die Nächte zuvor.«

»Na, das ist doch schon mal ein Anfang.« Er beugte sich vor, musterte das Angebot auf der Etagere. »Was möchtest du?«

Dorothee antwortete nicht, sondern starrte zum Fenster hinaus. »Weißt du, wenn ich vielleicht die Zusammenhänge früher erkannt hätte, dann wäre mir viel eher klar geworden, dass die Wölfe eine Spur waren. Das dieser Karl Köpke der eigentliche Schlüssel für die Lösung des Falls war.«

»Köpke, der ehemalige Verwalter der Klippholms?«

»Ja, ich denke, dass er bereits während des Krieges damit begann, Margarethe wegen des Mordauftrags an Dietrich Holzmann zu erpressen. Irgendwann ließ sie diesen Kerl sogar in ihr Bett, nur um feststellen zu müssen, dass er sich in seinen Forderungen nicht bändigen ließ. Er ruinierte sie nach und nach, ohne dass sie etwas dagegen unternehmen konnte. Und als sie nicht mehr bereit war, seinen Forderungen weiterhin nachzugeben und ihn aus dem Haus warf, ließ er die Wölfe aus dem Gehege frei, wohlwissend, dass die Spur früher oder später zu Margarethe führen würde. Ich bin davon überzeugt, dass er den Schaden, den die Wölfe anrichten würden, eiskalt einkalkulierte, und er wusste, dass Männer wie der Freiherr von Parchtitz wegen dem entstandenen Schaden einen finanziellen Ausgleich fordern würden. Geld, was Margarethe nicht mehr besaß, weil er ihr alles abgenommen hatte.«

»Ich denke, sie haben sich gegenseitig bestraft«, warf Albert ein.

»Aber wer hat Gerda ermordet?«

»Ich weiß es nicht. Die Mörder bleiben manchmal ohne Gesicht. Du kannst nicht die ganze Welt retten, Dorothee.«

Albert zog das Teesieb aus der Kanne und stellte es auf einem Tellerchen ab. »Lass dir was sagen, dieses Was-wäre-wenn-Spielchen nutzt niemandem. Wenn man damit weitermacht, dreht man nur irgendwann durch. Ich kenne das.«

Er blickte ihr direkt in die Augen und hob eines der Teilchen hoch. »Das hier ist köstlich, das musst du unbedingt probieren.«

Dorothee sah ihn an und verspürte wieder diesen feinen Stich. In ein paar Stunden würde sie Rügen verlassen, der Insel den Rücken kehren und all das hier hinter sich lassen.

Vielleicht sogar für immer.

Wollte sie das?

Sie griff nach einem Törtchen, bohrte die Gabel hinein und fragte sich, was sie sich tatsächlich von der Reise nach Rügen erhofft hatte.

Sie hatte doch von Anfang an gewusst, dass es immer schwieriger wurde, über Ereignisse, die so weit in der Vergangenheit lagen, hilfreiche Hinweise zu finden.

»Dorothee?«

»Ja?«

»Du musst nicht fahren.«

Konnte Albert jetzt auch noch Gedanken lesen?

»Wie meinst du das?«, fragte sie zurück, nur um Zeit zu gewinnen.

Albert wurde ernst. »Hier gibt es Menschen, die dich vermissen werden. Deine Freundinnen. Intendant Tannenwald, Schäfer Berg.« Er grinste schief. »Ich werde dich vermissen …«

Sie blickte auf und sah Albert mit einem Ausdruck an, der die ganze Verzweiflung über die Schwere ihrer Entscheidung widerspiegelte. Ihr Gesicht war blass.

»Ich muss Romane schreiben«, sagte sie leise und merkte selbst, wie hohl diese Ausrede war.

»Und ein Theaterstück. Aber all das kannst du auch hier machen. Die Insel inspiriert dich, die Leute sind auf eine spezielle Art einzigartig, denke nur an Kommissar Breesen.« Er sah sie mit treuherzigem Gesicht an.

Sie konnte nicht anders, als laut loszulachen, wurde aber gleich wieder ernst.

Sie zögerte. Ihr war die Tragweite ihrer Antwort bewusst, ebenso die Konsequenzen, die ihr daraus erwuchsen.

Berlin den Rücken zu kehren, um für immer auf dieser Insel zu leben. Das hatte etwas Verlockendes, wahrscheinlich sogar etwas Tröstendes, etwas von dem Gefühl, wieder nach Hause zu kommen. Gleichzeitig hatte sie Angst davor, den Freiraum an Gedanken und Inspiration, der sich ihr in Berlin bot, einfach hinter sich zu lassen.

»Und wo soll ich wohnen?«, wollte sie von Albert wissen.

»Ich denke, hier in Binz. Das ist genau der richtige Ort für eine erfolgreiche Schriftstellerin. Hier gibt es nicht nur eine hervorragende Gastronomie, sondern auch abwechslungsreiche kulturelle Zerstreuungen. Außerdem kannst du zwischen all den Gästen die Anonymität der Großstadt genießen, wobei du aber auf die übersichtlichen Strukturen eines Dorfes nicht verzichten musst.«

Dorothee warf den Kopf zurück. »Du solltest Reiseführer schreiben.«

Albert schmunzelte. »Das überlass ich lieber dir. Aber um auf deine Frage zurückzukommen, ich kenne eine Witwe. Ihr Mann ist vor einem Jahr gestorben. Er war Kapitän. Soweit ich Kenntnis darüber habe, vermietet sie ein wunderschönes Zimmer. Ich denke, Sie sehnt sich nach etwas Gesellschaft in dem großen Haus. Ach ja, und sie hat einen Hund. Einen Dalmatiner. Aber soweit ich weiß, hast du ja vor Hunden keine Angst.«

Er machte eine kleine Pause, bevor er weitersprach. »Überleg es dir in Ruhe, und sag mir Bescheid, falls du es dir ansehen möchtest.«

KAPITEL 33

Der Mann betrat das Kaminzimmer und verharrte einen Moment, während er sich unauffällig umsah. Als er die gesuchte Person an einem Tisch vor dem Kamin entdeckte, strich er den Stoff der Hoteluniformjacke glatt und steuerte direkt auf sie zu. Er bemerkte, dass sie in Begleitung war, aber das spielte für die Ausführung seines Auftrags keine Rolle. In den Händen hielt er einen in Seidenpapier eingeschlagenen Gegenstand. Nach dem, was er ertasten konnte, glaubte er, dass es sich um eine Schachtel handeln könnte. Aber im Grunde ging es ihn nichts an, ihm oblag es einzig und allein, das Präsent zu überbringen.

Auf dem dicken Teppich bewegte er sich beinahe lautlos, und so war es nicht verwunderlich, dass die junge Frau ihm überrascht ihr Gesicht zuwendete, als sie seine Gegenwart spürte.

Jetzt, wo er unmittelbar vor ihr stand, fand er, dass sie noch schöner war als auf dem Foto.

»Guten Tag. Spreche ich mit Dorothee von Stresow?« fragte er mit leiser Stimme.

»Ja«, erwiderte sie zögernd.

»Mein Name ist Volkert. Für Sie wurde soeben ein Präsent am Empfang abgegeben.«

Er beugte sich leicht vor und stellte die Schachtel vor ihr auf dem Tisch ab.

»Für mich?«, fragte die junge Frau erstaunt, und er bemerkte, wie ihr Blick kurz am Seidenpapier haften blieb, bevor sie sich dem Mann zuwandte, der ihr gegenübersaß. Aber der hob nur abwehrend die Hände. »Nicht von mir.«

»Ja, aber von wem ist es dann?«, fragte sie ratlos. Wieder glitt ihr Blick über das schimmernde Papier. »Ein Kärtchen ist auch nicht dabei.«

Sie hob den Kopf, und kurz trafen sich ihre Blicke.

Er beschloss, dass der Zeitpunkt gekommen war, sich zu entfernen. »Möglicherweise hat der Absender ja im Innern des Päckchens eine Nachricht für Sie hinterlassen.« Ohne ihre Antwort abzuwarten, trat er einen Schritt zurück. »Entschuldigen Sie mich bitte. Ich darf mich jetzt empfehlen«, sagte er taktvoll, machte eine kleine Pause, um eine Verbeugung anzudeuten. »Ich wünsche Ihnen noch einen angenehmen Aufenthalt in unserem Haus.«

Sie gab ihm eine Münze, und er bedankte sich höflich. Dann machte er auf dem Absatz kehrt und strebte mit angemessenem Schritt dem Ausgang entgegen.

KAPITEL 34

Dorothees Augen folgten dem Hotelangestellten durch den Raum, bis er durch die Tür trat und seine Konturen hinter dem Glas verwischten.

Dann rutschte sie näher an den Tisch heran und richtete ihre Aufmerksamkeit wieder auf das Päckchen. Vorsichtig nahm sie es in die Hand und betrachtete es von allen Seiten. Es war nicht groß, eher handlich. Wie ein Buch. Sie strich mit den Fingerkuppen über die Kante. Nirgends ließ sich ein Hinweis auf die Herkunft erkennen.

Unweigerlich fragte sie sich, wer der unbekannte Absender war.

Aus einem ersten Impuls heraus, glaubte sie, dass dafür nicht viele Personen infrage kamen. Doch je länger sie darüber nachdachte, umso klarer wurde ihr, dass sie diese Annahme korrigieren musste. Durch ihre Rede in der Höheren Töchterschule und ihre Mitwirkung bei der Aufklärung des Mordfalls an Margarethe von Klippholm wusste eine ganze Reihe von Menschen von ihrem Aufenthalt auf der Insel.

Aber wer würde ihr ein Präsent schicken?

Ihr erster Gedanke war Albert. Wie er geduldig in seinem Sessel saß und abwartete, während er sie aufmerksam betrachtete.

Sie spürte, wie ihr Herz zu klopfen anfing.

Ja, ihm hätte sie eine solche Geste zugetraut. Zum Abschied.

Aber wollte sie überhaupt fahren …?

Sie zwang sich, sich wieder auf die wesentliche Frage zu konzentrieren. Albert hatte ihr gleich gesagt, dass dieses Präsent nicht von ihm war.

»Du solltest es öffnen«, vernahm sie Alberts Stimme, und sie hörte die Neugier, die in der Stimme mitschwang, als er ihr sein Taschenmesser über den Tisch reichte.

Behutsam begann sie, den Klebefalz zu lösen.

Als sie fertig war, klappte sie die Klinge ein und gab ihm das Messer zurück, das er unbeachtet in die Jackentasche gleiten ließ.

Dorothee senkte den Blick.

Zwei Bahnen elfenbeinfarbenes Seidenpapier trennten sie noch vom Inhalt. Sie nahm beide Hände zu Hilfe und schlug die Enden gleichzeitig zurück.

Darunter kam eine matt glänzende Schachtel aus schwarzem Krokodilleder zum Vorschein, mit einer goldenen Schließe, die sie jetzt vorsichtig öffnete.

Dorothee hielt den Atem an, als sie den Deckel aufklappte.

Die Schachtel war mit schwarzem Samt ausgeschlagen, und in ihrer Mitte zeichnete sich eine minimale kreisrunde Erhöhung ab, welche die stilisierte Form eines Halses imitierte.

Dorothee schrie leise auf, als sie den Inhalt der Schachtel erblickte.

Auf dem schwarzen Samt ruhte ein Collier aus Gold und Elfenbein mit einem Shintō-Schrein als Anhänger. Sie wusste sofort, dass sie das Collier in den Händen hielt, das ihr Vater einst der Mutter zur Verlobung geschenkt und das sie bei ihrem letzten Konzert getragen hatte. Trotzdem drehte sie wie zur Bestätigung den Anhänger um und las die Gravur.

Für Francesca – mi amore.

Dorothee spürte, wie ihre Augen brannten, wie eine einzelne Träne ihr über die Wange lief.

So lange waren ihre Eltern jetzt schon tot, verbrannt in diesem Feuerinferno, bei dem sie immer davon ausgegangen war, dass es auch alles andere für immer verschlungen hatte.

Und jetzt brachte ihr ein Unbekannter das Collier ihrer toten Mutter.

»Was hast du?«, fragte Albert besorgt.

Stumm zeigte sie ihm den Inhalt der Schachtel.

Sie sah, wie er um Fassung rang, wie er den Versuch unternahm, das, was er da vor sich sah, zu begreifen.

»Das kann nicht sein«, stieß er endlich hervor. »Dorothee, wir waren beide in dieser Nacht dort. Da Gutshaus brannte völlig nieder. Du warst die Letzte, die da heil herauskam. Erkläre mir bitte, woher dieses Collier stammt.«

»Ich weiß es nicht«, murmelte sie, und plötzlich erfasste sie eine quälende Unruhe. Sie sprang auf, und ihr Blick streifte durch den Raum. Um sie herum saßen noch immer Menschen an den Tischen, unterhielten sich oder blickten durch die hohen Fenster nach draußen auf die breite Terrasse, die Strandpromenade und das Meer.

Dorothee rannte los, die fragenden Blicke der anderen ignorierend. Als sie durch die Tür in den breiten Flur stürmte, kam ihr der Kellner entgegen, der ihr vorhin den Tee serviert hatte.

Entschlossen verstellte sie ihm den Weg. »Entschuldigen Sie bitte mein Benehmen, aber ich suche dringend einen Kollegen von Ihnen«, sprudelte es aus ihr heraus. »Herrn Volkert. Wo kann ich ihn finden?«

Sie bemerkte, wie der Kellner eine Augenbraue hob. »Herr Volkert. Ich befürchte gnädige Frau, dass ich Ihnen da leider nicht weiterhelfen kann. Mir ist im Hotel kein Mitarbeiter mit diesem Namen bekannt. Wie sah er denn aus?«

Hastig beschrieb sie ihn.

Er nickte. »Vor wenigen Minuten kam mir im Restaurant ein Mann entgegen, auf den Ihre Beschreibung passen könnte.«

Er unterbrach sich, fuhr aber gleich fort. »Er verließ das Haus über die Freitreppe.«

Dorothee stürzte los, durchquerte eilig das Restaurant, bis sie das Portal erreichte. Ein Page hielt ihr die Tür auf. Wortlos stürmte sie hindurch.

Wie eine blaue Kuppel spannte sich der Himmel über

Binz auf. Die Luft war klar und von Sonnenlicht durchdrungen.

Aber dafür hatte sie jetzt keinen Blick.

Sie beschattete die Augen und suchte achtsam die weiträumige Terrasse ab. Während sie versuchte, sich an jede Einzelheit im Gesicht des Fremden zu erinnern, lief sie zwischen den Tischreihen entlang, in der Hoffnung, ihn irgendwo unter den Gästen zu entdecken.

Als sie den unteren Rand der Terrasse erreichte, wischte sie sich enttäuscht mit beiden Händen übers Gesicht.

Doch noch wollte sie nicht aufgeben.

Sie folgte der Promenade in beide Richtungen, lief auf die Seebrücke und sah sogar hinter dem Bühnenaufbau nach.

Doch ganz egal, wohin sie schaute und was sie auch unternahm, der geheimnisvolle Fremde blieb unauffindbar.

DANKSAGUNG

Von der Idee, einen Kriminalroman auf Rügen in den zwanziger Jahren des letzten Jahrhunderts zu schreiben, bis zum fertigen Buch ist es ein langer, wenn auch spannender Weg.

Besonderes Augenmerk lag dabei auf den historischen Gegebenheiten und unser Dank gilt hier Harald Schewe (Restaurant und Hotel Villa Salve), der uns seine private Sammlung historischer Reiseführer zu Binz und Rügen zur Verfügung stellte.

Unsere große Wertschätzung erfährt die Kurverwaltung der Gemeinde Ostseebad Binz, insbesondere Kurdirektor Kai Gardeja und Holger Vonberg, die eine Einsichtnahme in das umfangreiche historische Postkartenarchiv ermöglichten und begleiteten.

Darüber hinaus gibt es inzwischen zahlreiche Publikationen, die sich mit der historischen Entwicklung der Ostseebäder, ihrer Architektur und der Schilderung des Badealltags beschäftigen. Hier möchten wir uns vor allem bei Ruth Hochmuth (Bibliothek Binz) und Martina Korth (Bibliothek Baabe) für die geduldige Vorauswahl und fachliche Beratung bedanken.

Herzlichen Dank auch an Mario Kurowski (Strandhotel zur Promenade) für das spontane Gespräch, eine Führung durchs Haus und viele Fotos und Erklärungen, welche die Entwicklung der Strandpromenade in Binz über die Zeit veranschaulichten.

Herzlichen Dank ebenfalls an Klaus Boy, der es verstand, in seiner Führung durch den Ort die abwechslungsreiche Geschichte vom Fischerdorf zum Seebad in Binz sichtbar werden zu lassen.

Nicht zu vergessen unser Dank an das Fotohaus Zobler in Binz und das Fotohaus Knospe in Sellin für ihre Bereitschaft, uns ihre privaten historischen Fotoarchive zu öffnen.

Wenn man in einem Roman Wölfe und Jäger zum Thema hat, sollten die weidmännischen Fakten stimmen. Deshalb ein herzliches Dankeschön an Revierjagdmeister Sascha Klären (Jagdschule Insel Rügen) der uns das weidmännische Handwerk anschaulich erklärte.

Weiter möchten wir uns beim Schäfer Nils Volk bedanken für die gemeinsamen Stunden auf der Weide be den Schafen und die vielen unterhaltsamen Abende auf dem Ökohof »Ranch am Torfmoor« in Göhren.

Für alles rund ums »Tierische« bedanken wir uns bei Toralf Siefke in Pantow, dem Tierarzt unseres Vertrauens.

Besonderer Dank gilt unserem Agenten Dirk Meynecke sowie Reinhard Rohn und den Mitarbeitern des Aufbau Verlages, die die Entstehung dieses Buches mitinitiierten und in seinen verschiedenen Phasen fachkundig und feinfühlig begleiteten.

Dank gilt dabei auch der Agentur Dörner für die professionelle Vermittlung.

Herzlichen Dank auch an Dr. Reiner Ziegler (Landesfilmsammlung Baden-Württemberg/SWR) und Andreas Kondler, Gerit Herold (Ostsee-Zeitung), Janet Lindemann (NDR), der Freiwilligen Feuerwehr Binz, dem Hotel Kurhaus Binz, Ulrike und Olav Metz, Monika und Bodo Thürmann, Sybille und Jens Gunder, Anette und Martin Sklorz (Villa Lottum Putbus), Steffi und Jürgen Michalski sowie Bianca und Andreas Gnoss für die aufmunternden Worte und die tatkräftige Unterstützung.

Vielen Dank auch dem Sana Krankenhaus in Bergen, besonders den Mitarbeitern der Station 2.

Was wären die Autoren ohne die fleißigen Buchhändler, die sich ihrer Werke liebevoll annehmen? Besonderer Dank hier an die Buchhandlung »Strandläufer« in Stralsund, Katrin und Peter Hoffmann; die Buchhandlung »Beiboot« in Baabe, Manuela Dreyer; und die Buchhandlung »Bücherinsel« in Binz, Dörte Pietsch.

Unser aufrichtiger Dank gilt Pater Georg Maria Roers SJ und Pfarrer Bernhard Scholtz, die uns immer mit ihrem freundschaftlichen Rat zur Seite stehen.

Auch dieses Mal ein herzliches Dankeschön an Sr. Ingrid Herkommer für ihre begleitenden Gebete.